U0140540

中国社会科学院中国边疆史地研究中心 **厉声 主编**

当代中国边疆·民族地区典型百村调查：**内蒙古卷（第一辑）**

分卷主编：**于 永 毕奥南**

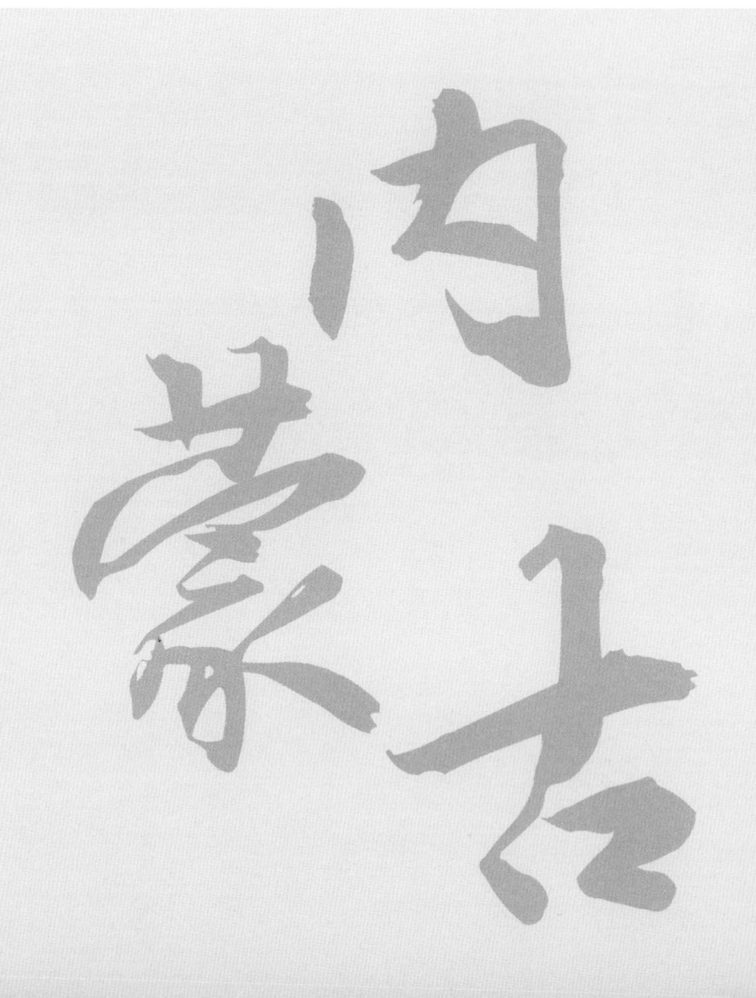

杨家川(摄于2004年5月8日)

黄河大峡谷（摄于2007年3月15日）

明长城（摄于2007年3月14日）

春到黄河（摄于2007年3月8日）

当地地貌（摄于1998年5月16日）

滑石涧堡（摄于1998年5月18日）

壁画（摄于2008年10月13日）

庭院秋实（摄于2003年10月25日）

收获（摄于2007年8月8日）

特色装饰（2004年5月7日）

祖师牌位（摄于2008年9月2日）

娶亲（摄于2001年2月16日）

看戏（摄于2002年7月10日）

梳妆（摄于2009年6月22日）

村童（摄于2004年5月7日）

参观的人群（摄于2007年7月21日）

中国社会科学院中国边疆史地研究中心 厉声 主编

当代中国边疆·民族地区典型百村调查·内蒙古卷（第一辑）

长城黄河萦绕的村庄

——内蒙古清水河县窑沟乡老牛湾村调查报告

孙驰 杨建国 王海峰 ◎著

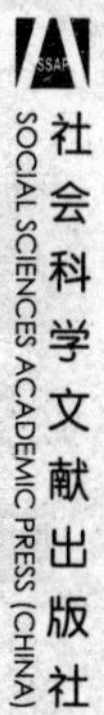

社会科学文献出版社
SOCIAL SCIENCES ACADEMIC PRESS (CHINA)

“当代中国边疆·民族地区典型百村调查”

总 序

深入实际、开展国情调研，是中国社会科学院肩负的重要科研任务，也是中国社会科学院履行好党中央、国务院赋予的“思想库”、“智囊团”职能的重要方式。中国边疆省区占国土面积的60%以上，边疆区情及当地的民族社会调研（边疆调研）是中国国情调研的重要组成部分。正如一位边疆工作者所说：不了解少数民族，就不了解中华民族；不了解边疆，就不了解中国。1983 年中国社会科学院中国边疆史地研究中心建立后，特别是 1990 年以来，一直将边疆调研作为学科研究的重点之一。

2004 年，中国社会科学院中国边疆史地研究中心承担国家哲学与社会科学基金特别项目“新疆历史与现状综合研究”（简称“新疆项目”）。2006 年，中国社会科学院中国边疆史地研究中心牵头，立项开展“当代中国边疆·民族地区典型百村调查”（简称“百村调查”），作为此特别项目的子课题。“百村调查”以新疆为重点，在全国新疆、西藏、内蒙古、宁夏、广西五个民族自治区和云南、吉林、黑龙江三省基层地区同时开展，共调查 100 个边疆基层村落。调查工作在“新疆项目”领导小组和专家委员会指导下，由“百村调查”专家委员会暨编委会组织实施。在中国社会科学院中国边疆史地研究中心主持拟定的调查大纲框架下，发挥每个省区的优势，体现各自的特色。

本项目的实施得到了边疆地区各级地方党政部门的支持。首先，调查工作注意与地方党政部门的相关工作衔接、听取意见，在实施调查之前，主动向各级党政部门汇报情况，听取指示和意见。其次，调查组主动让各级党政部门了解调研的全过程，在调研过程中出现问题时及时向相关党政部门请示。再次，调研阶段成果和最终成果的副本同时提供地方党政部门参考。

“百村调查”的调研主题是：改革开放30年来中国边疆基层村落的民族社会和经济发展的历史与现状。具体内容包括：乡村概况、基层组织、经济发展、社会生活、民族、宗教、文教卫生、民俗风情等。项目调研的时间是：2007～2008年（资料下限至2007年底或适当延长）。

“百村调查”的调研对象为：100个具有典型意义与特色的中国边疆基层村落。课题以基层乡、村两级为调查基点，大致每个省区选择2个地州，每个地州选择1～2个县，每个县选择2个乡，每个乡选择2个村。新疆共调查22个村，其他地区均为13个村（辽宁、吉林、黑龙江以东北边疆为单元，共调查13个村）。调查点的选择要求：

(1) 本地区社会稳定与经济发展中具有典型意义的基层乡和村。

(2) 存在边疆现实政治、社会或经济发展的热点、难点问题。

(3) 与20世纪50年代全国边疆民族调查能有一定的衔接。

“百村调查”采取学术调查与现实政治相结合的方法，以社会人类学入村入户调研方法为主，同时关注现实政治、社会与经济发展中的热点、难点问题：一般共性调查与专题专访调查相结合，在一般综合性调查的基础上，选择好专访或专题调研的“切入点”——总结经验与完善不足相结合，在总结各项工作经验的同时，善于发现问题和提出解决问题的对策与建议。调研注重入户访谈和小范围座谈的专访调查。在一般性问卷和统计资料收集的基础上，注重对基层干部、群众典型、教师、宗教人士等特定人员的专题访谈，倾听和收集他们对基层社会稳定与经济发展的看法、意见和建议，形成能说明问题的专访或专题调研报告。

“百村调查”的成果形式分为调查综合报告与专题报告两大类。

(1) 调查综合报告：依据大纲规定，撰写有关乡村经济社会等发展状况的综合报告，课题结项后分期公开出版。专题报告及调查资料可以公开发表的，在篇幅允许的情况下，作为附录附在综合报告末尾。

(2) 专题报告：内容较敏感、不适宜公开出版的专题报告，集成《专题报告集》，内部刊印。

“百村调查”主编　厉声　谨识

2009年8月25日

目　录
CONTENTS

图目录
FIGURE CONTENTS

表目录
TABLE CONTENTS

序　言
FOREWORD

“当代中国边疆·民族地区典型百村调查”是2004年度国家社会科学基金特别项目“新疆历史与现状综合研究项目”的子课题。内蒙古自治区既是中国少数民族聚居地区，又是中国边疆地区，于是顺理成章成为这个子课题的有机组成部分。按照课题的整体设计，内蒙古自治区需要调查13个典型村。由于多年合作关系，项目主持单位中国社会科学院中国边疆史地研究中心决定依托内蒙古师范大学历史文化学院，委托院长于永教授和中国社会科学院中国边疆史地研究中心的毕奥南研究员共同主持内蒙古自治区的子项目。

接受任务后，根据内蒙古地域辽阔、农村牧区基层社会类型多样的具体情况，在选择典型村时，我们考虑了以下几个标准：第一，选择的典型村应该覆盖内蒙古的东西南北。因为内蒙古东西部经济文化以及地理因素存在诸多差别，南北风貌也不尽一致，所以典型村的选择如果集中在一个地区，很难反映内蒙古作为边疆民族地区的全貌。我们认为应该在内蒙古的各个盟（市）范围内，尽量做到每个盟（市）选择一个村（嘎查）。第二，需要兼顾内蒙古不同地区的不同经济社会类型。广袤的内蒙古自治区有农区、牧区、半农半牧区；有城乡结合地区，还有边境地区；有蒙古族聚居区，有汉族聚居区，还有其他少数民族聚居区，还有蒙汉杂居地区。因此，典型村的选择必须兼顾这些类型差异。

根据上述考虑，我们在内蒙古最东部的呼伦贝尔市（原呼伦贝尔盟）选择了额尔古纳市恩和村。这个村既是中国俄罗斯族聚居区，又是中国东北部与俄罗斯临界的边境村。从该村社会发展可以观察中国边境地区俄罗斯族经济文化变迁轨迹。

在兴安盟选择了科尔沁右翼中旗高力板镇的国光嘎查。这是清末蒙地放垦后形成的村落，经济形态上经历了由牧到半农半牧的演变，在民族成分上是蒙汉杂居地区。由于地理区位上处于两省区（内蒙古自治区与吉林省）三地（吉林省通榆县、兴安盟赉特旗、本旗所在地巴彦呼舒镇）之间，经济发展思路值得关注。

通辽市（原哲里木盟）是全国蒙古族人口聚居比例最大地区。我们在该地区选择了三个村，分别是扎鲁特旗东南部道老杜苏木保根他拉嘎查和扎鲁特旗西北部鲁北镇的宝楞嘎查，以及科尔沁左翼中旗白音塔拉农场二爷府村。这三个村都是蒙古族聚居的农业村落。扎鲁特旗的两个嘎查是清末蒙地放垦以后，在牧业地区逐渐形成的农业村落。新中国成立以后国家在内蒙古自治区建立了很多农场，对于科尔沁左翼中旗白音塔拉农场二爷府村的调查能够让我们对内蒙古地区农场的变迁及其经营现状有一个认识。

赤峰市喀喇沁旗地处燕山山脉深处，是清代前期（康熙）开始农耕化的地区，历经几百年，当地的蒙古族已经汉化，现在是以农业为主业、牧业为副业、汉族人口占多数的蒙汉杂居地区。喀喇旗王爷府镇富裕沟村是内蒙古的山村，对该村的调查能够开启一个窗口，了解内蒙古南部地区农村社会的基本情况。

锡林郭勒盟地处中国正北方大草原，正蓝旗赛音胡达嘎苏木和苏尼特左旗赛罕高毕苏木是典型的牧区，这两个地区保留着传统蒙古族的生产生活方式，受农耕文化的影响比较小。正蓝旗是察哈尔蒙古族聚居区，赛音胡达嘎苏木地处浑善达克沙地，传统牧业经济由于受生态环境恶化影响，已经难以发展。苏尼特左旗地处内蒙古的北部，是紧邻蒙古国的边境旗，因为环境恶化严重，正在执行“围封转移”政策。对这两个牧区嘎查的调查，可以让人们了解到草原生态形势严峻，以及牧业经济发展的困境。进而引发的思考是，在发展经济的同时，蒙古族传统文化怎样迎接社会转型的挑战？

呼和浩特市清水河县的窑沟乡老牛湾村，是内蒙古南部地区与山西偏关临界的一个山村，地处黄土高原丘陵区，临黄河和长城，与山西省仅一河之隔，在清代前期即有山西移民进入，是山西移民在内蒙古组成的汉族村落，也是有名的贫困地区。调查者以扶贫挂职方式深入当地生活，与当地干部密切合作，回顾历史发展历程，探索新的发展思路，尝试揭示这个村的前生今世。

呼和浩特市土默特左旗小浑津村是城乡结合部的蒙古族村落，这里蒙古族居民的语言和生产方式已经汉化，但是还保留着浓厚的蒙古族习俗。面临社会转型，生产方式改变，这个蒙古族村落如何保留自己的习俗，调查者希望通过努力，来揭示民族文化变迁的轨迹。

鄂尔多斯市（原伊克昭盟）准格尔旗十二连城乡五家

尧村濒临黄河，现是内蒙古自治区的新农村建设示范点。村落社区面临全面转型。既有生产、生活方式的变革，也有社区治理格局的转变。调查者准备对这种转型进行截面式描绘，展示该村改革开放以来取得的成绩及存在的问题。

巴彦淖尔市（原巴彦淖尔盟）杭锦后旗双庙镇继丰村地处河套平原与乌兰布和沙漠交会处，是内蒙古地区近代典型移民村。这里自然环境恶劣，但居民顽强地适应了生存环境，并通过长期奋斗使环境沙化得到遏制。改革开放30年来，这里的社会经济得到长足发展，调查者拟通过实地走访，入户恳谈，努力勾勒这个村的发展历程。

包头市达尔罕茂明安联合旗明安镇白音杭盖嘎查地处大青山北，是蒙古族为主的纯牧业区，因为生态环境恶化，根据国家政策已经全部禁牧。但是，如何安置当地牧民，涉及诸多问题，这在内蒙古地区推行城镇化及生态移民的实践中具有典型意义。

在初步择定调查点后，为了保证调查工作顺利实施，为了能够得到真实的调查材料，课题组采取了以下措施：

第一，选择熟悉典型村的专家学者担任主持人。内蒙古地区13个典型村的负责人可以分成两种类型：一种是在该村生活数年或者十多年，与村民熟悉，对该村的情况比较了解的人员；另一种是在调查村有特别熟悉的人员，能够起到引荐的作用。鄂尔多斯市五家尧村、巴彦淖尔市的继丰村、赤峰市的富裕沟村、通辽市的三个村、锡林郭勒盟的两个嘎查、呼和浩特市清水河县老牛湾村9个典型村的负责人都属于第一种类型。其他典型村负责人属于第二种类型。

通过选择熟悉并且与典型村有密切关系的专家学者担

任主持人，能够有效地消除调查者与被调查者之间的隔膜，消除被调查对象的顾虑，得到调查对象的配合，从而获取真实的信息。所选择的熟悉典型村的专家学者，大都是出生在典型村，高中毕业后因考入大学才离开了所在的村庄。他们在本村生活近 20 年，对本村的历史、环境、经济、政治、生产生活方式、风俗习惯、文化心理等，都有深切的感性认识，能够准确地表述本村情况。

第二，对参加调查人员进行业务培训。首先认真研读中国社会科学院中国边疆史地研究中心下发的有关本次调查的文件，参考其他省区调查成果。根据调查文件，结合内蒙古地区的实际情况，在多次商讨的基础上，拟定了内蒙古地区调查的大纲、调查问卷、访谈大纲、调查表，请有经验的调查人员介绍了调查中应注意的问题。

第三，选择清水河老牛湾村进行试点调查。老牛湾村距离呼和浩特市比较近，其他各村的主持人，首先到该村参与调查，得到一定的锻炼，取得一些调查经验，再开始本村的调查。

第四，对 13 个村的调查基本上采取线型推进的方式，没有采取平推的方式，目的是先开展调查的村能够给后开展调查的村积累调查的经验。

参与内蒙古地区典型村调查的学者多出身于历史学专业，在调查过程中，主要使用了历史学的方法，直接收集典型村的档案资料，通过访谈获得第一手的口述资料，通过调查问卷获得一家一户的数据性资料，通过观察获得感性资料。在通过不同方式最大限度地获取资料后，试图全面客观地描述典型村的现状及历史变化，目的是让读者对典型村的状况能有一个全面的认识。

第一次在内蒙古地区做这样一个比较大规模的调查，从我们的角度来说是一个尝试，受主客观条件的制约，调查成果肯定还有很多问题，我们期盼着同行的指正。

于　永　毕奥南

2009 年 12 月 1 日

第一章　自然环境和社会背景

第一节　调查点所在县的基本情况

一　自然概况

清水河县是内蒙古自治区呼和浩特市所辖9个旗县区之一，在市域正南方向。从塞外名城呼和浩特出发，循209国道，经2～3小时车程，就可以到达县政府机关所在地——城关镇。

清水河县以河为名，县城就坐落在河畔阶地上，东西狭长。这是一个典型的黄土高原地区的小城，与城市建设日趋现代化的呼和浩特截然不同，更多保持着农业集镇的旧有风貌。城区位于丘陵环抱的谷地，清水河自东南向西北流过。主干道永安大街南临清水河，沿河伸展，主要的机关、企事业单位、学校、宾馆、商店、住宅等沿着大街排列，或北依银滚山就势而建。除改革开放后一些新建的楼房外，主要建筑都是黄土高原特有的窑洞。永安大街路幅不宽，昼间，车辆川流不息，行人熙熙攘攘，各种农副产品沿街叫卖出售；入夜，城区灯光闪烁，层层叠叠，煞是好看。如果初到清水河县，还是别有一番情趣。近年，在清水河平顶山脚，傍209国道新建了楼宇，以永安大桥和主城区相连接，但受地形影响，城区基本格局没有明显改观。

城关镇地貌是清水河县的缩影。县境在内蒙古中南部，据《清水河县志》记载，该县处于黄河上中游、黄土高原的北部边缘，总面积2822.59平方公里，2008年户籍人口14.38万人。县内丘陵起伏，山岭绵延，沟壑纵横，其中山地占26%，丘陵占73%，滩地河谷占1%。地势南部高，最高海拔1832.5米，明长城即据以修筑，沿山脊蜿蜒而去，成为与山西省右玉、平鲁、偏关三县区的分界；北部低缓，北以古勒半几河与和林格尔县接壤；西北在喇嘛湾镇低缓丘陵地带与托克托县交界。黄河自喇嘛湾镇奔流而下，切开层峦叠嶂，南端至调查点所在地的老牛湾出境，这里是著名的晋陕大峡谷北段，清水河县与鄂尔多斯市准格尔旗隔河相望。

东西横贯县境的109国道和城关镇南去山西偏关的209国道，多沿山脊修建。从城关镇驱车盘桓而上，视野极为开阔，不时会有“离天三尺三”的感觉。山地阴坡坡度较小，阳坡坡度较大，多为第四纪黄土覆盖，形成以旱生植物为主的天然牧场。全县沟壑数量众多，但多是旱沟，其中杨家川仅在大圪洞以下5公里河段，沿途断续有泉水流出，汇合后西经老牛湾村进入黄河。县境缓坡丘陵地区以粮食种植为主，有大面积的草场、灌木林地。

主要河流有黄河、浑河、清水河、古勒半几河等，此外还有数十条小溪。县境大部分地区地表水资源匮乏，人畜饮水均以积蓄于旱井、水窖中的雨水为主。这种饮水工程产生不会晚于明代，万历十年（1582年）《创建滑石涧堡砖城记》碑详细记载了建城始末、规划布局及水窖构筑，现在堡内还完整保存着万历十九年增筑的水窖——“银定井”一眼（见图1-1）。为满足人畜饮水需要，部分村庄钻探开采了深层地下水，井深常在200米左右。县境东北部因地质构造及环峙于南部山地的作用，是全县的富水区，多有泉水流出，溪流也常年有水。然而，近年受气候变暖、持续干旱影响，浅层水井往往无法满足人畜饮水需要，个别村落转而开采深层地下水，其钻深多在百米以外。

图1-1　滑石涧堡（摄于1998年5月18日）

清水河县处于400毫米等降水量线东侧，是中纬度半干旱区向干旱区过渡地带，对气候变化导致的降水量改变十分敏感，而且受温带大陆性季风气候影响，每年7~9月份雨量集中，致使水土流失严重。近年全县退耕还林、植树种草、筑坝淤地等工作卓有成效，缓解了水土流失现象。

其中东部山地多林茂草丰，局部气候得到改变，常有区域性降水。县境四季分明，光照充足，年均无霜期约5个月，有利于农作物生长。气温自西向东随海拔增高而递减。主导风向为西北风，大风天气多产生于春季，往往造成春旱。秋季受冷空气影响，时有霜冻。2006年9月8日，强降温形成初霜冻，全县丰收在望的农作物大面积减产，给农民生产、生活带来了极大困难。夏季受冷空气和地形作用，局部常有雹灾发生。

县境地形复杂，矿产资源丰富。据《清水河县志》记载，初步探明矿种有33种。其中煤炭储量1.3亿吨，是准格尔煤田的东延部分。高岭土储量30亿吨，其品位被有关专家誉为“全国之冠”。石灰岩大面积分布，是烧制石灰、水泥的主要原料。境内动物资源丰富，除驴、骡、羊、猪、鸡等家畜家禽外，还有狐狸、獾、野兔、山鸡、雉鸡等野生飞禽走兽。在东部山区林木繁茂处，偶有梅花鹿、狍子出没。随市场需求增加，黄河鲤鱼、鲶鱼等驰名鱼种价格不断攀升。林木主要有油松、落叶松、槐、桦、榆、杨等，果木主要分布在海拔较低、水热条件较好的丘陵缓坡、河滩河谷，而杨家窑村一株数百年古榆树为呼和浩特地区所仅见，科研价值极高。沙棘、柠条等灌木广泛分布，其中柠条是造纸、制板的主要原料，市场前景广阔。东部山区沙棘长势旺盛，可榨汁制作保健饮料。

清水河县以农业生产为主，耕地主要分布于浑河、清水河、古勒半几河沿岸某些宽阔河谷，如高茂泉窑、王桂窑、杨家窑等地。主要农作物有糜、谷、黍、豆类、马铃薯、莜麦、玉米、高粱，还有瓜类、蔬菜、胡麻、黄芥、向日葵、葱、蒜等经济作物。近年，清水河县小香米已创出品牌，行销区内外，其种植面积大幅度增加。

二　历史沿革

清水河县位于苏秉琦先生在《中国文明起源新探》一书中论证的中国古代文明起源“Y”字形文化带，即从关中西部起，由渭河入黄河，经汾水通过山西全境，在晋北向西与内蒙古黄河曲流地区连接的北方古文化范围。今喇嘛湾镇白泥窑子遗存，是内蒙古中南部目前已知最早的新石器时代文化遗址，属仰韶文化早中期阶段，与周边文化既有传承关系，又有性质区别的文化序列。而宏河镇岔河口新石器时代遗址被深且宽的壕沟所环绕，应为不同于一般村落的中心聚落，与当时社会分工、社会关系变化相适应（见图1-2）。窑沟乡西岔遗址的发掘材料填补了内蒙古中南部商周时期文化的缺环，为研究当时北方青铜文化提供了可靠的依据。

图1-2　岔河口远眺（摄于1998年5月11日）

战国时期，赵武灵王驱逐林胡、楼烦，清水河县属云中郡地。近年境内陆续发现多处窖藏战国货币，曾伴出当时楚国流通的蚁鼻钱，这说明当时农业生产已有较大发展，与内地的经济交流频繁。秦代仍属云中郡地。西汉初，为防御匈奴，“缮治河上塞”，县境拐子上、上城湾等古城均濒临黄河，位置重要，应与此有关。其中拐子上古城，位于黄河曲流进入晋陕峡谷的北端，两岸石崖相峙且较低缓，城内采集的汉代大型残板瓦，规格之高为呼和浩特地区仅见，是高级别的古建筑构件，古代应是重要的河梁津渡。该古城所在的喇嘛湾镇2000年来依然是重要的水陆交通要道。西汉时期，县境为定襄郡属桐过、骆、武成三县地。北魏置昆新城，《中国历史地图集》将其标注在宏河镇后城嘴古城。辽代地属宁边州。金设宁边州，领县一。宁边故城在窑沟乡下城湾，与黄河对岸城坡古城隔河相望，是金代重要的军事防御设施。元代，县境分属东胜州、武州。清水河县古城囿于地形，多筑在黄河、浑河、清水河沿岸高地、岗阜，尤以黄河沿岸较密集，可以看出黄河水道及其防御的重要性，历代统治者都予以重视。明代，东胜诸卫内迁，在县境南部陆续修缮并增筑了军事防御设施——长城，成为今日内蒙古与山西的分界。在其北方，大致在浑河南岸以西南—东北走向又有次边，县境由康堡、大湾、东土城、西土城等边堡、长城与烽燧构成外长城的屏障。

清崇德三年（1638年），归化城土默特蒙古编为一部两翼（分左、右两旗），清水河县属左旗。康熙三十六年（1697年）恪靖公主嫁喀尔喀蒙古土谢图汗部敦多布多尔济，占据清水河近十年，府邸在今城关镇花园巷东侧。公主奏请在县境垦地48375亩，作为庄园，由属人耕种。据现存岔河口、老牛湾、口子上德政碑记述，除城关镇外，其“胭脂地”主要分布在县境南部和西部的黄河沿岸，自然条件较好，而且这些属地往往占据了交通要道。乾隆元年（1736年），清水河设厅，管理开垦田亩，办理地方事务；六年隶属归绥道。民国十八年（1929年），隶属绥远省。

清水河是革命老区，具有光荣的革命传统。据文献记载，清末即有人加入同盟会。抗日战争时期，清水河县是晋绥边区与大青山抗日根据地之间的重要通道。1937年10月，中共清水河县委成立，同月，老牛坡建立了内蒙古第一个农村党支部。清水河县分根据地、游击区和敌占区三部分。解放战争时期，清水河县历经八次解放，七次退却，可见战略地位的重要和斗争的艰苦卓绝。1949年6月，清水河县全境解放，属绥远省萨县专区。1954年，清水河县隶属于内蒙古自治区乌兰察布盟。1995年12月8日划归呼和浩特市。

明代以前有关清水河县人口的记载寥寥无几。西汉定襄郡领12县，每县平均有3213.25户，以每户平均4.23人计，西汉盛时桐过、骆、武城三县大约有4万人。至东汉，三县人口8100人。金代宁边州领宁边县，有6072户，大约有25000人。今清水河县和历代州县不会重合对应，各县人口也不会相等，上述人口仅是概数。

清代有关记载较多。《清水河厅志》记载：“清水河厅所辖之属原系蒙古草地，人无土著，所有居民皆由口内附近边墙邻封各州县招徕开垦而来，大率偏关、平鲁两县人居多。”乾隆年间，总人口16500人，其中男性8500人，女性8000人。嘉庆二十五年（1820年），厅属人口也在万人以上（按归化城六厅12万人与各厅丰饶贫瘠推算）。光绪八年（1882年），总人口14608人，其中男性8273人，女性6335人。光绪三十三年（1907年），《归绥道志》记载，总人口38862人，其中男性21416人，女性17446人；蒙古族合计13户，男性39人，女性36人。

三 经济发展概况

清水河县社会经济总体发展水平，目前在呼和浩特市九个旗县区中位居第八位，落后于邻近的市属和林格尔、托克托县，以及鄂尔多斯市准格尔旗。作为以农业生产为主的国家贫困县，这种状况的形成有着深刻的自然环境因素和历史渊源。

县境全部为山地、丘陵、沟谷，对气候变化造成的干旱、雨涝、霜冻等灾害十分敏感。生态环境一经破坏，其恶果就凸显出来。历史上，尤其清中后期大规模移民带来的滥垦滥伐，加剧了植被破坏、水土流失、地力衰退、水源枯竭。清咸丰十一年（1861年）《归绥识略》记载："清（水河）厅四面被山，其地亩即就山坡耕种，遇有大风，则浮沙壅积，山水冲出则土尽石露，其地最为贫瘠"，因而当时四乡大小村庄386处，"并无绅士富户，商贾亦甚寥寥"。

粗放的农业生产，驱使农民垦殖更多土地，以满足生活需求。《归绥识略》记述，嘉庆二十五年前，清水河厅原有土地13400余公顷，至咸丰年间，因农户陆续潜逃，尚有土地8151公顷。这一时期缺少确切的人口记载，即使以光绪八年总人口增长以来的14608人计算，每人平均亩数也在55亩以上，高出光绪年间全国人均亩数的22倍。这种粗放经营方式，其典型特征表现在广种薄收、靠天吃饭，因而带来对自然环境持续的、渐进的过度索取。一方面，土地大面积沙碱退化；另一方面，随人口增长、需求增加，而进一步扩大垦殖。民国时期，《绥远通志稿》记载，当时实种水旱地10292顷40亩（其中水地21顷4亩）。

1950年以来，农业生产得到重视，农业新技术开始得到推广，逐步引进粮食新品种，同时大搞农田水利基本建设，促进了全县农业生产的发展。改革开放后，农村实行生产责任制，调整了种植业内部结构，农业生产有了实质性的跨越，据《清水河县志》记载，1982年粮食总产量达到32537吨，全县粮食首次实现自给。1998年，粮食总产量达到84241吨，是中华人民共和国成立后最高的年产量。同时，畜牧业在几经周折后得到很大发展，1999年全县牲畜总头数达到33.57万头（只）。清水河县工业基础薄弱，中华人民共和国成立初全县仅有家庭经营式小手工业作坊、窑场。十一届三中全会以来，全县工业逐步发展，电力、煤炭、化工、机械、建材及造纸、印刷、酿造、食品等行业初具规模。

调查点所在的窑沟乡是县域矿产资源最为富集的地方，已发现并开采的有煤矿、高岭土、石灰石、铝土、冰洲石、铁矿、花纹石、白云岩等。煤窑采煤和建窑烧瓷历史悠久，窑沟乡因此得名。据考察，至迟在元代已有用煤取火的实例。清代道光以后，煤炭陆续开采，清末已有煤窑7处，销往清水河、和林格尔、托克托三厅。乡域煤矿目前主要由县办企业——城湾煤炭有限公司、刘胡梁煤炭有限公司开采。窑沟地区高岭土储量丰富，质量好，土质细腻，胶性强，是生产陶瓷产品的原料。清代中后期，当地陶瓷业逐步发展，生产的黑白瓷器，多为日常生活器皿，经河口等地商人由黄河贩运至包头、河套销售。直至20世纪70～80年代，清水河生产的缸、瓮、罐等在呼和浩特依然畅销。现在，清水河县第一陶瓷厂转制更名的内蒙古惠康陶瓷有限公司已停产，有两家民营陶瓷厂继续开办。近年来，金属镁提炼业发展很快，现有5家民营公司（厂）经营此业。

黄河窑沟乡段长47公里，旅游资源丰富，目前已建成云滚洞生态旅游区。同时，黄河大鲤鱼、单台子海红果、豆腐、酸饭以及当地盛产的小杂粮、甜瓜等都丰富了旅游的内涵。每年四月初八、八月初一的西山神庙会吸引着周边市县的人们。届时，参加庙会的人们人头攒动，熙来攘往，游览听戏，进行物资交流，从而使庙会成为黄土坡上别有情趣的一处景致。

随着西部大开发战略的实施，县域国民经济发展，综合实力明显增强，清水河县经济建设和社会各项事业开创了新局面。2007年，全县地区生产总值为20.1亿元，财政总收入1.89亿元。

首先是农业。清水河县是旱作农业区，在调整农业内部结构的同时，农业生产的科技含量提高，形成“作物覆膜—座水点种—节水灌溉—精种高产”的旱作农业模式。以水利为中心的农田基本建设继续加强。“十五”期间，全县完成水土保持治理面积75万亩，建成淤地坝62座。农业基础地位进一步巩固，并向多元经济发展。2007年，全县粮食产量9.2万吨，牲畜总头数38万头（只）。以肉羊为主的小畜育肥业发展很快，存栏数达34.1万只，出栏数25万只，成为农村重要的经济来源。尤其是脱水蔬菜、小杂粮、豆制品、淀粉农产品等精加工企业带动了农村经济发展。2007年，第一产业增加值4.5亿元。农村剩余劳动力转移加快，劳务经济成为农民收入的有效途径。

其次是基础设施建设。丰准铁路清水河段以煤炭运输为主，虽有一列客车由薛家湾至丰镇朝发夕还，但对县境物流和客流基本不发挥作用。县域内以东西向的109国道和南北向的209国道构成交通主框架。2007年，城关镇—川峁公路改扩建工程竣工，209国道全部铺设了沥青。109国道城关镇—大沙湾公路及黄河大桥改扩建工程目前正在进行。县境城乡结合干支联网、内外交通的“一横二纵八支”公路格局基本形成。农村饮水解困工程全面实施，“十五”期间，全县新建机电井51处、河泉引水工程15处，至此，累计建成自来水工程132处，一半以上的城乡居民饮用了安全卫生的自来水。电力事业快速发展，全县新建220千瓦时变电站1座、110千瓦时变电站3座，总数达到10座，城乡通电工程全面竣工。通信传输网络扩大，中国移动和中国网通通信覆盖面达到90%以上，程控电话工程逐步实施。

再次是林业。清水河县是三北防护林工程建设的重点县，多次被评为全国绿化先进县、先进集体。生态建设稳步推进，全县相继启动了退耕还林、天然林资源保护、水保世行贷款、日元贷款植树造林等重点建设工程，在禁牧的基础上推广牲畜舍饲圈养，生态建设规模空前，成效全面显现。新增林地面积45.4万亩，封山育林面积18.4万亩，全县林木保存面积达到132.5万亩，林木覆盖率达到30.9%。林业经济效益日渐显现，以柠条为原料的粗加工业已全面启动。沙棘果采集受到村民的重视，一些生态环境较好的地区，村民仅此一项副业一年即可收入数千至万元。

最后是工业和服务业。全县大力推进“资源转换、工业强县”的战略，在既有的电力、煤炭、化工、建材等行业的基础上，突出水泥、电石、金属镁、化工等企业的优势，工业经济新的增长点正在形成。商贸流通、交通运输、金融保险、信息咨询等服务业规模不断扩大，促进了经济发展。2007 年，第二、第三产业增加值分别达到了 7 亿和 8.6 亿元。三次产业结构比例由“九五”期末的 36∶40∶24 调整为 24∶37∶39。立足于现有产业和资源优势，积极开展招商引资，实行工业园区和基地的重点建设，目前，焦化甲醇一体化项目已经投产，电石炉乳化粉状炸药、生态资源开发等项目相继实施。

近年清水河县委、县政府根据本县环境与资源状况，提出“一县三地”的社会经济发展战略，即营造生态环境先进县，打造建材工业、马铃薯种植和旅游业基地，已取得显著的社会、经济和生态环境效益。

第二节　调查点所在行政村概况

一　建置沿革

今营盘峁行政村所辖地域，自乾隆初期已有边内农民来此垦种，至乾隆二十六年（1761 年），东部各自然村多已初具规模。据水门塔村《伏龙寺碑记》记载，当时已有台子梁、壁里沟、百草墕、藕梨峁、大塔、望雨沟、水门塔等村，以会社形式共同出资扩建伏龙寺。合计按“牛腿”[①]出资土地为27.5顷，7425亩。可见，当时土地已大规模耕种，经济状况得到改善。《伏龙寺碑记》刊刻会社布施人员凡二十姓，有石、侯、冯、吕、段、刘、王、薛、宋、高、杨、赵、万、郝、党、郭、曹等，除部分姓氏农户已迁出此地或湮没无存外，大部分姓氏与今营盘峁各村有承续关系。此时，该地隶属清水河厅盈、积、年、丰、家、室、时、宁8个里中的室里。咸丰、同治年间，曾将8个里划为东、西、南、北四个乡，这里应属西乡；光绪九年(1883年)，仍为室里。民国后，区划变更较多，曾为清水河县第三区所辖。1950年后为第四区（驻地菜不浪湾）管理。目前是窑沟乡属26个行政村之一。据行政村档案记载，2004年全村有510户，1652人，其中蒙古族、彝族各1人，人口为全乡总数的5.85%，而占地为全乡的5.73%。

笔者使用GPS在台子梁村测得，营盘峁行政村地理坐标为东经111°27′，北纬39°39′。现辖14个自然村，其中扑油塔、安子梁、牛腻塔、四座塔、老牛湾濒临黄河，水门塔、北古梁靠近杨家川，其他欧梨峁、大阴背、营盘峁、土山子、台子梁、黄虎庄王、磨石墕处于坡梁沟畔，地势较高，因此，村域内小气候及物产略有区别。

二　环境与资源状况

营盘峁行政村位于窑沟乡南境、黄河与杨家川环绕的

---

① 《伏龙寺碑记》记载，乾隆年间，当地按牛犋折算田亩数。所谓一犋牛，即以两牛相配所能耕作的土地为一犋，每犋牛田亩数为270～300亩，因此，按“牛腿”出资，即按占有的田亩数摊派。

三角地带。从单台子及其东西两侧，有三条山脊就势向南伸展，倾斜而下，山大谷深，高差较大。由单台子至大塔，直线距离5公里，海拔相差近400米。而且沟谷均向黄河、杨家川深入展开，多崖壁陡峻的深沟，直贯河谷，之间白云岩层层叠叠，突兀峻拔，形成特有的地貌景观（见图1－3）。

图1－3　白头浪（摄于1998年5月16日）

全村占地面积29平方公里，由于黄河滩地均被万家寨库区水淹没，现全部为山区、丘陵，海拔1000～1300米，沟谷纵横，水土流失严重。土壤以栗钙土为主，土层较薄。有耕地5250亩，全部为旱作田，人均3.2亩，低于全乡人均耕地6.6亩的水平。此外，有大面积的林地、草地和荒山坡地，其中草地面积14203亩，2007年中牲畜总数3202头（只）。

该村村民过去多从事黄河运输业，现在以劳务输出为主，与外界交往较多，易于接受新事物，重视文化教育。

现有大专以上毕业生60余人，其中硕士3人、博士1人。

营盘峁处于半干旱的丘陵山地，以耐旱野生植物最为普遍，常见乔木有杨、柳、榆、槐、松、臭椿、槭树等，还有多种果树和木瓜树、桑树。灌木以沙枣、柠条、沙棘、黄桷、马蓐蓐为主。野生药材资源丰富，因而当地羊肉鲜嫩可口，无膻味。野菜有苦菜、甜苣、柞蒙、地皮菜、山葱、山韭菜等。

该地区地广人稀、山大谷深，近年退耕还林，植树种草，生态环境日趋改善，野生动物种类和数量逐渐增长，主要有野兔、雉鸡、石鸡、狐狸、扫雪、水獭、蛇、獾、鸿雁，以及花鼠、喜鹊、燕子、布谷鸟、野鸽子等。其中獾子危害最大，每当收获季节，常深夜外出觅食，啃食香瓜、西瓜、玉米，给村民添了不少的麻烦。库区还盛产黄河鲤鱼、鲶鱼、武昌鱼、鲫鱼、虾，深受游客喜爱。

营盘峁行政村矿产资源有石灰石、白云岩等，而旅游资源类型是清水河县最丰富的区域，主类和亚类分别占全国的62.5%和29.0%，占内蒙古的62.5%和30.0%。它依托黄河库区、杨家川河谷、明长城、窑洞民居、民俗风情、庙宇戏台和梁峁沟壑等，构成了独特的区域自然人文景观，引起社会的重视。2007年6月，以营盘峁行政村为核心区的《呼和浩特市清水河县长城黄河生态文化旅游区旅游发展总体规划》通过评审。旅游区空间布局方案中的“三个旅游中心、八个旅游景区、两条旅游功能线”，其中该村就占有老牛湾、营盘峁两个旅游中心，黄河峡谷、老牛湾、四座塔、大塔、伏龙寺和生态农业六个旅游景区，以及黄河、杨家川（长城）两条旅游功能线。乡土特产如黄河鲤鱼、海红果等果类、黄米、小香米、胡油、红绿豆、豆腐、酸饭等为游客所认知，进入旅游市场。

随着清水河县退耕还林、天然林保护和日协贷款三项植树造林工程的开展，营盘峁行政村的林地面积不断扩大。2000 年前，行政村林地总面积仅 6036 亩。2001 年以来，行政村每年春秋造林，主要树种以经济类的山杏为主，至 2006 年中，行政村国有、集体、个体公益林、商品林总面积达到 19762.5 亩，森林覆盖率为 21.9%。2007 年，在黄河绿化工作中，栽植套种油松 5000 余亩。不几年，昔日的濯濯童山将被盎然绿色取代，旅游区会呈现勃勃生机。

三　基础设施

营盘峁行政村偏处县境西南端，交通极为不便，旧时除以河路对外联系外，多登山跻岭，去往县城或包头。抗日战争时期，日军出于清剿的需要，曾将山路拓宽，方便汽车进出，但仍需强征民夫推拉，方可通行。中华人民共和国成立以后交通状况逐渐改善。

现在，该村交通状况大有改观。单台子南向沿山脊修筑的公路，其东侧县级砂石公路经磨石焉与山西省万家寨乡滑石村连通。中间村级道路已拓宽直通欧梨峁、水门塔。西侧村级道路，旧以 109 国道深壕子至单台子岔路口向南直通老牛湾，1996 年以来，经三次拓宽改建，已成为幅宽 5 ~ 8 米的四级砂石路（见图 1 - 4），便利了老牛湾客运班车每日往返单台子和清水河。从单台子每日有班车往返呼和浩特、薛家湾和县城（见表 1 - 1）。

图 1-4　山路弯弯（摄于 2004 年 5 月 8 日）

表 1-1　单台子客运班车（2007 年 10 月）

车型	载客量（人）	发车时间	起始地点	里程（公里）	途　径	票价（元）	返程时间
少林	30	6：30	老牛湾→清水河	70	单台子、深壕子	16	13：30
少林	19	5：30	东山神庙→清水河	80	单台子、深壕子	20	12：30
少林	30	7：00	单台子→薛家湾	90	深壕子、窑沟、喇嘛湾	24	15：00
少林	30	9：00	薛家湾→单台子	90	喇嘛湾、窑沟、深壕子	24	12：00
亚星	35	7：00	单台子→呼和浩特	150	深壕子、窑沟、喇嘛湾、新营子	35	16：10

资料来源：根据老牛湾村李秀、李玉提供资料制表。

摩托车和农用三轮车成为短途代步、运输的工具。背几斤小米，打尖住宿，步行去县城、包头的历史，成为老年人的谈资。但老牛湾开发旅游后，交通不便依然是制约发展的瓶颈。

该村过去饮用水以下河人背驴驮河水为主，后以旱井、水窖积蓄雨水为生。在1972年牛腻塔建五级扬水站向单台子供水的基础上，1998年，在牛腻塔、四座塔新打230米深机电井两眼，先后向单台子和临近各村输送自来水。

电力设施方面，自1970年通电以来，为避免线路损耗，基本实行夜间供电3～5小时的昼停夜供方式。2005年农村电网改造后，实现了昼夜供电，而且电价较前便宜近0.50元/度。电力设施的完善，使电视机基本普及，电冰柜、电冰箱成为村民家中的日常生活用品。

营盘峁过去通信极为困难，1970年开通的第一部手摇电话（磁石电话），需经县、乡邮电局（所）插转。2004年，开通程控电话，当年因雷击而停止使用。2006年，由台子梁铁塔一点多支程控电话改装为深壕子接转的无绳电话，但信号不好。因此，在中国移动和中国联通覆盖面日益扩大、信号增强的基础上，2004年以来，该村手机基本普及。

目前，各自然村都已通电、通车、通电话。

第三节　老牛湾村概况

老牛湾村曾经是居住集中、生产生活关系密切的四个自然村的社会习惯称呼，它包括冠诸于“老牛湾”的下村、上村、庙区及河湾四个村落。其中河湾住户于1998年前后因库区移民多迁往包头等地，次年，村址淹没无存。所以，现在老牛湾仅余下村、上村、庙区。近年，已将三个自然村统一归并为老牛湾村。在该村南面，隔杨家川相望，还有一个山西省偏关县万家寨乡老牛湾村，居住在明代老牛湾堡内外，当地称之为“楼圪旦”，以与清水河县老牛湾相区别，这不是我们调查的重点，但“老牛湾”明清以来显然已经成为区域环境的称呼。两村比邻而居，共同劳作，往来极为密切，而且有血缘姻亲关系，仅行政归属各不相同，因此，山西老牛湾村是我们印证相关资料的对象（见图1－5）。

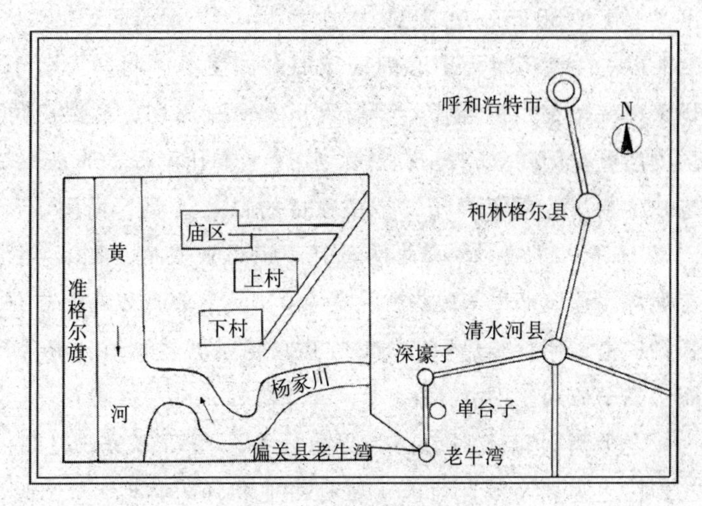

图1－5　老牛湾村示意图

资料来源：2009年6月课题组绘制。

一　村落环境

清水河县南境的特点之一是海拔最高点与最低点东西遥遥相对，最高点柏杨岭海拔1832.5米，而最低点就在黄河出境的老牛湾河湾村，海拔921米，与最高海拔处相差几乎一倍。万家寨水库蓄水后，情况已经有所变化，但总体而言，在多山的清水河县海拔依然相对较低，由单台子村至老牛湾直线距离不过6公里，海拔却陡降350多米。

现在的老牛湾村位于北来黄河及其西向支流——杨家川夹峙的高达百米的崖顶台地上，海拔1050米左右，与呼和浩特城区差不多。其北以土山子庙与四座塔村为界，东至新窑湾与台子梁村土地相接，西隔黄河与准格尔旗相望，南括杨家川隔长城与偏关县接壤，村域总面积6.5平方公里，其中水域面积4平方公里。另外，在杨家川南侧护河楼下方有土地30亩，现多已淹没。

以老牛湾下村为中心的区域旧名阎王鼻子村，得名于杨家川一道突出的断崖。因杨家川水曲流深切，形似三角形的崖壁东侧陡立，怪石嶙峋，崖壁上方孔洞，贯通东西，当地称断崖为阎王鼻子，是很独特的自然景观（见图1-6）。旧时，循阎王鼻子西侧石径小道可通谷底。2005年，交通部门建设老牛湾码头，斥资450万元，在此以花岗岩石板做梯道，用青砖建护墙，并在崖顶仿长城建长垣、墩台，阎王鼻子原貌已不复存在。

老牛湾村以入村公路为界，分为东西两部分。路东，当地称之为新窑湾，目前主要是耕地和稀疏林地，大致呈扇形向南面的杨家川倾斜展开，发育有短小的侵蚀沟壑。路西，不规则地分布着三个自然村：上村在东北，位于村口；庙区北偏西，临近黄河；下村居南，靠近杨家川。由于多年来该村陆续扩建宅院，三个自然村已逐渐相连，没有明显的村落划分，整体呈集团——散列状。其中下村位置较好，地面平旷，布局紧凑，大致呈长方形分布，道路相对规整，通行较便利。上村靠近沟头路畔，地形相对平坦，宅院呈散列状分布，居住较为集中。庙区受地形限制，

图1-6　阎王鼻子（1998年5月15日）

宅院多沿沟呈不规则分布，扩得很散，少有像样的道路。

以庙区为中心的村子西部，多宽且深的大沟。村北土山子西南有火石背沟，西南是板神泉沟（近黄河处又称庙沟）、河路石壕，此外有李家塔沟等，均向黄河下切延伸，历经风剥雨蚀，多土尽石露。河路石壕是旧时下河道路，石磴小径，盘桓屈曲，直达崖底。现在石径未被淹没部分，保存良好，经过长期的人踩足踏，留下了斑驳的印记，印证着老牛湾村的历史（见图1-7）。各沟之间的坡梁和村北、村西基本都已垦种，集体化时期，多陆续建成水平梯田，以旱作农业为主，仅庭院有少量园圃。

由于地理环境造成的温度、日照、降水、土壤等生态条件较为适宜，以及村民勤于栽种、管理，老牛湾村周边及宅院内外花木葱茏，生长着许多温带果树，以一隅之地集中了如此多的品种，在呼和浩特地区各村庄中是非常少见的。这些树木主要有苹果、梨、桃、槟果、葡萄、海红、

图 1－7　河路石壕古道（摄于 2008 年 9 月 1 日）

枣、杏、李等，其中以海红果最为有名。清水河县闻名的“单台子海红果”，其主要产地就在老牛湾及相邻各村[①]。仲秋时节，进入村中，只见各种水果缀满枝头，任人摘取、品尝，给初到此地的人留下很深的印象。

老牛湾村的另一特点是石砌窑洞民居建筑。营盘峁行政村所属各个自然村，以老牛湾、牛腻塔一带石材最好，白云岩石板不仅块大，而且厚度均匀，石质细腻。由于这

① 2007 年，呼和浩特市以清水河县海红果制品制作技术呈报内蒙古非物质文化遗产，使之市场前景看好。

一带黄土层较薄，少有适合掏挖土窑洞的地方，因此，定居于此的农民，因地制宜，多以石材构筑窑洞，经年累月，造就了很高的砌石技术，外出务工者也常常从事石工。老牛湾村民以石块构筑窑洞，砌筑院墙，用石板墁地，铺砌锅台、炕裙，凡能以石替代的建筑材料，莫不以石代之，营造了和谐的环境氛围以及恬淡自然的田园风光。

和清水河县绝大多数地方一样，老牛湾崖顶上村、下村、庙区，多年来一直以积蓄雨水的旱井、水窖解决人畜饮水问题，当地人说“守着黄河没水吃”。唯一不同于偏远干旱山区的是，如逢持续干旱，村民们还是可以循石径下至崖底，人扛驴驮，解决饮用水问题。1977 年，人民公社时期，在庙区建二级扬水站，抽取河湾泉水，用来饮用、浇地。一年后，因扬程高、电费贵而停止浇地，仅用于人畜饮水，至 20 世纪 80 年代初停用。2005 年，行政村曾铺设营盘峁高位水塔至老牛湾输水管道，计划将四座塔深井水引至老牛湾，因线路长，沿途渗漏严重，以及居住分散、入户困难等问题，终未成功。清洁的人畜饮水依然是多旱的老牛湾亟待解决的一大问题，且目前已成为制约该村旅游业发展的因素①。

二　人文历史概况

老牛湾村被黄河、杨家川两河环绕，北依土山，南面展开，地理环境优越，适合人类生存。据《偏关县志》记载，老牛湾墩（俗称“护河楼”、“望河楼”）西侧石崖下古文化遗址，东仰西伏，濒临黄河，曾出土石斧、石铲、

① 本书出版时，自来水管线已进入老牛湾村民家中。

石镰，以及陶盆、罐、壶等器物残片，是新石器晚期以来的遗存。20世纪90年代，清水河县文管所在老牛湾村征集到管銎斧、銎内戈等商周时期青铜兵器，其中銎内戈在内蒙古中南部尚属首次发现，应与其北面西岔商周文化遗址有密切关系。同时老牛湾村两次出土窖藏战国货币，除一些本地区常见的布币外，伴出了3枚蚁鼻钱，这是呼和浩特地区首次发现的、有明确出土地点的楚国货币，不仅证实了当时各地区经济文化交流频繁，而且可以看出黄河沿岸在这种交往中的重要历史地位①。此外，老牛湾村一带经常可以看到地表暴露出的不同时期的残陶片，证明在漫长的时间里，这里一直都有人类生息劳作。

最迟在明代，已确切有了“老牛湾”的地名。现存山西老牛湾村明嘉靖二十七年（1548年）六月设立的界址碑记载：分守山西西路地方右参将署都指挥佥事郭“分管老牛湾起东西两路边界……”，老牛湾作为一方边备的总枢，可见其战略地位的重要性。此后明万历二年（1574年）增建砖石包砌的墩台，即以“老牛湾墩”为名。老牛湾墩匾额明确记载了《北虏风俗》的作者——萧大亨当时任职岢岚偏老兵备要员，这是补充其生平经历的重要资料②。至明崇祯九年

① 内蒙古自治区文物考古研究所编《万家寨水利枢纽工程考古报告集》，远方出版社，2001。

② 萧大亨，山东泰安人，明嘉靖进士，累官兵部侍郎，进少保。所著《北虏风俗》（又名《夷俗记》），是重要的明代蒙古史料，“几乎他所提出的每一种风俗都可在中世纪旅行者的记述中，或在现代蒙古人的风俗习惯中得到证实”（〔美〕亨利·赛瑞斯：《〈北虏风俗〉译序与注释》）。然而，有关萧大亨的生平记载却甚少。老牛湾墩及以东滑石涧堡镇宁门额上相关题名可补充文献记载不足。由此，可知萧大亨在明万历二年左右任岢岚偏老分巡道员，万历八年升任宁夏巡抚。

(1636 年)，为抵御日益强大的清军，在老牛湾墩南 200 米处加筑了边堡，称为“老牛湾堡”。在老牛湾村楼塔地有明代建筑墩堡时的砖窑遗址。自此，老牛湾一名沿用至今。

老牛湾在明长城军事防御体系中不仅是要塞，也是通达内蒙古地区的重要关口。由老牛湾墩西崖循石级而下，再经杨家川口崖壁石径可至谷底，由阎王鼻子或河路石壕而上，这是沟通长城内外的一条陆路通道，清末至民国年间依然如此。《归绥道志·清水河厅治考·道径》记载：厅治“南九十里至边墙，东为红门市、驴皮窑二口，西为老牛湾口，皆通偏关，为山蹊小径”。因此，清代老牛湾墩堡主要担负着关卡的稽查职能。

老牛湾村肇始于乾隆时期清水河厅招民垦种，但年代或晚于《伏龙寺碑记》刊立的乾隆二十六年（1761 年)，最早定居于此的有郝、郭、姚三姓人家，散居在上村和庙区。至今庙区内“石庄王”（方言，意为“石头的宅院”）的地名，相传即当时的居住遗址[①]。此后，李、白、王、赵、路等家相继迁入，其中李姓迁入较早，白姓不晚于道光咸丰年间，赵姓次之，路姓最晚，在民国初年迁入。旧时，老牛湾村庙沟畔建有龙王庙、观音庙、五道庙，因沟中有一泉水，故名庙泉，八十多年前，该泉还在饮牲口，后干涸。久之，以庙沟为中心的区域，转讹为庙区。有关庙沟泉水，清光绪九年《清水河厅志·古迹》记载：“飞泉瀑布。老牛湾口，其村依山临河。村北山腰有飞泉一道，形如瀑布，水流击石有声。

① 老牛湾村向为伏龙寺香火供施会社之一，但《伏龙寺碑记》中未予记载，故该村建立要晚于碑记刊刻年代。碑记中提到的郝、郭二姓，或与定居老牛湾村的为同姓族人，因年代久远，难以详查。今台子梁郭家、碓臼沟郝家似乎与此有关。

村人即于山坡下而置水碓水磨焉。其上山之路，迂回盘曲，石梯石蹬，层层相接。有名为阎王鼻者，尤称险极云。”除泉水外，文中记述了河路石壕及阎王鼻子，然而时过境迁，多已状貌难再。由此可以看出当地自然环境的变化和最初选择在此定居的原因。

老牛湾依山带水，岗峦屏护，生态环境良好，相传初居于此时，山上满是松柏树，尤以柏树为多。时至今日，村民们有关这一带林木繁茂、行人难以通过的传闻，间接证实了这一状况确实存在。因此，清康熙帝恪靖公主垦种老牛湾是有所选择的。清康熙三十六年（1697 年），恪靖公主出嫁漠北喀尔喀土谢图汗部敦多布多尔济，由于西北尚不安宁，故暂居清水河，其奏请垦种的庄园之一便在老牛湾。在老牛湾墩北崖下曾立有“四公主千岁千千岁德政碑”，碑首题“坤道甘棠”，以表彰公主政绩卓著，碑文上首题“老牛湾阖属耕种草地人等公举”，石碑未署年代。据康熙六十年立于岔河口和口子上，以及雍正五年（1721 年）立于今城关镇的三通四公主德政碑分析，该碑刊立年代也在此期间（见图 1 -8）。

恪靖公主在老牛湾的“胭脂地”范围，目前无法确指。按清廷惯例，应在明长城外侧公主居住地的清水河县境内，因此，除老牛湾墩北面立有德政碑的土地外，今老牛湾村一带及原来的河湾滩地，都归其所有，应无问题。自康熙三十一年（1692 年）清廷派员逐程勘察黄河河道，俾使宁夏输粮西安以来，随黄河水运逐渐恢复，晋蒙水运站口的老牛湾成为恪靖公主的领地。

恪靖公主死于雍正十三年（1735 年），乾隆初归葬漠北，其属人耕种清水河土地达数十年。乾隆元年（1736

图 1－8　岔河口清代恪靖公主德政碑（摄于 2007 年 8 月 6 日）

年），清廷以额驸敦多布多尔济已回喀尔喀，“此处种地之人，难以遥管”，而撤回庄田，同时“招民耕种，以足戍兵之粮”，即由政府掌握租赋所得，供给归化城一带军需。老牛湾附近一些村落渐至形成，目前尚无资料表明，有公主属人留居老牛湾。

值得注意的是，老牛湾村父老相传其先祖初到此地都是以种地为生，但清末诸志在清水河厅村庄中却从未提及老牛湾村或阎王鼻子村，均记载老牛湾为厅境十四处黄河渡口之一。这与清代黄河水运的复兴、发展和繁盛有密切关系，是逐步兴盛的河运业促进了老牛湾村的发展。

清康熙中期黄河上游宁夏至山西保德等地以水路转输粮食为主，至雍正乾隆年间土默特平原成为享有“塞外江南”之誉的重要产粮区而兴起，并因乾隆五十一年（1786 年）行销吉盐（阿拉善吉兰泰池盐）而更趋发展。乾隆五十七年（1792 年）后，清廷放宽吉盐运销限制，“听民贩运”，老牛湾上承白头浪，下接狮子拐等黄河险要，环境优越，不仅是往来船只的泊区，而且成为晋蒙之间河运第一大站口，其重要地位愈益显现。至迟在乾隆嘉庆以后，老牛湾已形成船运为生的聚落，许多村民转而以“跑河路”为主业，农业生产由于人丁日繁，土地渐少，收入低微，逐步退居次要地位。

老牛湾在道光之后臻于繁荣。清咸丰二年（1852 年），河路社在河湾庙宇增建戏台一座，循旧规，每年正月初一、七月初二，在此祭祀关帝、龙王、河神等，并进行演出、交易，共七天，十里八村的民众会聚于此，场面热闹。一些榨油、制酒、制香和卖百货的作坊、商号应运而生。老牛湾戏台见证了河运的兴衰，清光绪四年（1878 年）、三十年（1904 年），戏台又两次维修，可以看出清末黄河运输在区域经济往来中的重要作用，以及老牛湾社会经济的发展状况。据称，当时，富者一户数船，贫者数家共用一船。老牛湾的河路汉又以谙熟石河[①]水道及行船而颇有称誉。

民国十二年（1923 年）一月，平绥铁路展线至包头。包头最终以西北物资总汇之区的重要地位取代托克托县河

---

① 石河，相对于沙河而言，托克托县河口以上黄河，流经河套平原，河床多为黏质沙土，水流甚缓，俗称沙河。及河口以下，黄河渐行渐入晋陕峡谷，河床为石质，且比降较大，水流湍急，河道狭窄，礁石重重，俗称石河。船行于此，艰险异常，故老艄公几乎都由当地聘请。著名的黄河大鲤鱼，石河所产，其色泽金黄，尾部为红色；而沙河鲤河，身段偏黑，仅尾部为红色。

口镇，成为最大的物资集散地。黄河运输由此以包头南海子为起始点，分上下游运行，即老牛湾船工所说的“船断腰”。此后，包头、河口至山西河曲、保德，乃至碛口的船运业一蹶不振，但部分粮食、盐碱、药材及其他土特产品仍取水路，老牛湾人还以跑河路为业，行经上下游。河湾服务于船运业的作坊、字号相继停业，只有禳灾祈福的制香作坊延续至1964年。20世纪30年代，老牛湾村、阎王鼻子村始见记载，隶属于单台子乡。

抗日战争时期，黄河运输完全中断。老牛湾东北紧邻的土山子村，初由日军、继由伪巴彦塔拉盟公署警察队驻守，而河西是国统区，偏关是晋绥根据地，老牛湾村成为敌我三方势力的交会点。村民们丧失了主要的谋生手段，全靠种地为生，艰难困苦。

抗日战争胜利后，河运恢复，老牛湾村民重操旧业，每年清明以后至立冬前，受雇于货主或船运部门，多往返包头、陕坝、石嘴山、中卫各地。1958年，包兰铁路通车，现代交通工具完全取代了旧式船运。老牛湾村民由合作社和人民公社生产队组织，多短途行船运输附近的土特产品和煤。20世纪90年代初，随着改革开放的深入发展，村民们逐步舍弃旧业，转以收入更高且安全的外出务工经商为主，渐成趋势。20世纪90年代中期，万家寨水库大坝兴建和乡村公路的拓展，使得河运最终停止，老牛湾村形成青壮年外出务工、妇孺老弱耕种养殖的状况。1999年春夏，万家寨水库蓄水，部分村民以鱼类捕捞养殖作为重要经济来源，开展旅游业成为村民的共同意愿。可以说，老牛湾村的历史是清代中期以来黄河水运史的缩影，它展现了两百余年黄河沿岸区域性的风俗画卷，值得我们深入研究。

第二章　基层组织

第一节　基层组织建设

一　基层政权建设

（一）基层政权沿革

中华人民共和国成立之初，清水河县分六个区，老牛湾属于第四区，后为宽滩区公所单台子乡所辖。1956 年，现营盘峁行政村所属的 14 个自然村，分别组成红光、曙光、日光三个合作社，老牛湾隶属于红光合作社，三个合作社统归宽滩区公所。同年单台子乡管理区成立，红光合作社隶属之。1958 年，单台子乡成立人民公社，红光、曙光、日光三个合作社归并为营盘峁大队，归单台子人民公社管辖。1984 年，单台子人民公社仍改为单台子乡，营盘峁大队改为营盘峁村民委员会。2000 年单台子乡与桦树墕乡合并为单台子乡，至 2006 年 5 月，又归并于窑沟乡。营盘峁行政村名称及管理范围未发生变化。老牛湾小队改为老牛湾自然村，属营盘峁行政村所辖，直到现在，老牛湾都是营盘峁行政村的一个自然村。

（二）基层组织

营盘峁行政村村民委员会（简称村委会）作为农村社会的自治组织机构，是最基层的组织，接受乡政府的直接领导。经调查，台子梁村是行政村所有自然村的中心，村民委员会设于此地，有较完整的行政村办公设施。就整个清水河县而言，所有的行政村都按区域条件、村落大小、人口多少，选择一个村落设立基层组织——村民委员会，因此，全县都由几个自然村或是十几个自然村组成一个村民委员会。老牛湾自然村只有百余户人家，在营盘峁行政村中，位置较偏。自然村只设一名村长，老牛湾也是如此，我们调查时担任老牛湾村长的是村民白润维。村长没有办公地点，只是负责向村民传达行政村的工作安排以及组织村里的一些临时性活动。例如，乡政府如果向村民提供改良品种的农业种子（如玉米种子、小香米种子、土豆种子）时，先召集营盘峁行政村的干部们去乡政府开会布置工作。营盘峁行政村再召集各自然村的村长去行政村的办公地点开会，把工作传达给各村长。村长再挨户通知村民，把村民叫到自己家里（一户一个代表），或在村里任何一个村民临时聚集的地点，来传达上面的政策。又如，村里的两户人家发生纠纷，村长负责协调，如果村长协调不通，再由行政村的干部协调；如果行政村的干部协调不通，那么，就需要到乡政府或乡派出所去协调。再如，村民们要进行一些文化活动时，也由村长组织，例如，在当地每年春节以后及正月里，村民们外出务工的回来了，而且此时也没有农活，这时就要请戏班子来唱戏（主要是晋剧），那么，这也由村长来协调并分摊费用等，这些就是自然村村长的日常工作。

（三）村民委员会

1. 行政村村民委员会

营盘峁行政村村民委员会是1984年改营盘峁生产大队为营盘峁行政村而成立的。依据行政村办公室张挂的历届行政村主任统计表，在行政村历届任职的行政村主任有九位，他们为营盘峁各村的发展作出了贡献，见证了营盘峁行政村50多年的发展历程（见表2－1）。

表2－1　营盘峁行政村历届行政村主任统计

单位：年

姓　名	任　职	任　期
韩　祥	主　任	1957～1970
李　裕	主　任	1958～1961
吕筛扣	主　任	1958～1961
李成虎	主　任	1979～1990
石玉山	主　任	1990～1993
孔禅生	主　任	1993～1997
张建光	主　任	1997～1999
杨占成	主　任	1999～2003
韩秀成	主　任	2003～

注：1958～1961年，营盘峁行政村分设三个主任，驻老牛湾、牛腻塔、欧梨峁三个自然村，其中韩祥分管扑油塔、牛腻塔、安子梁；李裕分管四座塔、老牛湾、土山子、台子梁、西嘴、大塔；吕筛扣分管营盘峁、大阴背、欧梨峁、黄虎庄王、磨石璃、水门塔、北古梁。

资料来源：营盘峁行政村统计表。

2. 村民委员会现状

（1）地址。

营盘峁行政村自成立以来一直在台子梁村办公，为了促进老牛湾的旅游开发，行政村于2007年12月迁到老牛湾村（见图2-1）。行政村办公室由行政村村委会负责征用建筑用地，以及派人监督工程质量，办公室建筑用款由县组织部拨付。行政村办公室于2007年10月竣工，分别设有村支书办公室、村主任办公室，另设立一间党员活动室，里面配有座椅30套、电视机1台、VCD影碟机1台、远程教育设施1套、火炉2个、图表4块、白板1块、党旗1面，作为党员及行政村举行会议的活动场所。

图2-1　行政村村民委员会（摄于2008年10月26日）

(2) 构成。

营盘峁行政村形成了一套比较完善的组织机构，现任行政村干部及工作分工如下（见表2-2、表2-3）：

表 2－2　营盘峁村民委员会成员

单位：年

姓　名	性　别	文化程度	出生年月	职　务	任职时间
韩秀成	男	初中	1970. 9	行政村主任	2003
赵　清	男	高中	1955. 7	行政村副主任	2003
石玉山	男	高中	1955. 9	行政村委员	2003

资料来源：营盘峁行政村档案资料。

表 2－3　营盘峁村民委员会工作分工

治保小组组长	韩秀成	成　员	吕筛扣、赵　清
村级理财小组组长	吕筛扣	成　员	赵清、韩秀成
村务公开监督小组组长	石拴为	成　员	孔忠生、孔根艮、杨满玉、韩宽和
计划生育领导小组组长	石忠虎	成　员	韩秀成、赵　清
护林（禁牧）领导小组组长	石玉山	成　员	石占年、赵　清

资料来源：营盘峁行政村档案资料。

行政村主任、副主任及其成员总揽所辖自然村的工作；治保小组负责所辖自然村的社会治安工作；村级理财小组负责行政村财务收入支出工作；村务公开监督小组负责行政村各项工作开展的监督工作；计划生育小组负责人口增长的控制工作；护林禁牧小组负责保护原有林地牧地，以及退耕还林还牧的生态安全工作。治保、理财、监督、计划生育、护林禁牧小组各设组长一名，成员若干，负责专项工作。

老牛湾村与原营盘峁行政村的办公地点台子梁村只隔几道山梁，如果步行的话，只需 10 分钟左右，过去村民们有事可以直接去营盘峁行政村村委会寻求帮助。老牛湾村平时很少开村民会议，只在行政村村委会换届选举时，所有满 18 周岁的村民才参与选举。一般村里有事时，只是村民代表出席会议，会后对涉及广大村民利益需要村民们参与的，由村民代表或村长通知到户，汇总村民意见后进行处理。但是，由于常住人口的文化素质低，上过学的村民屈指可数，有时对干部传达的上级政策认识不足，往往是传达完就了事。调查中发现，村民们觉得担任村干部的最重要因素是要有较强的组织领导能力。

（3）经费与待遇。

2003 年农业税改革前，营盘峁行政村“两委”班子的干部年度补助由所辖各村村民分摊，每人每年一元钱，年底由各自然村村长向村民收缴，然后支付给行政村干部。存在的问题是，个别村民认为村干部没有为村里干什么事，因而分摊的钱收缴不足，存在拖欠问题。而村干部有时为了上级部门检查或者开展行政村工作，还得自己出钱垫付行政村开销。为此村干部们自编了一首打油诗：“办公坐在自己炕上，吃喝费用自己垫上，工资记在往来账上”，这反映了当年村干部们工作中的一些苦衷。

2004 年开始，随着国家三农政策的实施，行政村干部的待遇也有了一些改善。村“两委”主要干部的年度补助由县财政用转移支付款发放，一年共 4000 元，每半年发放一次。具体分配方法是：村支部书记 1400 元/年，行政村主任 1300 元/年，行政村会计 1300 元/年。所辖各自然村村长补贴费也由县财政用转移支付的方式发放，每个村长一年 200 元。另外，负责行政村计划生育工作的计生主任因是乡政府计生办工作人员兼任，补助为 60 元/月，从行政村公务费中支付。2003 年农业税改革后，曾经担任过行政村干部的老支书，每月可得 15 元的生活补贴，随着本地经济条件和生活水平的改善，补贴也得以逐步提高。

（4）工作概况。

老牛湾村没有具体的组织机构，只有一名自然村长负责村里的日常公共事务。现任村长没有经过村民选举，是由行政村任命的，因其热心于村里的公众事业，行政村有事传达时也找他，村民们也没有反对过，就成了既定事实。他主要负责日常事务，如扶贫款及物品的发放、村民纠纷调解、配合行政村做好老牛湾村一切日常工作等。其余工作都由行政村所设机构统一负责，如治保、理财、计划生育、护林禁牧等小组各司其职。老牛湾村的社会治安良好：一是因为本村外来流动人口少；二是本村民风纯正；三是治安小组开展普法宣传活动，以及对危害社会治安行为敢抓敢管。

目前由于村里的自然条件限制，农业发展潜力不足，手工业发展基本停滞，商业只局限于极少数的日常生活用品经销和相关的旅游服务，以及部分农资销售等。因此，在调查中，村民们反映行政村在经济建设上发挥的作用还需要加强。但老牛湾村生产落后，村民收入微薄，致使大量青壮年劳力向外输出，村里只剩一些老弱儿童，这也导致了村里“缺人”现象严重，开展工作困难。

近年来，营盘峁行政村党支部和村委会带领农民抓粮食生产，使粮食产量有所提升。利用四座塔深水井抽水至台子梁高位水塔，大部分村子自来水已进户，老牛湾自来水管道也已入户待用（见图 2－2）。修通了由单台子村进入四座塔和老牛湾大约 8.3 公里的村级土路。

过去即使个别村民有植树造林的愿望，但由于树苗等植树成本相对较高，负担还是难以承受。2000 年营盘峁行政村开始实施国家退耕还林（牧）政策，各种配套优惠政策相继出台，村民的植树造林积极性得以提高。2000～2008 年，营盘峁行政村共实现了退耕还林 2300 多亩，其中老牛

图 2-2　老牛湾饮水工程（摄于 2008 年 10 月 25 日）

湾村退耕还林共计 97.1 亩，占行政村退耕还林总数的 4%左右，是营盘峁行政村所辖自然村中退耕还林数目比较少的一个村子。主要原因是老牛湾村人口较多，土地少，人均一亩多地，适宜耕种农作物的土地有限。这些年来，在乡、村干部的领导下，各村原来光秃秃的山地开始披上绿衣，林木的数量在一天天增加，裸露的地表长出了绿草。

在退耕还林过程中，各村生态环境得到了改善，村民们也得到了实惠。老牛湾村正式实施退耕还林政策是从 2003 年开始的，之前其他村子村民每退一亩耕地，政府补贴 20 元现金和 200 斤粮食。2003 年之后，包括老牛湾在内的所有村子的村民每退耕一亩，就把原来补贴的 200 斤粮食折算成现金 140 元，这样每亩共计补贴 160 元。村民们退耕后需要种植的树苗由县林业局统一提供，村民们领到树苗后，自行种植培育。据行政村干部石玉山同志介绍，退耕还林是一项造福子孙后代的公益事业，从退耕还林的起点算起，8 年以后政府对退耕还林村民补贴款将分割为两部分，70 元继续补给村民，余下的 90 元由县林业水利等部门统一用做公益事业，如铲地、上水、修路等。分割后的补贴办法再执行 8 年，即 16 年后，各村生态环境肯定会有质的飞跃。

2005 年 7 月 1 日起，开始执行《清水河县农村居民最低生活保障实施办法》。该办法对农村居民最低生活保障标准，按照维持农民基本生活所需的衣、食、住、燃料等费用，每人每年为 520 元。以后可根据当地经济条件和生活水平的改善逐步提高。对于无生活来源、无劳动能力、无法定赡养人、抚养人、扶养人的，男年满 60 周岁，女年满 55 周岁的孤老和 18 周岁以下的孤儿，按照自治区《关于加强农村牧区五保供养工作的通知》（内民政保[2005] 6 号）精神，分散供养的每人每年享受 800 元，集中供养的每人每年享受 1200 元的生活保障金。调查中我们了解到，老牛湾村先后有 10 户村民被认定为低保户，有一位年纪较大的村民被认定为五保户，根据《清水河县农村居民最低生活保障实施办法》，这些村民在行政村的帮助下生活得到了保障（见表 2－4）。

表 2－4　2007 年老牛湾村社会保障情况

单位：岁

姓　名	年　龄	性别	保障情况
白广生	63	男	营盘峁行政村过年给 30 元慰问金；民政局给 50 元慰问金；2007 年办低保，520 元/年
李二军	67	男	2007 年被确认为五保户，1050 元/年
李　瑞	53	男	2006 年领低保金 1000 元

注：上述三人是调查时直接与保障村民户交流时了解的情况，属典型户。
资料来源：依据调查资料制表。

(5) 合乡并镇前后行政村经济建设目标（见表2-5)。

表2-5　营盘峁行政村两年经济建设目标

项目	目标值（时间）		单位	2006年（单台子乡）	2007年（窑沟乡）
农业	农作物总播种面积		亩	—	5900
	粮食作物播种面积		亩	3000	3658
	粮食总产量		万斤	86	89
	油料播种面积		亩	900	640
	油料总产量		万斤	9	10
	马铃薯种植面积		亩	500	1590
	特色小杂粮		亩	500	1280
	其中：覆膜小香谷		亩	—	64
畜牧业	六月末生猪存栏（总增率）		口	43%	278
	六月末生羊存栏（总增率）		只		1620
	其中	寒羊	只	—	950
		出栏育肥羊	只	—	2000
	培育肉羊改良育肥示范村		个	—	1
林业	退耕还林		亩	—	1140
	其中	退耕	亩	—	380
		荒山荒地造林	亩	300	760
	天保工程		亩	—	923
	封山育林		亩	—	308
	四旁植树		株	10000	3846
	义务植树		株	4000	269
水利水保	新增水保治理面积			800	308
	解决人畜饮水	人饮	人	50	200
		畜饮	头/只	80	290
	新增节水灌溉面积		亩	—	25

续表

项目	目标值 时间		单位	2006年（单台子乡）	2007年（窑沟乡）
扶贫	当年解决温饱户		户	—	9
	当年解决温饱人口		人	—	37
	社会扶贫争取资金		万元	—	5
其他	当年完成种草面积		亩	1200	385
	当年完成产业养羊数		只	—	231
	当年解决人畜饮水	人饮	人	—	96
		畜饮	头只	—	154

注：2006年清水河县所辖乡镇合乡并镇后，单台子乡并入窑沟乡，2007年营盘峁行政村划入窑沟乡管辖。上述经济指标是合乡并镇前后营盘峁行政村的经济建设目标。由于前后乡政府制定经济建设目标不一致，2006年有部分经济建设目标没有制定出具体指标。

资料来源：营盘峁行政村档案资料。

二　党团、妇女组织

（一）党组织

1. 行政村党员情况

营盘峁行政村党支部成立于1957年，经过历年的宣传教育，吸收了一些积极要求进步的年轻村民加入党组织，现有党员39名，其中女党员4名，大专以上文化程度者2名。到调查时历届任职的党支部书记共有六人，其中有两届由一个人连任（见表2－6）。

表 2－6　营盘峁行政村历任党支部主要领导

单位：年

姓　名	任　职	任　期
张　六	支部书记	1957～1958
韩太厚	支部书记	1958～1961
韩金泉	支部书记	1958～1961
孔召河	支部书记	1958～1961
孔召河	支部书记	1961～1972
石三白	支部书记	1972～1994
石玉山	支部书记	1994～

注：1958～1961 年，营盘峁生产大队党支部分设三个支书，驻地及分管自然村同表 2－1 注。

资料来源：营盘峁行政村档案资料。

2. 现任党支部书记介绍

石玉山，男，汉族，1955 年出生，1978 年加入中国共产党。1971 年在四座塔村任民办教师，1977～1979 年初借调在清水河县财税局工作，1979 年调回营盘峁行政村工作，先后担任过民兵连长、行政村会计、村长等职务，1994 年被选举为村党支部书记至今。2000 年被评为内蒙古自治区劳动模范和呼和浩特市劳动模范。作为营盘峁行政村各项事业的领头人，被选举为呼和浩特市第十届、第十一届人民代表大会代表，清水河县第十届、第十一届、第十二届、第十三届人民代表大会代表，清水河县第十一届、第十二届中国共产党代表大会代表。

3. 老牛湾党员情况

老牛湾村共发展过党员 5 名，其中女党员 1 名，文化程度初中者 1 名，高中者 1 名，其余都是初小文化程度。有两位老党员已去世，现在实有 3 名党员（见表 2－7）。

表 2－7　老牛湾村党员情况

姓　名	现任职务		性　别	民　族	出生时间	文化程度	入党时间	职　业	备注
	党内	行政							
李成虎			男	汉	不详	小学	不详	农民	已逝
赵记栓			男	汉	不详	小学	不详	农民	已逝
王牡丹			女	汉	1933 年	文盲	1953 年	农民	
李　彪			男	汉	1950 年	初中	1976 年	教师	
赵　清	支部委员	副主任	男	汉	1955 年	高中	1996 年	农民	

资料来源：营盘峁行政村档案资料。

表 2－7 中的党员，只包括户籍在老牛湾的人，因为在外地工作或其他原因户口迁出的也有党员。对居住在老牛湾的三位党员作简单介绍。

王牡丹，女，1933 年生。据我们采访，她的祖籍在山西省偏关县，16 岁加入新民主主义青年团。1952 年担任老牛湾村副村长，是土改积极分子。1953 年 1 月 18 日入党。清水河县召开民主妇女联合会第一届代表大会，当时出席大会的代表 49 人，王牡丹因年龄不够，列席会议。曾担任老牛湾村治保主任。1958 年“大跃进”时期，担任单台子公社妇联主任，并且领工在单台子修建水库。据王牡丹回忆，1962 年合并为大公社后，任清水河县窑沟公社单台子管理区副主任，兼妇联主任。同年参加了内蒙古群英会，获得了奖状。担任妇联主任直到 1998 年卸任，时已 65 岁。在她担任妇联主任期间，积极响应政府号召，努力开展妇女工作，积极推行计划生育国策，得到了村民的广泛好评，都夸赞她是一个好妇联主任。其间，她积极参加村里、乡里的许多生产建设活动，如，修建单台子扬水站，她领导一小队铁姑娘，进山打眼放炮，什么苦活累活都能承受。

1971～1972 年兼任营盘峁大队的代理大队长。2005 年底参加了村党支部党员保持先进性会议。2007 年 7 月，笔者调查时得知，清水河县政府扶贫团到老牛湾村，对老党员进行慰问，赠送了她 500 元现金。从我们对王牡丹的访谈中仍旧看得出这位老党员对党的热爱和忠诚（见图 2－3）。

图 2－3　老党员王牡丹（摄于 2008 年 8 月 31 日）

李彪，男，1950 年出生，初中文化，教师。1976 年加入中国共产党。一直在老牛湾村教书，后来调入营盘峁中心小学任教多年，现已退休。

赵清，男，1955 年出生，高中文化，1996 年加入中国共产党。现任营盘峁行政村副主任、党支部委员。

行政村党员全年按季度上缴党费，每季度上缴党费 0.6

元/人。老牛湾村党员王牡丹、赵清上缴党费每年2.4元。李彪因多年从事农村教育工作，现已退休，据本人介绍，其每年上缴党费200元左右，从县财政下拨工资中扣除。

我们从营盘峁行政村干部口中了解到，目前在新党员发展中，由于青壮年村民都外出务工，导致党员培养工作发展缓慢。

4. 党组织分工

据营盘峁行政村党支部书记石玉山介绍，现村党支部由三人组成，他本人担任支部书记，另外两人为支部委员。他除了主持党支部的日常工作外，还负责所在营盘峁自然村的工作。具体工作职责是：主持行政村全面工作，负责研究村重大问题，抓好思想政治工作、党风廉政建设、党员教育、村党支部建设工作，培养入党积极分子，主管本村党建、经济发展、计划生育、特色产业、老牛湾旅游开发工作，负责实施乡党委、乡政府交办的其他各项工作。老牛湾村的党员工作由赵清负责。

营盘峁党支部在上级党组织的指导下制订了党员学习培训计划：（1）定时召开支部党员大会、支部委员会、党小组会，按时上好党课；（2）半年召开一次党员大会；（3）每月召开一次支部委员和党小组会，支部每季度组织党员上一次党课；（4）对外出流动党员每年除春节探亲期间学习座谈一次外，利用电话督促他们经常学习党课，有事与支部多联系。

5. 党的宣传教育

2007年初，经过乡政府的工作指导，为了改变农村落后的生产、学习现状，村党支部筹款，购买了电视机和VCD机（见表2-8），组织村民参加学习，以丰富村民的文化生活，提升村民的思想文化素质。

表 2-8　2007 年两机使用情况登记

单位：人

组织人	日　期	内　容	人　数
石玉山、韩秀成、赵清	2007 年 3 月 16 日	农业生产科技知识	25
石玉山、韩秀成、赵清	2007 年 6 月 7 日	党员学习方法	13
石玉山	2007 年 11 月 10 日	学习十七大精神	20

资料来源：营盘峁行政村档案资料。

6. 营盘峁行政村党支部 2007 年工作计划

（1）学习培训。每季度召集党员、干部学习党的理论知识、党的方针路线政策，至少 2 次（见图 2-4）。

图 2-4　学习（摄于 2008 年 5 月 10 日）

（2）班子建设和队伍建设。年内确定 1~2 名年轻后备干部，培养 5 名入党积极分子，与流动党员建立联系，并经常性地组织学习培训。

（3）阵地建设。年内完成新的党员活动室、办公室建设工作，并配套办公设备，完成新阵地迁址。

（4）制度建设和民主政治建设。要健全各项制度，如“三会一课”、外出务工党员管理、民主评议党员制度。实行村务公开、民主管理、民主议事、民主监督制度。定期公开村务、党务、政务（见图2－5），建立两议会和理财小组。

图2－5 村务（摄于2008年10月26日）

（5）认真组织、开展活动，进一步深化“13652”工程。紧紧围绕发展农村经济、深化农村改革、增加农民收入、维护农村稳定这个大局，以创红旗党组织、实施凝聚力工程为主线，以“三级联创”、“双链双推”、“争五好，创四型”活动为有效载体，以村领导班子建设、农村基层干部队伍建设、农村党员队伍建设、村集体经济建设、基层民主政治建设为重点，以为民办实事为突破口，增加农民收入，建设“生产发展、生活宽裕、乡风文明、村容整洁、管理民主”的社会主义新农村。

（二）团组织

1. 行政村团员状况

营盘峁行政村现有团员 60 多人，其中女性团员约 10 人，年龄从 18 岁到 29 岁不等，文化程度从小学到高中都有分布。大部分年轻力壮的男女青年都外出呼和浩特市、包头、鄂尔多斯等周边地区打工，有从事建筑行业的，有干司机跑运输的，有在饭店做厨工的。个别因顽疾在身，不便外出做工的，只能留守在村里做些农活。凡外出打工的青年，每年的收入都优于留在村里人家的收入。

2. 团组织分工

2007 年 6 月行政村换届选举后，营盘峁行政村的团员工作由韩秀成分管（见表 2－9）。在 2007 年组织了两次团员学习，由于大部分青年团员外出务工，只有部分团员出席。

表 2－9　营盘峁行政村团支部成员

单位：年

姓　名	性别	文化程度	出生年月	职　务	任职时间
韩秀成	男	初　中	1970.9	团支部书记	1996
石瑞军	男	初　中	1981.4	委　员	2003
路润婵	女	初　中	1974.4	委　员	2003

资料来源：营盘峁行政村档案资料。

（三）妇女及民兵工作

1. 妇女组织及分工

营盘峁行政村妇女组织的主要任务是配合乡上的计划

生育工作人员，抓好村里已婚育龄妇女的计划生育工作，并辅以宣传和教育（见表2-10）。因为村内的女性村民文化程度相对较低，在理解党的计生政策上个别人有些不理解。妇女组织的工作就是召集村里的妇女学习党的相关政策，只有把妇女的思想工作做通、做好，计划生育工作才能做得更好，才能有效地控制农村人口的过快增长。但对妇女的宣传教育工作不能有效开展，难以组织村民参加学习。因为有些人认为那是浪费时间，不去参加妇女组织的学习班，认为与其去那里学习还不如在家里织一件毛衣或纳一双鞋垫。另外，受旧的传统观念影响，一些人有多子多福的思想，而且重男轻女。计划生育领导小组开展工作的方式以说服教育和奖罚相结合为主，经常宣传计划生育的重要性，但工作中仍存在漏洞，反映在少数村户超生上。

表2-10　营盘峁行政村妇联主要成员

单位：年

姓　名	性别	文化程度	出生年月	职　务	任职时间
刘翠莲	女	初　中	1973.5	妇联主任	2004
韩二白	女	小　学	1971.6	委　　员	2004
高改翠	女	高　中	1975.5	委　　员	2004

资料来源：营盘峁行政村档案资料。

2. 民兵组织及分工

营盘峁行政村现有民兵近50人，年龄从22岁到54岁不等，老中青结合，文化程度从小学到高中都有分布（见表2-11）。大部分年轻力壮的男性民兵都外出务工。

表 2-11 营盘峁行政村民兵连主要成员

单位：年

姓 名	性别	文化程度	出生年月	职 务	任职时间
石玉山	男	高中	1955.9	指导员	1994
韩秀成	男	初中	1970.9	连 长	1997
赵 龙	男	初中	1983.2	副连长	2006

资料来源：营盘峁行政村档案资料。

按乡政府的要求，民兵利用农闲时节，进行军事化训练，分批对连队的正规化建设进行验收。为应对各种自然灾害（防汛、防凌、防火等）和各项事故，做到防患于未然。年终，全力配合县人武部，完成年度冬季征兵任务。

（四）村民对村级“两委”的认识

调查中，村民们对目前行政村村委会在发展生产、群众生活、干群关系中的领导情况表示了自己的看法。他们对目前行政村干部比较满意，对目前的国家政策尤其是对国家两免一补政策表示欢迎，认为这减轻了农民的农业税负担，而且还能得到国家的粮食补贴、综合补贴（包括柴油、化肥等项），行政村在补贴发放中做了不少工作，也受到了村民的肯定。

调查中，村民们普遍认为目前制约村子发展的原因是资金、技术、市场及政府扶持政策的力度不足。“穷则变，变则通，通则活”，行政村如何开展工作，如何开展好工作，需要广大村民的支持与帮助，共同“思变”。村民们如何增产增收，改变落后的生产、生活状况，也需要强有力的行政村领导，共同“求变”。就老牛湾现在的情况，村民收入来源少，普遍贫穷，生活条件差，如紧靠着黄河吃不上水，只能靠降雨，当地人戏称“住在山里，却守着一座石山、穷山”。行政村村委会在领导村民建设社会主义新农村工作中任重而道远。

第二节 民主法制

一 基层选举

1. 行政村班子的选举

行政村班子的选举被纳入基层选举的范围，由县、乡按照国家的选举法统一安排。

2. 自然村村长的选举

因为各自然村并不属于基层组织，所以没有纳入基层选举的过程。各自然村村长可以由村民们自己选出来，也可以由行政村村委会直接任命。一般情况下是各户出一个代表来选定本自然村的村长，在选村长时行政村要派人参加。但是有时村民们选不出合适的人选或者是男劳力都外出务工而没有人回村选举时，就由行政村村委会来任命，村委会根据村民在村里的人品及办事能力来任命村长。比如，现任老牛湾村长白润维就是没有经过村民选举而由村委会任命的。据村民们讲，这是由于白润维对村里的大小事情比较热情，行政村临时有事都要找他来传达，于是就任命他为村长，村民们也都同意。另外，村长的任职是没有期限的，也就是说，一个新村长产生后，他可以一直担任下去，除非有两种情况使他不得继任：第一是他年纪大了；第二是村民们对他有意见而要求更换。

二 村民代表

村民代表是代表村民讨论决定村务，如修路、下派工务等，由村民推举产生的议事主体。村民代表的产生方式有两种：一是由村民按户推选产生，一般是5～15户推选产生一名代表；另一种是由各村民小组推选产生，一个村民小组推举一名代表。不管采取哪种方式产生的村民代表，都应该充分发扬民主，尊重村民的意愿，有利于实行民主管理。老牛湾的村民代表一个是村民小组公选的行政村会计，另一个是热心从事行政村工作的村长，代表村民参加行政村的各次会议及传达工作。

三　2007年村级两委换届选举

（一）行政村主任选举过程

凡属中华人民共和国公民，年满18周岁，未被依法剥夺政治权利的村民都享有选举权和被选举权。所有选民在一次选举中只能投一张票。对于那些外出务工的村民，可委托自己信赖的村民代为投票。

首先是候选人的产生。具体做法是：由每个自然村的村民直接填写自己信任的候选人的姓名，上届村长将选票当场收回进行统计唱票，确定各自然村的候选人。之后由选举委员会的人员（大部分由上届行政村村委会人员组成，其中也包括参选人）抱着选票箱，走家串户将写有候选人姓名的选票交到村民手中。在选举委员会人员的监督下，村民当场选定自己满意的候选人。如对候选人满意，便在他的名字上画圈，如不满意，则画叉。

据营盘峁行政村村民讲，这种选举方法实在让人受不了，参选人站在你的面前，实在有碍颜面。因此，很多村民违心地在候选人名单上全部画圈，只有部分不怕得罪参选人的村民，按自己的意愿填写选票。选举委员会对收取的下属每个自然村的选票进行统计、唱票、监票。根据得票多少，选出村主任和委员，得票最高者当选为村主任。有知情村民讲，每次行政村的换届选举，都是村里各派势力角逐和矛盾白热化的结果。参选人在选举前，使出各种办法，四处拉选票，许诺给村民诸多利益。

（二）村党支部选举过程

1. 确定候选人

确定候选人之前，乡党委考察小组深入各支部，对候选人实行全面考察、考核。村党支部委员会委员设3~5人。委员候选人由换届选举工作指导小组召开党员大会和村民代表会议，根据多数党员和村民代表的意见，经过乡党委进一步考察后，按照不少于20%的差额比例确定。村党支部书记1人，候选人由上届委员会提出，报乡党委审查同意后确定。

2007年6月15日由窑沟乡单台子服务中心副主任李万华同志、村支部书记石玉山同志主持召开党员及村民代表会议，推选确定了党支部书记及委员候选人：石玉山、赵清、韩秀成、韩云珍。

2. 投票选举

村党支部委员换届选举实行党员大会差额选举（可直接差额选举，也可以差额预选，再等额正式选举），无记名投票，公开计票，当场宣布选举结果的方式。组织投票选举时，由上届党支部委员会主持，召开党员大会集中投票。因故未出席的党员不能委托他人代为投票。对一些不能出席大会的老弱病残党员，如出席党员达不到要求比例的，可设立流动票箱投票，由3名以上工作人员上门接收投票。投票结束后，监票人、计票人应将投票人数和票数加以核对作出记录，由监票人签字并公布候选人的得票情况。

村党支部书记的选举实行委员会全体会议等额选举，无记名投票、公开计票，当场宣布选举结果。选举时，由上届委员会推荐一名新当选的委员主持。

2007年6月18日，在营盘峁行政村党员活动室，由出席会议的32名党员选举产生了总监票员：李万华；唱票员：韩占宽；计票员：石忠虎。然后参会党员投票选举，选出了支部书记：石玉山；委员：韩秀成、赵清。

3. 认定选举结果

选举时，有选举权的到会人数超过应到会人数的4/5，会议有效。选举收回的选票，少于投票人数，选举有效；多于投票人数，选举无效，应重新选举。每一选票所选人数少于规定应选人数的为有效票，多于规定应选人数的为无效票。实行差额预选时，赞成票超过实际到会有选举权人数半数的，方可列为候选人。正式选举时，被选举人获得赞成票超过到会有选举权人数的一半，始得当选。当选人数多于应选名额时，以得票多的当选。如遇票数相等不能确定当选人时，应就票数相等的被选举人重新投票，得票多的当选。当选人数少于应选名额时，对不足的名额另行选举。如果接近应选名额，也可减少名额，不再进行选举。

选出的委员，报乡党委备案。选出的书记，报乡党委批准。

第三章　人口、家庭和家族

第一节　人口概况

老牛湾村人多地少，向以外出谋生收入作为主要经济来源，尤其改革开放以来，实行家庭联产承包责任制，农民摆脱了集体和土地的束缚，纷纷外出务工经商，寻求更丰裕的经济收入，这在一定程度上给人口调查工作造成困难。为了尽可能全面、客观地反映该村的人口状况，我们结合户籍、土地分配和参加农村新型合作医疗的情况，做了户数、人口等方面的统计。有四种情况：（1）家庭成员都在本村生活的，家庭成员外出，但户口、土地依然保留，全部予以统计；（2）家庭成员长期外出务工，且在居住地婚嫁生子，按本村登记户口人数统计；（3）在职或退休、持有城镇户口的工人、教师、干部共 11 人，配偶或其子女在本村落户，为下文各类统计需要，均归并统计，其中在本村生活的有 4 人，不在本村生活的有 7 人；（4）原籍为老牛湾村，持城镇户口，退休后回乡生活，不参加土地分配和合作医疗，以及来此从事旅游餐饮服务、养殖等工作的外来人员，均未列入统计。

一　基本情况

截至2007年7月，老牛湾村共有107户357人，与2003年末相比，户数、人口均有变化（见表3-1）。

表3-1　老牛湾村2003年末与2007年7月基本情况统计

村别＼项目＼年份	2003年末					2007年7月					
	户数（户）	人口（人）	户均人口（人）	耕地面积（亩）	人均耕地（亩）	户数（户）	人口（人）	户均人口（人）	耕地面积（亩）	人均耕地（亩）	备注
老牛湾下村	30	100	3.33	165.7	1.66	35	108	3.09	165.7	1.59	含城镇户4人
老牛湾上村	18	48	2.67	81.9	1.71	18	64	3.56	81.9	1.34	含城镇户3人
老牛湾庙区	41	144	3.51	180	1.25	54	185	3.43	180	0.99	含城镇户4人
合计	89	292	3.28	427.6	1.46	107	357	3.34	427.6	1.24	含城镇户11人

资料来源：根据营盘峁行政村档案和调查资料制表。

表3-1人均耕地不含城镇户口人数。在3年零7个月的时间里，老牛湾村户数增加了18户，人口增长了54人（不含城镇户11人），因此全村人均耕地进一步减少，促使适龄劳动力外出。其中最显著的变化是户数和人口的增加，但自然生育并未占据主导因素，其间只有13名儿童出生，占人口增长的24.1%。究其原因，有以下三个方面的因素：（1）女方由外面嫁来，户口迁入；（2）女方外聘，户口未迁；（3）老牛湾是万家寨水库移民区域，又是清水河县全力发展旅游业的重点，出于各种经济利益的考虑，某些人户口回迁，直至2008年春节，仍有回迁的事例。

户数增加除前述三点因素之外，主要是实行土地承包后，家庭的离心力增强，分家普遍化，小家庭比大家庭有更多的发展空间。同时，按照农村以户或人口分配的制度，同等数量的人，分户有更多的占有经济利益的机会。

表3-1内老牛湾下村，几年内户数增加了5户，人口增加了4人（不含城镇户4人），少于上村和庙区，其原因除自然死亡之外，与上学、就业而迁出户口有关；同时，这一期间自然生育的13个儿童，庙区占9名，上村占3名，下村仅1名，综合各种因素判断，下村人口增长趋于缓慢。当然，计划生育政策还是起了重要作用。

二　人口年龄组合与性别

2007年7月，老牛湾村居民有男性179人，占总人口的50.1%；女性178人，占49.9%。男性人口多于女性人口仅1人，两者大体平衡。不同年龄组男女人数及比例如表3-2所示。

表3-2　老牛湾村人口年龄组组合（2007年7月）

单位：人，%

年龄组分类	10岁以下	11~20岁	21~30岁	31~40岁	41~50岁	51~60岁	61~70岁	71~80岁	80岁以上
男性人数	25	37	26	20	28	20	7	15	1
占同龄组比例	55.6	47.4	50.0	45.5	52.8	60.6	36.8	51.7	25.0
女性人数	20	41	26	24	25	13	12	14	3
占同龄组比例	44.4	52.6	50.0	54.5	47.2	39.4	63.2	48.3	75.0
合　计	45	78	52	44	53	33	19	29	4

资料来源：根据调查资料制表。

从表3-2中人口年龄、性别构成来看，老牛湾村有如下特征：首先，总人口中61岁以上老年人口所占比重较大，总数为52人，占总人口的14.6%，已进入了“老龄社会”。

其次，老年人中女性所占比重较大。61 岁以上年龄段，女性 29 人，男性 23 人，分别占总人口的 8.1% 和 6.4%。80 岁以上老年人口，1 人为男性，3 人为女性，女性中 1 人年愈 90 岁。这反映了女性寿命普遍高于男性，或与当地老年男性为生活所累有关。再次，51 ~60 岁男性显著多于女性，占同龄组的 60.6%。最后，11 ~20 岁年龄组人口明显增加，占总人口的 21.8%。

据统计，51 ~60 岁年龄组男女有 33 人，其中丧偶的有 3 人，丧偶男女之比是 2∶1，并未造成明显的性别差异。经调查，夫妇双方都在该年龄组的有 10 对，共 20 人，此外，有两位妇女在该年龄组，男方 2 人在 61 ~70 岁年龄组，其余 8 位男性村民多在 54 岁以下，长于女性 3 ~5岁，因而女方在 41 ~50 岁年龄组。由此看来，婚配关系中男方年龄多大于女方年龄的习俗造成了该年龄组性别上的差异。

子女在 11 ~20 岁年龄组的家庭，父母年龄一般在 40 多岁，该 41 ~50 岁年龄组人口正是 20 世纪 50 ~60 年代人口生育高峰时出生。从表 3 -2 可以看出，这一年龄组人口数量仅次于 11 ~20 岁年龄组，居各年龄组第二位。41 ~50 岁年龄组家庭生育子女以三胎最为多见，个别有四胎的。由于适合生育的人口既多又处于严格实行计划生育政策之前，所以造成了 11 ~20 岁年龄组人口显著增加的现象。同时，20 世纪 80 年代实行土地承包以后，农村经济状况改善，这也是造成这一现象的重要社会原因。这可以和老牛湾村 1937 ~1946 年（61 ~70 岁）人口数量最少的状况相互比较，一目了然。

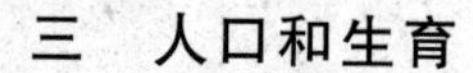

三　人口和生育

由于实行计划生育政策，以及村民文化程度提高，重视子女教育等因素，老牛湾村“重男轻女”和“多生孩子”的传统生育观念逐步改变。调查表明，一般家庭都认为有两个孩子就可以了，生男生女都一样。因为孩子多，今后上学经济负担重，生活困难；而且青壮年村民多外出务工，工作压力大，多子女将直接影响现实生活，其中不难看出城市居民生育观念对其的影响。因此，文化程度的提高和现代生育观念的传入有助于实行计划生育政策。

我们对该村 36 户家庭进行了妇女生育年龄情况统计，基本包括了 20 世纪 80 年代即改革开放以来青壮年妇女家庭（见表 3－3）。

表 3－3　老牛湾村中青年妇女生育年龄（2007 年 7 月）

单位：岁，人

妇女生育年龄		18	19	20	21	22	23	24	25	26	27	28	29	30	31	32	33	34	35
第一孩	男		2	2	2	1	1	1	2	2	2								
	女		2	2	3	5	5	2	1	1									
	合计		4	4	5	6	6	3	3	3	2								
第二孩	男					1		3	3	3	2	1	2					1	
	女			1	1	1	1	2	1	3	3	2	2	1	1				
	合计			1	1	2	1	5	4	6	5	3	4	1	1			1	
第三孩	男					1			1	1	1	1	1	1		1	1		
	女								1		1	1			3				1
	合计					1			2	1	2	2	1	1	3	1	1		1
第四孩	男															1		1	
	女																		
	合计															1		1	

资料来源：根据调查资料制表。

可以看出，36 名女性生育年龄在 19～35 岁。其中生育第一孩的年龄集中程度最高，在 19～27 岁，多在婚后几年之内。生育第二孩的年龄在 20～34 岁，集中在 22～29 岁，尤其以 24～29 岁年龄段最为集中。生育第三孩的年龄在 22～35 岁，分布均匀。生育第四孩的仅两例，但处于农村严格实行计划生育政策之前。

生育最旺盛的年龄在 19～31 岁。不再生育的原因除部分与生活负担有关外，主要是有意识地不再生育，其中采取的各种避孕措施起了很重要的作用。

家庭情况表明，以四五口之家最多。其中四口之家 15 户，占被调查总数的 41.7%；五口之家 16 户，占 44.4%；三口之家三户，占 8.3%，因其父母尚年轻，未生育第二孩。可见老牛湾村家庭一般生育 2～3 个孩子，以正常生育状况看，女性多于男性，但大体保持平衡。

四　常住人口

清康熙中期以后的数十年里，长城以南山西北部和中部的汉族农民，纷纷来到呼和浩特地区垦荒种地，除部分垦种“官地”外，多数是限于清政府禁令，不能落户，只能春初种地，秋后回归的“雁行人”。由于各族人民的辛勤劳动，呼和浩特地区逐渐成为“塞外江南”。

今天清水河县乡村的众多村民又如数百年前他们的祖辈一样，北上呼和浩特及其经济较发达的区域务工经商，靠个人“闯”劲和劳动技能，拓展生活空间。他们之中绝大多数是中青年人，体魄强健，文化素质相对较高，对未来寄予很高的期望。随时日推移，一部分人已定居城市，融入当地社会生活；还有相当数量的村民，仍循着祖辈

“雁行”的方式，春出冬回，但无论与城市联系的程度如何，清水河广袤的山野依然是他们的“根”。每当新春前后，常看到穿着入时的中青年男女，或带着穿着同样入时的孩子，在暖融融的窑洞中拉家常，在村内或村际探亲走访，给冬日的北方山野平添了许多生气。春天来临，他（她）们又悄然离去，于是，从春耕到秋收，村内村外，田间地头，差不多都是妇女和老人在劳作，难得看见年轻人的身影。一个不争的事实是，清水河县农村常住人口中50岁左右的男性村民已然是现在村里的年轻人，社会的年龄结构、劳动力素质、劳动关系等都发生了巨大变化，并且人口转变的速度相当快。这是经济增长、社会发展的结果，已经造成农村社会结构性变化，特别值得关注。老牛湾村虽概莫能外，但由于自然资源的优势，因而又具有自身的特点。

农业劳动力大量转移是普遍的社会现象，但具体情况各不相同，与家乡的联系程度也疏密有别。因此，老牛湾村部分“常住”与“外出”人口“在与不在”往往难以界定。为便于统计，我们以2007年7～8月两次入户调查表为基础，并依据如下条件来确定常住人口：（1）长年在村内居住的家庭及其成员，包括退休返乡生活的城镇居民；（2）家庭居住在本村，男方外出本乡或本县务工，以及子女在本乡或本县就学，这两种情况均作为常住人口。

如此，我们统计常住人口有56户，145人（见表3－4）。其中为与前文数字统一，实有人口总数包括配偶或子女户口在本村的城镇户口居民。

表 3-4 老牛湾村常住人口统计（2007年7月）

单位：人

项目＼年龄组	10岁以下	11~20岁	21~30岁	31~40岁	41~50岁	51~60岁	61~70岁	71~80岁	80岁以上	总计
实有人口	45	78	52	44	53	33	19	29	4	357
常住人口	15	25	5	16	21	18	16	25	4	145
占实有人口比例	33.3	32.1	9.6	36.4	39.6	54.5	84.2	86.2	100	40.6
其中：男	7	9	2	6	10	12	5	14	1	66
女	8	16	3	10	11	6	11	11	3	79

资料来源：根据调查资料制表。

表3-4中常住人口包括一户老年夫妻2人，均为退休后回乡长期生活的城镇户口，在实有人口、户数中未予统计。由此，常住户也仅为实有户口数的52.3%，常住人口仅占总人口的40.6%。可以看出，常住户虽占总户数的一半多，但常住人口却远低于总人口数。其原因是常住人口有许多是鳏寡孤独的老人，一人一户。同时，由表3-4可以看出，自80岁以上年龄组而下，常住人口占实有人口比例逐步递减，至21~30岁年龄组仅为9.6%，以下年龄组虽有增长，但仍低于平均比例（40.6%），整体呈不均衡的亚腰型。

61岁以上老年人口常住人数最多，全部52人中，有45人长年在村内居住，而80岁以上老年人全部留在了本村。这部分老年人占常住人口的31.0%，近于1/3。显而易见，老牛湾村的老年人现状已经是一个不容忽视的社会问题，在贫困地区的农村，这已具有典型意义（见图3-1）。

51~60岁年龄组是行将或正在步入老年的社会群体，其常住人口占该年龄组的54.5%，如以该年龄组为基点，

图 3-1 碾场（摄于 2008 年 10 月 25 日）

常住人口比例呈现明显的增加或减少，这种情况引起我们的注意。因此，我们对该年龄组的常住和外出人口情况做了进一步调查。18 名常住人口中，有 15 人为农民，其中 12 人务农，3 人在本地务工；另外 3 人中，1 人是在职老师，2 人是退休教师和退休工人。长年外出人口的情况较为复杂，15 人可归纳为三种情况：(1) 在单台子居住的有 7 人，其中包括教师 2 人、司机 1 人及其配偶共 6 人，另 1 人是迁居的农民；(2) 在县城居住的有 4 人，是某单位职工和务工人员各 1 人及其配偶；(3) 在外地居住的有 4 人，其中妇女 2 人，分别随男方或子女生活，长年外出务工者 2 人，均为男性。

从上述情况可以看出：(1) 常住人口以农民和退休人员为主，在职教师和务工人员与老牛湾村生产、生活关系均极为密切；(2) 外出人口以城镇户及其配偶为主，经济收入较稳定；(3) 外出人口中长期在外务工者仅有 3 人，据调查，收入均较丰厚，已脱离了农业生产。由此说明，

51~60岁年龄组中的大多数村民，因年龄、健康等原因，已难以适应长期外出务工的辛劳和不安定的生活，趋向于村内稳定的生活环境，经济收入不得不退而居其次，更多地考虑了自身的现实状况。

21~50岁年龄段人口正值青壮年，大量年富力强的劳动力纷纷外出务工，举家外出的情况最为普遍，因此，常住人口比例大幅度降低。尤其21~30岁年龄组的青年一代，除个别还就学外，多毕业未久，接受新鲜事物较多，更向往与父辈不同的全新生活方式。他（她）们年轻，少有家庭负担，而与城市有着更密切的联系，因此，绝大部分选择了外出务工或到城市生活，所以，该年龄组常住人口比例只有同龄人口的9.6%，仅5人。

10岁以下和11~20岁两个年龄组大体处于学龄前和学龄时期，他（她）们基本与父母共同生活，或虽在县、乡学校就读，但节假日依然回到父母居住地。这一年龄段的群体，其父母年龄多在31~50岁，因此，10岁以下、11~20岁和31~40岁、41~50岁四个年龄组人群，常住人口比例也呈现相近的特点，依次为33.3%、32.1%和36.4%、39.6%。

第二节　家庭

一　家庭结构

家庭主要是婚姻的产物，强调共同居住和共同的经济生活，其中最重要的是经济核算范围。家庭的类型和人口规模与社会发展和社会规范如计划生育等有密切关系。由于农村实行土地联产承包责任制以来社会经济的发展，老牛湾村大家庭共同生活的基础和人际关系束缚弱化，社会流动性扩大，核心家庭趋于普遍。

核心家庭又称夫妇家庭，指父母与未婚子女共同居住和生活，还包括由夫妻组成，及仅有父或母与子女组成的单亲家庭。

此外还有主干家庭，指父母（或一方）与一对已婚子女（或再加其他亲属）共同居住生活。其他家庭，包括无父母的未婚子女共同居住和跨代或缺代的家庭，以及由实体婚姻产生的其他多人共居形式。

目前，老牛湾村已没有联合家庭，即父母或一方，与多对已婚子女（或再加其他亲属）共同居住、生活的家庭结构，包括子女已成家却不分家的形式。

衡量家庭最重要的尺度是经济核算范围。在我们的调查中，囿于村民普遍外出务工，以至在外地婚娶生育，家庭和经济关系多样化，难于按经济模式规范，所以还是以“户”（社会设置）作为“家”（实体单位）的划分标准，大体上能够反映老牛湾村的家庭类型（见表3－5）。

表3－5　2007年7月老牛湾村不同类型家庭与人口情况

项目 \ 人口数（人）	1	2	3	4	5	6	合计	百分比（%）
核心家庭（户）		24	19	29	15	1	88	82.2
主干家庭（户）					2	2	4	3.8
其他家庭（户）	8	3	1	1	1	1	15	14.0
合　计	8	27	20	30	18	4	107	
占总户数百分比（%）	7.5	25.2	18.7	28.0	16.8	3.8		100

资料来源：根据调查资料制表。

表3－5中显示，核心家庭占总户数的82.2%，成为老牛湾村普遍的家庭结构。88户中，除3户3人和3户4人单亲家庭，即配偶一方死亡或离异，另一方与未婚子女共同生活的家庭类型外，24户是子女分户后，由中老年夫妇组成的家庭，占总户数的22.4%，这也说明老牛湾村社会趋于老龄化，以及由此带来的赡养、医疗等问题将更为突出。核心家庭以四口之家为主，占总户数的27.1%，结构是父母与未婚子女共同生活。主干家庭全部为老年夫妇与一对已婚子女共同生活，近于总户数的3.8%。其他家庭以单人家庭为主，共8人，其中7人为老年丧偶。3户2口人的其他家庭中，跨代家庭和隔代家庭各1户。

二　家庭关系

1. 家庭事务的决策

家庭是社会最基本的生产、生活单元，家庭事务由谁来做主是衡量其成员家庭地位的重要依据，我们对20位村民进行了必要的访问调查。由于是夏季，青壮年男子大多外出，而且问及的“过去”时间限度并不明确，依据被访者年龄大小而界定不一，但从调查结果看，还是可以说明问题的（见表3－6）。

表3－6　家庭事务决策统计

单位：%

时限＼项目	要决定的事情	丈夫	妻子	夫妻	长辈	全家商量	孩子
过去	盖房或修房	50.0			35.0	15.0	
	置办大件物品	35.0			15.0	50.0	
	家庭事业（种地、务工）	35.0	10.0	35.0		20.0	
	孩子的学习、工作	40.0	10.0	10.0		40.0	
	孩子的婚姻	40.0		20.0	20.0	20.0	

续表

时限 \ 项目	要决定的事情	丈夫	妻子	夫妻	长辈	全家商量	孩子
现在	盖房或修房	20.0		40.0		40.0	
	置办大件物品	20.0		60.0		20.0	
	家庭事业（种地、务工）	15.0		60.0		5.0	20.0
	孩子的学习、工作	20.0		15.0		25.0	40.0
	孩子的婚姻	10.0		10.0		40.0	40.0

资料来源：根据调查资料制表。

由表3-6看出，丈夫在家中的决策权逐步降低，夫妻和全家共同商量的比重加大，尤其像花销巨大的“盖房或修房”、“置办大件物品”，现在更多的是以夫妻或全家共同商量为主。长辈在家庭内部的主导权现在已完全丧失，其原因有两点：其一，主干家庭已基本为核心家庭所代替，长辈不再过问子女的家庭事务，至多有商议的权力；其二，经济状况改善与外界交往沟通，目前基本由已成家的孩子自行解决，老人除从旁帮助外，很难有实质性的作为，这也是老牛湾村多数家庭经济来源越来越倚重非农业收入而造成的结果。

值得注意的是，孩子的学习、工作和婚姻，本人有了更多的主导权，已不再由父母和老人说了算，但“全家商量”仍占很大的比重，尤其在婚姻大事上更是如此。其实，我们所知“孩子的婚姻”常常由已步入社会的孩子做主，唯其事关重大，需要告知父母和长辈，征求同意而已。“孩子的学习”，因其尚依赖家庭供给，不得不由父母决策或全家共同商量，然而，随着家庭经济条件的改善，孩子的选择，诸如去县城或乡里上学，一般都可完满解决。至于

“孩子的工作”已基本取决于个人意愿，因其文化程度、视野都为父辈所不及，这一点，与多数城市孩子备受父母呵护判然有别，因而独立自主和社会竞争力常常优于后者。

2. 家庭劳动的分工

中国传统农业社会“男耕女织”即“男主外，女主内”的家庭生产、生活模式在老牛湾村劳动分工中依然有着明显的表现，但也有一定的地域性特点（见表3-7）。

表3-7　家庭生产生活分工

单位：%

对象＼项目	农田耕作	禽畜饲养	务工	洗衣做饭	日常清扫	照料子女	操作农机具	外出办事	购买日用品
男　方	10.0		90.0				100.0	100.0	
女　方	10.0	95.0		100.0	100.0	70.0			35.0
双　方	80.0	5.0	10.0			30.0			65.0

资料来源：根据调查资料制表。

表3-7也是在同一时段据20位村民的访谈所得出的。家庭事务中男方主要负责或负全责的主要是务工、操作农机具、外出办事，而女方则主要承担了禽畜喂养、洗衣做饭、日常清扫和照料子女的工作。日常生活用品购买、农田耕作则多由夫妻双方共同完成，其中农田耕作按村民的话讲，“苦重的活儿是男人，苦轻的是女人”，即春天的耕地等需要驾驭牲口的活儿，一般由男方完成，日常田间管理、收割打场，女方干得多些（见图3-2）。

“务工”一项有90%的人认为是男方承担，10%的人认为是男女双方共同负责，这是老牛湾村与旅游相关的个体

图 3-2 海红果熟了（摄于 2008 年 10 月 26 日）

经济逐步增长的显现。该村向以外出务工作为主要经济来源，由于社会对老牛湾旅游的认知，带动了村内相关旅游经营，如餐饮、住宿、捕捞、养殖的发展，尤其餐饮服务成为部分女性村民家庭中的又一经济来源。除必要的家务和农田劳动外，闲暇时间她们更多的是在餐馆干些计时工或杂工，以补贴家用。

3. 和谐状况

过去老牛湾村曾存在打骂孩子和家庭严重失和的现象，但为数甚少，对此，村内舆论也予以很大压力。在我们调查时，尚未发现此类问题，绝大多数村民表示他（她）们的家庭关系比较融洽，孩子有了错，基本以讲道理教育或责备为主，极少有打骂的。问及本村有否家庭里男人经常打老婆的现象，被访者都予以否认。

依据调查，这一状况产生的原因是多方面的，除社会舆论、民风淳朴、文化程度提高等因素外，有两点值得注意。

其一，从家务分配的公平性看，妻子承担得较多，但对丈夫较少承担家务持理解、宽容的态度，认为丈夫是强劳力、家庭经济的顶梁柱，挣钱养家更辛苦，而妻子在家中从事的是无薪酬劳动，不如丈夫劳累。因此，妻子对丈夫较为依从、照顾，减少了矛盾产生的概率，这也是妇女经济地位低于男子的表现，如村民家有宾朋到来，妇女儿童一般是不上席陪同吃饭的。同时，计划生育政策的实行，孩子得到了父母更多的关爱，有助于营造和谐的气氛。即便传统上向来较为棘手的婆媳关系问题，也由于核心家庭的普遍化、年轻夫妇自主权增强而得以缓和。

其二，家庭的和谐状况在一定程度上与家庭经济收入有关，依据对20位村民的调查（见表3－8）。

表3－8　家庭经济状况

单位：%

家庭主要经济来源	农业生产	务工	经营副业	其他
	35.0	40.0	10.0	15.0
近年来家庭收入状况	逐年增长	比较稳定	不稳定	有所减少
	30.0	25.0	25.0	20.0
在本村或其他交往人群中的收入水平	不错	一般	偏低	不清楚
	15.0	45.0	20.0	20.0

资料来源：根据调查资料制表。

如前所述，由于采访时间及对象的原因，“家庭主要经济来源”一栏中“农业生产”仍占有较大比例。但总和后三项，可以看出非农业收入占据了各村民家庭收入的绝对多数，达65%。非农业收入较单纯的农业收入要多些，而且相对稳定，因此，近年来各家庭收入状况稳中有升。其中“不稳定”含有升或降两种情况，总体看，稳中有升的情况不低于65%。访查各家庭在本村或其他交往人群中的收入水平时，中等以上家庭占60%；不好比较的占20%；认为“偏低”的占20%，即4人，多为部分丧失劳动能力的老人。所以，我们了解到的各家庭易于产生矛盾的经济问题，因经济状况有所改善而趋向缓和。

三 分家

1. 分家的原因

分家不仅预示着新的家庭产生、家族支脉的扩展，而且因涉及土地财产的分配，所以在农村社会极被重视，老牛湾村亦不例外。但随着时间的推移，具体做法已有些许变化。据村内老年人追述，过去分家一般都晚，只有孙子大了，为儿子方便、生活自主才分家，财产折合价格，相互搭配，平均来分，都由老家长（家族中说话服众的长者）说了算。有时分家不分财产，在谁家就归谁，多些少些也就如此。我们了解到，旧时该村大多贫困，除所住窑房外，家产无非是必需的饮食厨房用具和铺盖、农具而已，所以分配相对简单。

与过去不同的是，现在分家普遍要早，除前述的分户有更多占有经济利益的机会外，思维观念改变、谋求自主发展等都是分家的重要原因。访谈中，村民的回答集中在四个方面（见图3－3）。

如图3－3所示，按习惯而为的占35%，防范家庭矛盾的占30%，便于发展的占25%，“父母要求”的仅占10%。其中，便于独立发展的虽占比例较小，但却代表着村内中青年一代期望自主经营，以寻求更好生活的普遍想法，这

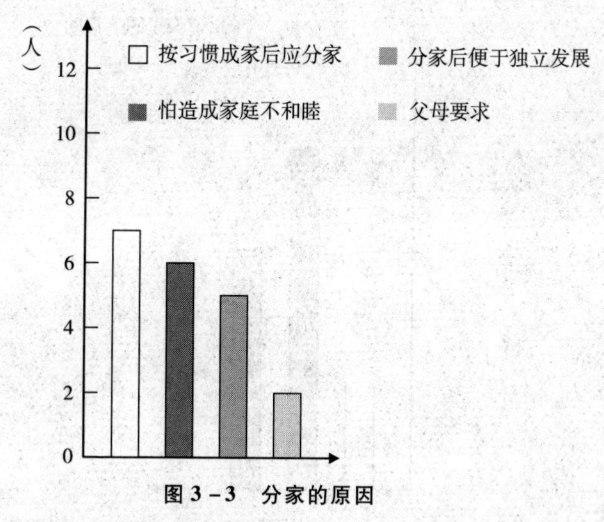

图 3－3　分家的原因

资料来源：根据调查资料制图。

是改革开放以来，许多老牛湾村民形成的共识。其他三项的核心是怕家庭人口多，难于管理，为不造成或减少矛盾而应当分家，也含有老一辈希望孩子独立自主、生活更好的愿望。因此，谈及父母对分家的态度，85%的人回答是同意或支持分家，15%的人回答是“无所谓”，没有不同意的。

2. 财产分配

分家的核心是家产土地的分配，其中土地由于两次承包划定，其数量归属大体是明确的，一般都保持现状。所以家庭财产，如窑房、生活用品、生产用具等，包括婚娶、聘礼花销均衡分配是关键所在，需要慎重考虑（见图3－4）。

图3－4中显示，由父母做主分配的仅占15%，其余两项为85%，尤以父母与儿女共同商议的最多，占50%，可以看出，财产分配最受重视，为了公平，还常常求诸族内

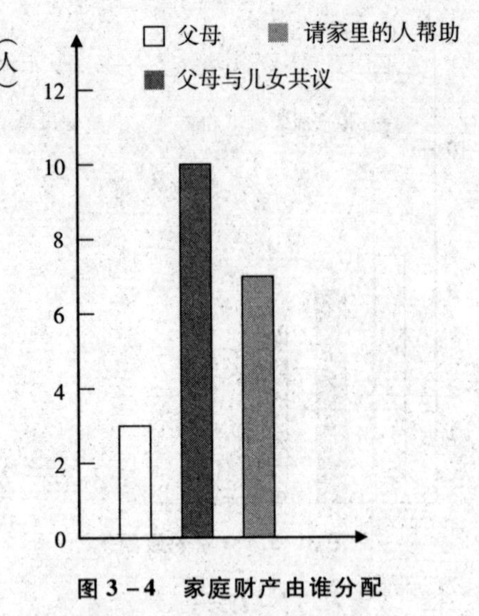

图 3-4　家庭财产由谁分配

资料来源：根据调查资料制图。

人帮助。即使父母做主分配的，据我们了解，也并非长辈说了算，也要征求孩子们的意见。

对于财产留给谁最合适的问题，100%的人都认为留给男孩子，不过其中也有近一半的村民同时对附加的问题表示，“男孩女孩都可以，谁孝顺就给谁”。看来，男子继承权思想在村民心目中依然是根深蒂固的，但由于实行计划生育，部分家庭仅育有女孩子，而且随着妇女社会地位的提高，性别角色模式逐步改变，所以在父系继承制上已出现松动。

3. 相关问题

分家是家庭人口增长的必然结果，其原因如同孩子大了应当婚嫁一样简单，所以近半数家庭视之为理所当然的小事情，未予特别重视（见图 3-5）。

如图 3-5 所示，45%的人回答分家时没有仪式，25%

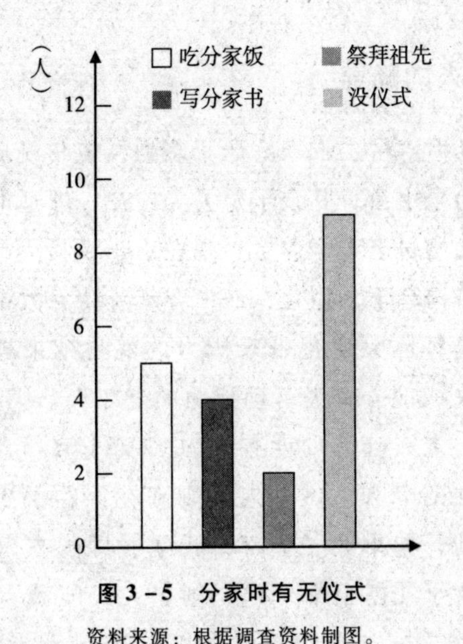

图 3-5　分家时有无仪式

资料来源：根据调查资料制图。

回答吃分家饭，20%回答写分家书，10%回答祭拜祖先。吃分家饭、写分家书和祭祖说明分家受到了足够重视，而没有任何仪式则来源于分家后父母与孩子或兄弟之间日常联系相当密切，其形式上的分家表现小于实质的凝聚行为。所以，对于“分家后，父母还和儿子一家一块儿吃饭吗?”的问题，80%的人回答“有时在，有时不在”，10%的人回答仍在一块儿，不在一块儿的仅有10%。分家保持了各家庭之间的距离，以防止产生矛盾，但成员之间关系不会因此改变。

年节祭祖扫墓是村内普遍重视的事情，对于“分家后祭祖扫墓怎么办?”，60%的人回答是“各自祭扫”，30%的人还是“大家相约一起去”，另有10%的人回答“由父母去祭扫”。可见，多数是以小家庭为单位进行祭祀祖先的。

四　老年人的赡养

过去老牛湾村主干家庭居于多数，依传统分家后，老人一般随幼子生活，其余子媳另立门户，并适时以经济或劳动的方式给付老人赡养费。现在由于农村人口老龄化加速，家庭结构趋于小型化，而中青年劳动力大量外出，最直接承受这种巨大变化带来压力的就是越来越多的尤其是已经丧失或部分丧失劳动能力的老年人。据对58户家庭的调查，老人独居的就有20户，超过1/3，其中部分为鳏寡孤独的老人。一些老人则随在家的子媳吃住，而不拘于长幼；如果儿子们都外出了，则随在家的儿媳吃住，倘若儿子儿媳全都外出，则老人只能独自生活（见图3-6）。

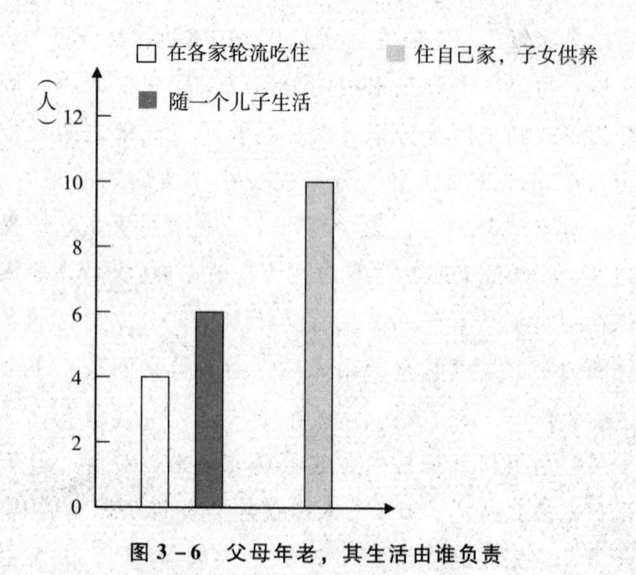

图3-6　父母年老，其生活由谁负责

资料来源：根据调查资料制图。

图3－6中显示，50%的老人单独居住，由子女供养；30%的随一个儿子生活；20%的在各家庭轮流吃住；没有随女儿生活的，因为出嫁的女儿已视同外姓，实际上，以走亲戚的方式在女儿家生活一段时间的并不少见。这些老年人没有稳定收入，手中缺钱，生活水平普通偏低，主要依靠子女供养，生活好坏均取决于子女经济状况和孝顺与否，即使有劳动能力的老年人，其收入也有限。老人们穿着简朴，饮食随便，居室陈旧，室内设施简单，极少有电视等家用电器。

接受调查的老年人往往不约而同地谈到生活用水的问题。村中生活用水来自水窖或旱井积蓄的雨水，多远离住家，如儿子全家外出，则无人为他们担水，以及清理水窖旱井。一些无力担水的老人只得雇人担水，1担1元，有时出钱也找不到人。个别孤寡羸弱的老人常在屋檐下置放水缸，夏天经常以汇注的雨水度日，水中漂浮物用纱网过滤。

随着老人们年龄日增，体质衰弱，不仅生活难以自理，而且看病难、吃药贵的问题凸显。近一半的老人反映日常需要“及时看病吃药”，然而老牛湾及其附近村落没有卫生所，一般病痛都要到9公里以外的单台子村进行诊疗，重症更需到县城或呼和浩特去医治。对于缺少经济来源的老人，多不愿因此给儿女造成负担，即使近年实行了新农村合作医疗，但看病、报销等手续也十分麻烦，所以遇到疾病，都自行服药解决，不能对症治疗。一旦大病发作，常延误了救治时机。

新时期老人赡养问题的另一显著特征是孩子们长期在外务工，家中只剩老人，而子女对老人的物资赡养较为偏重，精神赡养缺少。村中没有文化娱乐设施，许多老人家中没有电视机，尤其是朝夕相伴的一方故去，另一方则处于孤苦的境地，内心凄楚唯有自己默默忍受。L某（男，80岁），其妻去世经年，谈及生活现状，不禁潸然泪下。值得注意的是，当我们调查老人们日常生活需要时，一般都选择“及时看病吃药”和“经济资助”，没有表示“需要有人陪伴”或“希望子女常回家看看”的，这在一定程度上反映出老人们多以孩子们的家庭、事业和前途为重，不愿因为自己而拖累他们。所以，问及“工作之余，您都做些什么”，个别老人回答“睡觉或吸烟”，借以打发无聊的闲暇时光。

第三节　家族

家族是父系血缘关系的各个家庭在宗法观念规范下组成的最基本的社会群体，其构成要素有三个：一是血缘关系，二是聚族而居，三是有特定的组织。在农业社会中，当一个或几个血缘群体共同居住、生产、生活、繁衍在一个边缘清楚的固定地域时就构成了村落。因此，老牛湾村的社会调查就必然涉及各个家族的历史、演进和现状等诸多问题，唯此才能展现社会转型过程中乡土社会的结构特点和村民的社会心理素质。

一　家族的来源

老牛湾村是一个以家族为主体、五个家族共同居住的空间单元。其中王姓一族原居住在河湾，1998年后，因万家寨库区搬迁移民，多迁往外地，仅剩两户，已难于深究其来源。其他白、李、赵、路四姓均各有共同的血缘关系，居住较集中，李姓在下村，白姓居上村，庙区则四姓都有。由于过去人口少，居住区域还是分明的，如今三个聚落逐渐连接在一起，对外也统称老牛湾村，外人很难从姓氏与聚落的关系加以区分。至于相传最早定居于此的郝、郭、姚三姓，在老人们记事起已迁走，听说是因为山上地多，农业收入更好些，现在除“郝家窑”等窑址及相关地名、传闻外，其余均不可考。因此，我们仅以白、李、赵、路四姓来介绍各家族的基本特征。

1. 白氏家族

白氏祖籍山西应县。据白某（男，67 岁）介绍，其先祖排行老三，当兵退役落户于山西老牛湾，有兄长二人仍留居应县。后来，白氏一支迁到老牛湾以南 10 余里外的胡德林嘴村生活，因人口增多，再迁清水河县阳圪卜、大庄王、老牛湾和卓资县等地。今山西老牛湾以东沙峁有祖坟和墓碑存世。初来老牛湾时白世淳兄弟共 4 户，其中上村住 2 户，河湾住 2 户。因上村买的是郝家旧窑，所以至今有两间窑仍叫郝家窑。此外，老牛湾村王姓与白姓祖籍同为应县，相互结为姻亲。

白某现珍藏一幅白氏家族世系图（见图 3－7），本地称之为“云”，该图单层白布彩绘，长 1.8 米，宽 0.8 米，虽经百余年世事纷扰，现保存仍较完好，照录如图 3－8 所示。

由世系图“清故考妣白俊刘太君”以上题名可以确知，该图是白世淳兄弟迁清水河老牛湾村时，为祭祀其先祖而续修，世淳、白亮两代，则是后人补修。该图自白俊以上四辈皆以支为经，以世次为纬，即在高祖之下，

图 3－7 白氏家族世系图（摄于 2007 年 10 月 26 日）

按长幼顺序横列其子辈。而曾祖以下则以正祖为经，之下再横列子辈，叔伯各支不再列入。据白某介绍，白俊以下自白世淳至白某共五辈，传承依次为高祖白世淳—曾祖白润—祖父白福—先父白满厚，其中白润、白福、满厚按排行都是次子，看来世系图并非以嫡长子作为承续，从白兰开始，都是按次子各支排列。白氏家族世系图是老牛湾村唯一保存至今的相关家族史的重要文字资料，十分珍贵。

因此，我们由向导带领去山西老牛湾村东的沙峁考察了白氏祖坟。坟地位于老牛湾村至万家寨公路北侧高阜，一向阳缓坡，南望黄河，视野开阔，面积约 2 亩，迭经变乱，已是满目苍凉，石碑倾覆，石件散乱。有墓碑两方，

清故初世祖白云一位之王

清故二世祖白有库一位之王

清故二世祖白有仓一位之王

清故三世祖白忠一位之王

清故三世祖白孝一位之王

清故伯高祖白玉柱一位之王

清故高祖白玉宝王氏二位之王

清故伯曾祖白梅牛氏二位之王

清故曾祖白兰马氏二位之王

清故伯曾祖白枝刘氏二位之王

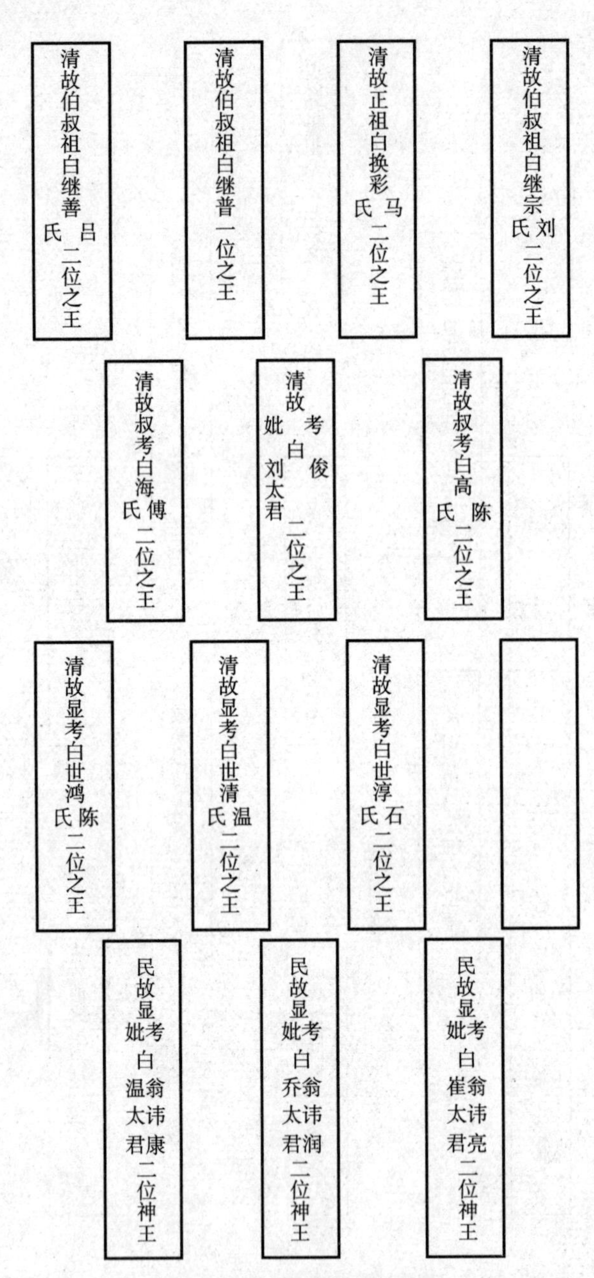
清故伯叔祖白继善 吕氏 二位之王
清故伯叔祖白继普一位之王
清故正祖白换彩 马氏 二位之王
清故伯叔祖白继宗 刘氏 二位之王
清故叔考白海傅 氏 二位之王
清故考白俊 妣刘太君 二位之王
清故叔考白高 陈氏 二位之王
清故显考白世鸿 陈氏 二位之王
清故显考白世清 温氏 二位之王
清故显考白世淳 石氏 二位之王
民故显考白翁讳康 妣温太君 二位神王
民故显考白翁讳润 妣乔太君 二位神王
民故显考白翁讳亮 妣崔太君 二位神王

图 3-8 白氏家族世系图

最上面一座是白氏初世祖白云思墓碑（白云思，世系图作白云），落款年代为清顺治八年（1651 年）。其下方相距二十余米处是世系图所载的白氏高祖白玉宝墓碑，落款年代为乾隆二十九年（1764 年）。据白某介绍，白氏祖坟一直在沙峁，直到沙峁坟满了，才在胡德林嘴和清水河老牛湾修建新坟。可以确定世系图所载初世祖白云思即白氏家族由山西应县迁偏关时的始迁祖。云思生逢明末清初社会剧烈动荡的年代，直至顺治五年（1648 年）十一月，姜瓖大同兵变，万练乘机袭踞偏关；至次年八月，清军克偏关，其时相距云思殁世仅两年。白氏始迁祖是否战乱中的兵士落籍于此已不得而知。

此后，白氏家族即定居于偏关。白氏父老相传，乾隆时期其先祖曾经当过兵，应为绿营兵。清代绿营兵制以“土著”和“世业”为原则，即以有户籍的本地人当兵，因其易于守纪律。白氏高祖玉宝殁于乾隆二十九年，所以其曾祖白兰也生活在乾隆时期，至于何人或都当过兵均无从查考。但是，我们由此可以推算世淳兄弟迁入清水河老牛湾应在道光咸丰年间，这与世系图记载世淳殁于清代、白润亡故于民国的时间大致吻合。

同时，世系年代较为明晰的白氏家族为我们推算一代或一辈有多少年，进而考察各家族的迁入年代提供了佐证。一般而言，以 30 年为一代，但也有作 20 年的，相距较大，其中因涉及社会习俗、家庭经济状况、环境等诸多因素，很难一概而论。旧时，农村有早婚习俗，男子十七八岁，女子十五六岁即已完婚，但并非定规，婚嫁早晚主要与家庭经济状况有关，富裕人家可以早些婚娶，贫苦人家则不尽然。而且，在“重男轻女”社会风尚影响下，家族世系是以男子为中心记载的，如第一、二胎系女孩，都不会载入谱系，因而导致代际年龄增大。社会制约也是重要因素，中华人民共和国成立前婚嫁要早；中华人民共和国成立后，《婚姻法》实施、文化程度提高、工作状况等都对早婚有所限制，目前老牛湾村的婚嫁年龄普遍晚于其父祖。所以，我们在没有确切年代为依据时，均按 25 年为一代推算。以白氏家族为例，白某 1940 年生，由此上推 7 辈至高祖白玉宝共 175 年，即 1765 年（乾隆三十年），与玉宝在世的乾隆中期相近；由此上推 3 辈至其曾祖白润共 75 年，即 1865 年（同治四年），与白润在世的时间大体相符。

白氏兄弟迁清水河老牛湾应当与黄河河运兴盛和老牛湾成为码头有关，所以初迁时有种地的，也有跑河路的，生活还可以。白氏家族现住本村的有 70 多人，除外出务工、种地外，部分人也从事住宿餐饮、旅游接待和捕鱼网虾等工作。

2. 李氏家族

李氏家族祖籍陕西米脂县黑老窑村，为生活所迫，外出求生；一说李自成当过皇帝，怕受牵连，躲灾避难出走。迁至今山西偏关县城关镇，杨家山现有祖坟。大约乾隆初，其先祖李瑜又迁至清水河县北堡乡川峁上，有子李槐林。槐林生 4 子，增美、增达、增润、增秀。增美等又生 17 子，据说 16 人考取秀才。由于人丁兴旺，遂分迁于四道峁、阳窝铺和老牛湾，至今已 9 辈。李某（男，59 岁）的高祖李昊以上先祖都归葬于杨家山或川峁上，墓都有碑文。至其曾祖一辈，始停坟（修墓）于老牛湾。

其中有两点值得注意。其一，李氏家族的祖籍和迁移的原因。据李氏父老相传，始迁时间似乎在清朝初期，倘如此，应当与李自成败亡和高一功力图归复失败有关；同为李姓，是否有同宗的关系，都值得深入考察。其二，相传 17 子中有 16 人考取秀才。秀才，清代特称由各省学政取中的府、州、县学生员。光绪《清水河厅志》，厅境“雍正年间始入版图，因民无土著，未尝设立学校”，至“乾隆年间，官民捐资，在关帝庙（厅治）左，建盖义学房舍一所”。很难说李家兄弟 16 人曾就读于此，也许和就读私塾或聘请老师教授有关，这在当时的清水河乡村也称得上书生文士，因而在乡间有秀才的敬称。但是，我们也可以看出，李氏家族有重视学习的传统，而且当时家境较好。

李氏家族迁老牛湾年深日久，人口增长，而地少难以为生，一支遂再迁至浑河南岸，今窑沟乡铁驼墕行政村南梁，因来自老牛湾，故以此命名。该老牛湾村约 10 余户，以李姓为主，其余为后来的郭姓。至于浑河北岸今属宏河镇火烧墕行政村的老牛湾自然村，现有 8 户，为秦、刘两姓，因秦姓先由山西平鲁迁来，既以原居住的老牛湾为名。该村与偏关和清水河老牛湾没有父系血缘关系。由此，清水河县出现了 3 个老牛湾村。

李氏家族迁入老牛湾较白、赵、路三姓要早，据李某（男，78 岁）讲，河湾永元奎字号开设至其共 6 辈，应在 1804 年（嘉庆九年）之前；按另一说，永元奎在李某曾祖李兰时经营，则是 1829 年（道光九年）之前。可见，李氏迁来时间至迟在嘉庆道光年间，至今约 200 年。李氏初到老牛湾，以种地和出卖劳动力为生，后来以跑河路、做买卖、从事手工业和种地为主。李氏是大家族，李某高祖一辈有本家兄弟 7 人，当时有李兰的缸油坊、香坊、永元奎字号。曾祖一辈有李维荣，在河西十里长滩开字号，卖百货，财力丰足。

李氏家族以务农起家，兼营商业、手工业，并提倡耕读传家，有笃学的家风，其后人常津津乐道16名秀才一事。现在，李家也是老牛湾村在外读书、工作、经营最多的家族。随着老牛湾旅游业的开展，多有从事餐饮、游艇、渔业养殖、捕捞等工作的，现住本村的有90多人。

3. 赵氏家族

赵氏父老相传，其祖籍是山西洪洞县，后迁至偏关大嘴村，距老牛湾仅10余里。170年前，高祖赵满携妻，挑一担行李，由大嘴迁到老牛湾，在河湾石灰窑做佣工，烧石灰为生。后来生活状况有所好转，而且与村民相处融洽，于是在庙区买房置地，以种地、跑河路作为主要经济来源。

单台子小学教师赵广生是赵满后人，所列赵氏家族世系较为详明，如图3-9所示（皆为男性）。

庙区赵兵是赵氏长房玄孙，1960年出生，由此时上推4辈至其高祖赵满是1860年（咸丰十年），赵满迁老牛湾应在此前，大约在咸丰年间。这是老牛湾成为河运码头的经济鼎盛时期，因而吸引了包括赵满在内的许多贫苦农民离乡背井来此谋生。

另据世系表，赵满以下第二代4人（均为男性，下同），第三代7人，第四代12人，第五代28人，第六代以下缺载，由此可以看出赵氏家族160年来人口增长的情况。尤其第五代较第四代增长一倍有余，这一时期大致在20世纪50年代，这是久经战乱后的中国社会环境趋于稳定时期，经济发展，生活安宁，营造了良好的休养生息环境。这不仅是老牛湾村，也是中国一个时期人口发展状况的缩影。赵氏家族现在本村的有100多人，主要从事务工、种地、经营。

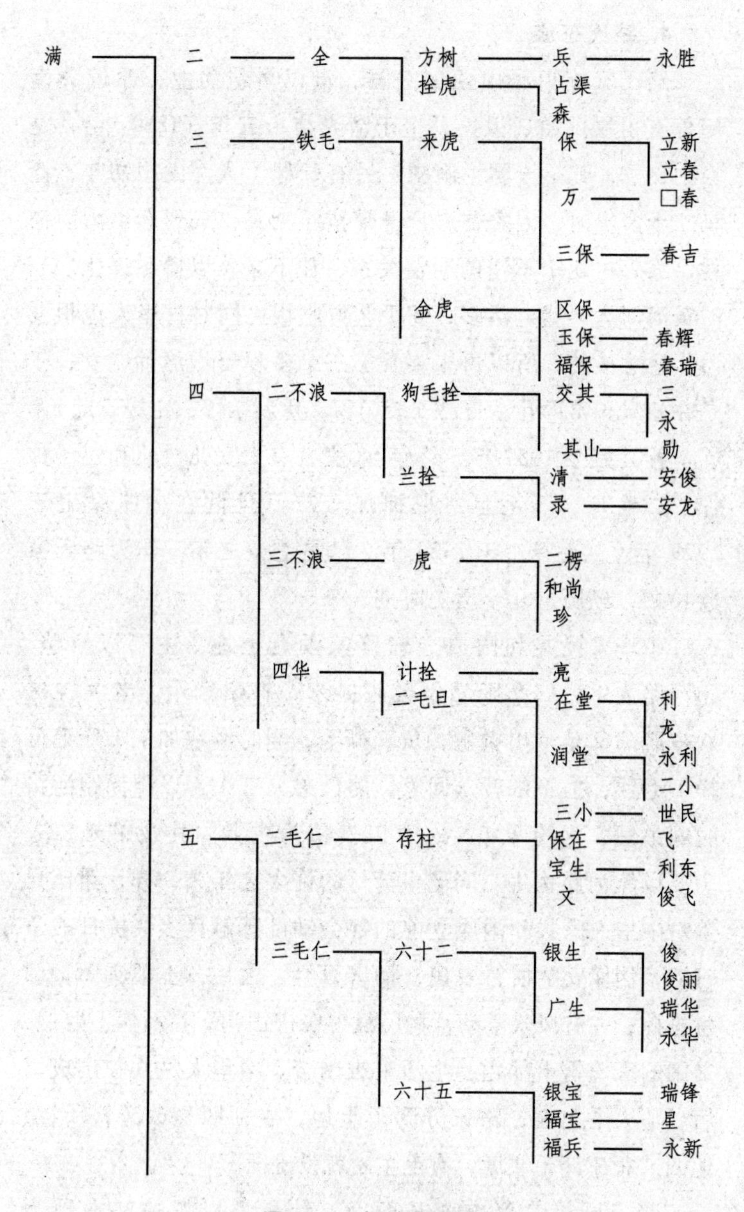
满
二
全
方树
兵
永胜
拴虎
占渠
森
三
铁毛
来虎
保
立新
立春
万
□春
三保
春吉
金虎
区保
玉保
春辉
福保
春瑞
四
二不浪
狗毛拴
交其
三
永
其山
勋
兰拴
清
安俊
录
安龙
三不浪
虎
二楞
和尚
珍
四华
计拴
亮
二毛旦
在堂
利
龙
润堂
永利
二小
三小
世民
五
二毛仁
存柱
保在
飞
宝生
利东
文
俊飞
三毛仁
六十二
银生
俊
俊丽
广生
瑞华
永华
六十五
银宝
瑞锋
福宝
星
福兵
永新

图 3-9　赵氏世系图

4. 路氏家族

路氏家族祖居山西偏关县，世以擀毡为业，原偏关南门外有祖坟。始迁祖拴马生于清光绪十五年（1889 年），是家中长子，其弟拴骡、满骡，另有妹妹 1 人。民国初年，拴马二十多岁时，因家贫，只身带毡匠工具，来到老牛湾河湾村，靠邻村几个不错的朋友关系，住下来，以擀毡谋生。当时黄河河运兴盛，活多，凭手艺好吃饭，同时村里人也很友善，愿意接纳，所以再未离开。三十多岁娶城湾韩二女，于是在庙泉买窑两孔，自己安装门窗，重新装修，定居于此。

拴马殁于 1957 年，终年 68 岁，有大女儿兰茹和三子神保、二毛旦、三毛旦，现神保、二毛旦健在。神保生于 1929 年，二毛旦生于 1933 年，已是耄耋之年，作为路氏家族长辈，经历过几个历史时期。

中华人民共和国成立前路家没有土地，主要以擀毡、跑河路为生，妇女则靠做鞋底换米，补贴家用。老大神保八岁既随父亲外出擀毡，负责撕毛，当时擀毡加工 1 斤毛可挣 1 毛钱，挣下米就送回家。路氏弟兄三人，以神保跑河路时间最短，大约两年，一直以擀毡为主业。其余弟兄二人主要以跑河路为生。同老牛湾村的许多老年人一样，路氏兄弟对中华人民共和国成立前的社会动乱感触良多。抗日战争时期，伪保安队横行乡里，祸害百姓，之后，土匪猖獗，肆意抢掠，一有风吹草动，村民只得躲进山沟，在石崖下躲避，贫困的家境雪上加霜，生活艰难困苦。中华人民共和国成立后，消灭了土匪，路家分到了土地，生活明显改善，所以，他们“很感谢毛主席，有毛主席就没土匪”。

路家兄弟各育有两子两女，结亲都以偏关和本地为主。自拴马至今四代，其第四代均为 20 世纪 70 ~ 80 年代以后出生，现在本村的有30人，以务农、外出打工为主。路家长辈神保、二毛旦现已鳏居，但出地耕作，下河捕鱼、捞柴，基本自食其力，唯神保治病用药已成为沉重的经济负担。

图3－10中男性和女性长辈一般不注明性别，地名为婚娶地点；女性晚辈迁往地点为婚嫁地名，之后做“┐”线者，不再列入其子女。

二　家族的基本特征

老牛湾村的家族特征与地理环境、生产方式、移民文化有密切的关系。作为清代乾隆嘉庆以后黄河水运的码头和陆路交往的通道，南来北往的人员和货物都辐辏于此，各种文化因素也交相融会，因而老牛湾村较一般的农耕聚落更具开放性。当时，老牛湾村的绝大多数村民都以跑河路作为家庭的主要经济来源，船工们上至宁夏吴忠，下至河曲、保德，不仅增长了见识，拓宽了视野，而且经年累月生活在一起，即使不是同一父系血缘关系，也必须同舟共济，共赴危难，这种生产方式突破了单纯的家庭生产关系，相互之间具有认同感。老牛湾村是由移民形成的村落，同为动荡社会中离乡背井的农民群体，每个家庭或家族都有特殊的创业历史、艰辛的生活经历，都经历过被社会边缘化的过程，这不仅锻炼了他们忍辱负重、吃苦耐劳的精神，而且也使他们形成不囿陈规、头脑灵活的性格。他们在隔阂、碰撞、渗透、融合的过程中，逐步游离于原籍地的民俗角色，形成了模糊的民俗规范。此外，他们还具有如下基本特征：

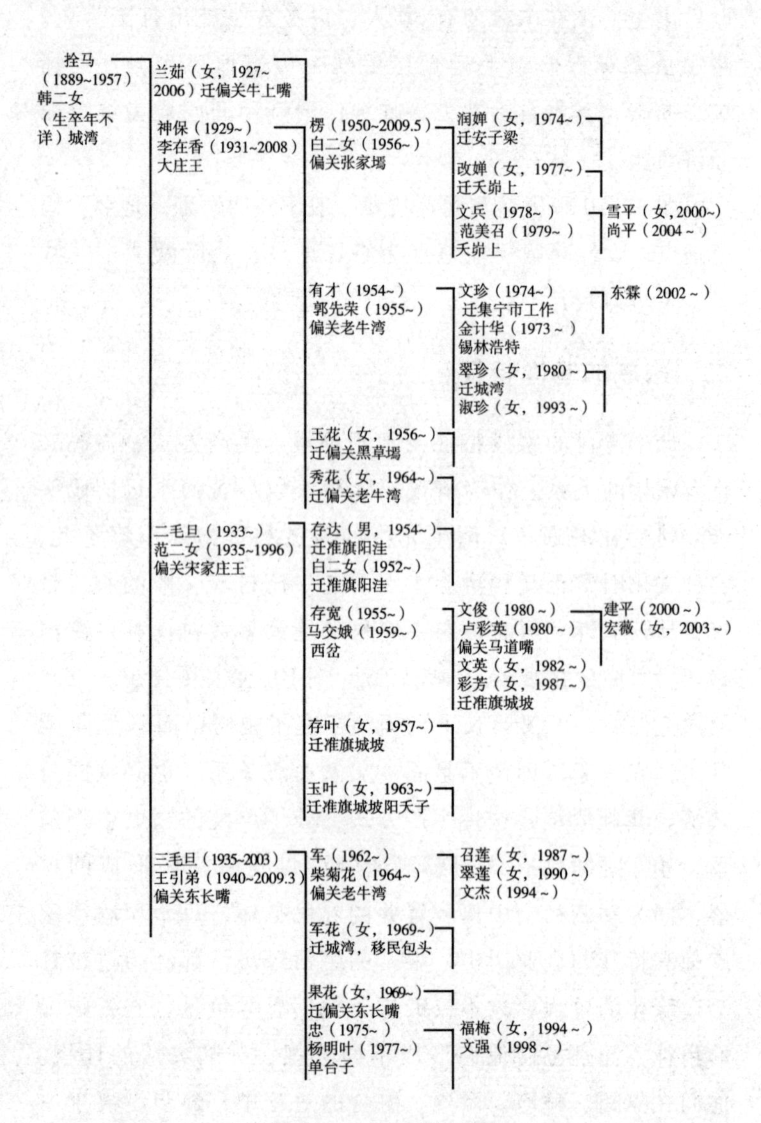

图 3－10　路氏家族图

资料来源：根据调查资料制图。

1. 家族财产

家族财产包括共同的土地和家庙（祠堂），这是维持家族组织的经济基础。土地收入用于家族共同的事务性支出，家庙（祠堂）则是家族成员祭祀共同祖先，祈望得到祖先荫庇的集体活动场所。和清水河县绝大多数自然村落一样，老牛湾村各个家族从来没有共同财产，凡家族事务或村内事务花费都由各个家庭分摊。据调查，这一状况的形成，是因为老牛湾村均由贫苦无依的农民个体迫于生活迁移至此，逐步由家庭繁衍而成家族，时间较短，生活贫困，历史的传承性逐步缺失，尤其是20世纪以后，家族文化屡经强烈冲击，孕育家族意识的环境发生了重大变化，已不具备家族共同财产形成的条件。

2. 祭祀祖先

祭祀是凝聚族人信仰观念的重要手段，培养崇敬祖先，孝敬父母的家族共同意识，靠“孝”的观念维持家族内部的稳定。过去，老牛湾村各家各户都供有祖先牌位，家族内保存家族世系图。正月初一五明头（凌晨），家里男女老幼向祖先牌位和神龛致祭，上香磕头，燃放鞭炮。敬神敬祖，讲求“心敬”，唯此才能使祖宗感知。现在上坟祭祖是以家庭为单位，一年五次，日期有腊月三十、清明、七月十五、十月初一和冬至。不过，初迁此地时，各家都是回原居住地祭扫祖墓，但次数有所减少。自老人安葬于老牛湾村后，始在本地上坟祭祖，与原居住地祭祀祖先关系渐至疏远，尤其现在的年轻一代已淡化了返乡祭祖的意识。当时的祭祖扫墓由老人主持，全部男人都参加，至墓地上香烧纸，敬献供品。供品因时代和经济条件而变化，过去是馍馍，现在是点心、饼干、方便面。妇女除自家白事

（丧事）外，是不上坟的。如今年节上坟祭祖由家庭里个人做代表，心到意至即可。

男子的婚娶是家族内大事，由此保证子孙绵延，香火旺盛。过去，男方家张挂“云”，新郎新娘共同祭拜祖先，磕4个头，余下按宾客家人长幼次序敬礼，分别磕1个头，亦可看出强调崇拜祖先的意识。至于聘姑娘的家庭则无须祭拜。现在，新人给父母、宾客鞠躬致敬而不再祭拜祖先，但是结婚前一天，新郎的父亲或兄长，其中一人要上坟烧纸敬献供品，这一做法一直沿袭到今天。

3. 家谱

作为记录同一家族血缘关系和世系血统的家谱，历来是联系族众的纽带，尤其明清至民国期间，普通平民家庭只要有四世以上先祖都可以纂修。家谱一般以序、世系图、世传等组成。我们在老牛湾了解到的白、李、赵三个家族都只有世系图，而无序和世传，其中原因是多方面的，与家族经济状况、社会地位等都有关系。李、赵两家世系图毁于匪患，民国时期卢占魁匪帮曾在此住宿六七天，不仅以整捆的谷子喂饲军马，而且肆意烧掠，各家祖先牌位亦多焚毁。另一说毁于日本侵华战争期间。在我们访查老牛湾村各家族历史与现状时，没有听到哪个家族有重修或续修家谱的想法。

4. 家族关系

家族关系有两层含义。

其一是家族与家族的关系。传统的农民社会是以血缘关系为主的，但地缘关系也起到非常重要的作用，共同的文化特质有一定的聚合力。老牛湾村各家族祖居地都在偏关，如白、赵两家先祖应当与清水河老牛湾有着更密切的关系，所以，初迁时较容易融入当地社会。当然，与村内老人讲的过去人实在、相互帮助、为人心诚也息息相关。

其二是家族内部的关系。过去老牛湾村各家族没有成文的家法家规，行为处世都按传统的观念来做，由年岁大、有威望的“老家长”主持公道。村里没有打架斗殴现象，吵嘴的也少见。老人们对现在的村内邻里关系颇多微词，认为村里没人管，管了也没人听，年轻人不听，就是本家人也不行。

第四章　经济生活

老牛湾村位于黄土高原北部边缘地带的丘陵沟壑区，石厚土薄，水土流失严重，2007 年人均耕地仅有 1.24 亩，这种自然条件决定了老牛湾的经济生活有两个特点：一是讲究精耕细作，提高单位面积产量；二是从事多种经营，其中以出外务工为主。

第一节　经济变迁

一　土地

老牛湾农业发展有两百余年历史。早期村中土地所有权的划分是遵照先占原则进行的，即谁开发谁所有，类似于美国西进运动时期的土地政策。而后来者出于安身立命的需要，就向先到者购买土地和宅基地，中华人民共和国成立前平均价格为每亩 70 银元，意向确定后双方需订立契约作为土地转让的合同，写明土地大小、四邻。契约分回赎和不可回赎两种，前一种规定，土地虽已卖出，但在卖者经济状况好转或其他意愿下可赎回土地；后一种规定，土地一经转让便为买方终身所有，卖者不得赎回。买卖双方签订契约须经担保人公证，并不需要政府参与。《绥远通志稿》记载，清水河地区土地分配情况是“自种农居十之八，租佃农仅十之二”。当年在老牛湾多地者不过50余亩，少者无分厘土地。

1980年村中包产到户，按上村、下村、庙区、河湾四个生产队平均分配土地，由于人多地少，土地分散，分配到个人手里时，已被分割成多个小块，人口少的家庭，三四亩土地竟分成10多个小块。以河湾村30亩水浇地为例，人均仅得半分地，头等地也不过1分地，“种地如绣花”形象地反映了当地的耕作方式。

1994年，万家寨水利枢纽工程开始兴建，水库淹没区涉及内蒙古自治区清水河县、准格尔旗和山西省偏关县10个乡（镇）的70多个自然村，老牛湾河湾村亦在规划之列。在河湾移民中，有100多人移往他处，剩下13户分别移入上村、下村、庙区。根据移民办公室和乡政府的决定，原河湾的土地，河湾人每家可用移民补偿款购买3亩，每亩2000元，剩余土地由河湾村村民分配。此政策并没有得到全面贯彻，河湾村民除购买土地外，另将剩余土地全部用于耕种。

由于人口的增减和水库蓄水，村人均占有土地量发生变动，1998年土地二轮承包时把这种情况确定下来，上村48人，耕地81.9亩，人均1.71亩；下村100人，耕地165.7亩，人均1.66亩；庙区144人，耕地180亩，人均1.25亩。

全村土地总量保持在430亩左右，全部为旱田。历史上河谷地带曾有30亩水田，1999年万家寨水库蓄水后被淹没。土地分为四等，最好者为特等地，位置在庙区和上村之间的山顶平坦地带，土层深厚，亩产600公斤左右（以玉米为例)，仅有20余亩；次之为头等地，土层较厚，坡度较缓，亩产500公斤上下（见图4－1）；又次之为二等地，坡度较大，土层变薄，亩产300公斤左右。头等、二等地数量最多，各有百余亩。最差的是三等地，当地人称为“石头地”，是雨水冲刷坡上土壤，在山崖边沉积而成，土层很薄，砂石混于其中，亩产100公斤左右，遇有凶年，则颗粒无收，连种子、化肥的成本都收不回来。此种土地数量处于不断变化中，遇有大雨侵蚀，很容易流失，村民为保住土地只好筑墙挡土。

图4－1 梯田（摄于2005年9月6日）

二 水利设施

老牛湾村山下有黄河流过，但地势太高无法引水灌溉，只能望河兴叹。农田灌溉是困扰老牛湾农业发展的大问题。为解决村民饮水和农田灌溉问题，政府做过两次努力。

1974年6月，内蒙古政府（时为革委会）在老牛湾开工建设扬水站，引黄河水上山。工程采取政府出资、村民出工的形式完成。工程历时三年，分两个阶段。第一阶段用时两年，进行土石建设，主要是在深沟处建设石墩，用于架设水管，以将水引入农田。此项工程最为艰巨，村中道路崎岖、地形复杂，村民将石头打磨好后背到山上，再将其运入山沟中。石墩高度由山沟深浅决定，最高4米，最低1.5米，每间隔30米建一个石墩，共建20个，平均一个用石料2立方米。又建机房、蓄水池各一座，水道长185米。后期工程主要由技术工人完成，安装75马力水泵两个，铺设铁制水管680余米。1977年6月工程正式完工。工程注入资金19万元，共完成土石1200立方米，投入劳动日450天。三年里，政府和村民都十分重视这项工程，县领导长期在村中蹲点，村民更是将全部人力、物力投入到工程上，每个工分也由之前的0.40元降到0.18～0.23元。但遗憾的是，由于使用成本太高，扬水站仅在建成后的第二年使用过两次后就停用了。在荒废了十几年后于1998年水库蓄水时将主设备拆除，设备大部分已流失。

1998年，万家寨水库蓄水，扬水站被拆除，国家发放30万元补偿费，邻村四座塔用自己的补偿费打了一眼深井，并铺设了自来水管道，然后由村民自己出资引水入户。当地政府希望老牛湾也采取四座塔的方法，但村民主张将补偿款平摊，与政府意见相左，结果补偿款被上级截留。政府又计划将水由四座塔深井引入老牛湾，希望由村民自己出资完成工程剩余部分，又未实现，工程就此搁置。截止到2007年8月，部分管道已经损坏。几十年间，当地政府和人民为建设水利工程做过几次努力，每次都功败垂成。

以前村中河谷里有几眼泉水，水质清澈，味甘甜，当地人都下山背水。1998 年水库蓄水淹没了泉眼，现在，农田灌溉和生活用水大部分来自旱井、水窖。这是村民自建的储水设施。20 世纪 80 年代，国家在全国实施旱区人畜饮水工程，对旱区人民自建旱井进行补贴，每口旱井资助 120 元。旱井即是在远离厕所、棚圈的地势低处向垂直方向挖土洞，然后夯实，最后用白灰和红泥和起抹平，之后捣实，并在井旁挖一蓄水池，用于沉淀泥沙，入水口处又罩上一层纱网，二次过滤杂质。水窖建设较晚，建造方式与旱井略有不同，井壁系石头所砌，再以水泥抹平。二者储水量也不同，旱井深 2.4～2.5 米，蓄水量 20 立方米，水窖储水 30～50 立方米。

由于没有任何水利基础设施，遇有旱年，村民只有靠旱井和水窖储水抗旱。但旱井靠雨水、雪水补给，受自然因素影响大，储量有限，村民只有在迫不得已的情况下，才会动用这些珍贵的水源。在旱年，我们往往会看到这样的情景：村民头顶烈日，背水上山，逐苗施水，希冀缓解旱情，更祈盼“龙王爷”早日大发慈悲，普降甘霖（见图 4－2）。

三　农作物种植

老牛湾农业属山区旱作农业，全年无霜期 185 天，但土地贫瘠，十年九旱，主要种植生长周期短、耐旱的粮食作物（见表 4－1）。

图 4－2　座水点种（摄于 2004 年 5 月 5 日）

表 4－1　老牛湾村农作物种植一览

单位：天，公斤/亩

名称	品种	引进年代	现状	籽种来源	日期			一般产量	最高产量	主要用途
					播种	收获	生长期			
马铃薯	克星一号	1986 年	在种	购买	小满前后	寒露	130	750	1000	自用
	脱毒紫花白	1997 年	在种	购买	小满前后	寒露	130	700	1000	自用
豇豆		1980 年前	在种	土种	芒种至夏至	秋分	100	50	100	自用
绿豆	大绿豆	1980 年前	在种	购买	夏　至	秋分	100	120	150	自用
	黄绿豆	1985 年	在种	土种	夏　至	秋分	100	120	150	自用
小豆	白小豆	1973 年	淘汰	调换	芒种至夏至	秋分	100	100	150	自用
	红小豆	1980 年后	在种	购买	芒种至夏至	秋分	110	100	150	出售

续表

名称	品种	引进年代	现状	籽种来源	日期			一般产量	最高产量	主要用途
					播种	收获	生长期			
大豆		1950年前	在种	土种	芒种至夏至	处暑	65	30	50	自用
豌豆	小豌豆	1950年前	在种	购买	清明至谷雨	立秋	110	100	150	出售
	大豌豆	1950年前	在种	调换	清　明	大暑	100	100	150	自用
	白豌豆	1980年后	淘汰	购买	清　明	大暑	100	100	120	出售自用
黑豆	三根条	1985年	在种	购买	立　夏	寒露	130	150	200	出售自用
	黑眉豆	1986年	在种	土种	立　夏	寒露	130	120	200	自用
	小黑豆	1955年	淘汰	土种	立　夏	秋分	130	100	100	自用
黄豆	大黄豆	1985年	淘汰	土种	立夏至芒种	秋分至寒露	130	150	200	出售自用
	毛黄豆	1985年后	在种	调换	立夏至芒种	秋分至寒露	130	150	200	出售自用
	红茶豆	1985年后	在种	调换	立夏至芒种	秋分至寒露	130	120	180	出售自用
红莲豆		1995年后	在种	购买	立夏至芒种	白露至秋分	130	100	150	出售
红芸豆		1995年	在种	购买	立夏至芒种	白露至秋分	130	100	120	出售
扁豆		1960年	淘汰	土种	谷雨至清明	大暑	100	60	80	自用
花生		1995年	在种	购买	立夏至芒种	秋分	130	10	20	自用
荞麦		2000年	在种	购买	芒种至大暑	白露	80	100	200	出售

续表

名称	品种	引进年代	现状	籽种来源	日期			一般产量	最高产量	主要用途
					播种	收获	生长期			
小麦			淘汰	土种	清明前	大暑	100	60	100	自用
谷子	小白谷	1960 年	淘汰	兑换	立夏后	寒露	130	200	250	自用
	繁峙黄	1974 年	在种	购买	立　夏	寒露	130	250	350	出售自用
	七月黄	1978 年	在种	购买	立夏后	寒露	125	250	350	出售自用
	沁州黄	2003 年	在种	购买	立　夏	寒露	130	250	350	出售自用
	张杂谷	2006 年	在种	购买	立　夏	寒露	130	250	350	出售自用
	小香米	2001 年	在种	购买	立夏前	寒露	140	250	320	出售自用
	红香米	2005 年	在种	购买	立　夏	寒露	130	230	320	出售
	压塌车	1974 年	淘汰	购买	立夏前	寒露	135	230	320	出售自用
	九根齐	1974 年	淘汰	购买	立　夏	寒露	130	250	350	出售自用
	黍谷	1968 年	淘汰	调换	立　夏	寒露	130	250	350	自用
胡麻	大头	1996 年	淘汰	购买	立夏前	白露后	100	100	150	自用
葵花	星火一号	2000 年	在种	购买	立夏前	寒露	135	200	250	出售
	星火二号	2000 年	在种	购买	立夏前	寒露	135	200	250	出售
	三道眉	1998 年	淘汰	购买	立夏前	寒露	135	200	250	出售
	油葵	2003 年	淘汰	购买	立夏前	寒露	135	200	230	出售
麻子	大粒	1998 年	在种	购买	立夏后	寒露	130	100	150	出售
	小粒	1950 年前	淘汰	调换	立夏后	寒露	130	80	100	自用

续表

名称	品种	引进年代	现状	籽种来源	日期			一般产量	最高产量	主要用途
					播种	收获	生长期			
黄芥	二桶黄	1950年前	淘汰	调换	立夏至小满	白露	120	100	130	自用
	三桶黄	1995年	在种	购买	立夏至小满	白露	120	150	200	出售自用
臭芥		1985年	淘汰	土种	立夏	白露前	110	100	120	自用
糜子	黄色	1976年	在种	购买	立夏后	秋分后	130	300	350	出售自用
	白色	2000年	在种	购买	立夏后	秋分后	130	300	350	出售自用
	红色	1978年	在种	购买	芒种	秋分	120	300	350	出售自用
	小青糜	1968年	淘汰	购买	立夏后	秋分	100	200	250	自用
高粱	短三尺	1968年	淘汰	购买	立夏前	寒露	140	350	400	自用
	周杂二号	1974年	淘汰	购买	立夏前	寒露	140	350	400	出售自用
黍子	紫阳段	1976年	淘汰	购买	立夏至芒种	秋分至寒露	130	300	400	出售自用
	黑跳蚤	1978年	在种	购买	芒　种	秋分	120	300	400	出售自用
	大红黍	1999年	在种	购买	芒　种	秋分	120	300	400	出售自用
	小红黍	1974年	淘汰	购买	夏　至	秋分	100	300	400	自用
玉米	中单二号	1998年	在种	购买	谷　雨	寒露	145	450	500	出售自用
	折单二号	1999年	在种	购买	谷　雨	寒露	145	450	500	出售自用
	黄膜417	1978年	淘汰	购买	立　夏	寒露	130	350	400	出售自用

资料来源：根据白占成提供资料制表。

籽种改良。籽种选育是农业生产的基础性工作，籽种退化严重影响农作物产量，因此，老牛湾村民十分重视籽种的改良和更新换代。作物籽种大部分都是从外地购买，使用土种的作物很少，仅有豌豆、大豆、大黄豆等少数几种。新品种引进后，产量高于旧品种，村民自然会选种前者，这是籽种改良的主要原因。1978 年，玉米中的黄膜 417，中单二号、折单二号相继引进后，黄膜 417 亩产量比它们低 50～100 公斤；1973 年引进豆类中的白小豆，待村民引入红小豆后，其亩产量比现种品种低 50 公斤左右，故予淘汰。1985 年白豌豆与另外两个品种被引入村中，但其亩产量低于现种品种 30 公斤；而扁豆每亩产量仅有 60～80 公斤，村民干脆停种。其他如谷类中的小白谷和压塌车，分别于 1960 年、1974 年引入。小白谷平均每亩产量低于现种品种 50～100 公斤；压塌车亩产量也比现种品种低 20～30 公斤。糜子中的小青糜 1968 年引进，亩产量低于现种品种 50 公斤。油料作物中，1995 年引入黄芥后，与其相比，臭芥是 10 年前引进的旧品种，每亩产量比黄芥低 50～80 公斤。而黄芥中的二桶黄，是传统的品种，亩产量低于现种品种 50～70 公斤。葵花中的油葵，2003 年引进，虽比星火一号、二号晚引进三年，但其亩产量却比这两个品种低 30 公斤。老牛湾一直以来都是种小粒麻，1998 年引进大粒麻，其产量比小粒麻高 20～50 公斤，价格也贵，所以村民很快将上述产量低的作物品种淘汰。

老牛湾村农作物淘汰旧品种还有以下两个主要原因：

（1）生长周期长。2000 年，村中曾引进新品种荞麦，但其生长期为 90 多天，比 1995 年引进的新品种生长期长近 20 天，每年芒种、夏至间播种，白露时才能收获，属大日期荞麦，加之其每亩产量平均低于旧品种50公斤左右，目前村中停种。

（2）抗病虫害能力差。1976年引进的紫阳段，1974年引进的小红黍，1985年前引入的大黄豆，因抗病虫害能力差，均予淘汰。

田间管理。幼苗时锄一次、再耧一次。经济作物中，油料作物有少量种植，一般为套种。每家每户的庭院里种一些蔬菜，包括黄瓜、萝卜、大葱、西红柿、茄子、白菜等。

耕作方式，几十年来基本没有变化，完全靠人工畜力，这是由当地特殊的地形条件和土地状况决定的。耕田多用驴骡，个别使用耕牛，锄耧收割用锄头、镰刀，庄稼上场都是人背驴驮，碾场用连枷捶打或畜拉碌碡碾压。人民公社化后，生产队建立了一个饲养院和一个加工厂，饲养院饲养村中十余头耕牛、驴、骡、马。加工厂采用电动机带动碾、磨，加工村中及邻村粮食。包产到户后，加工厂承包给个人，饲养院的牲畜采取数户共养的方式，平均分配给各户。但大部分人家将牲畜出卖改雇别人家牲畜代耕（当地人称为雇牛工），原因是饲养成本太高。牛工的价格由最初的每亩30元涨到2007年的50元。现在，村中只有两户人家饲养牲畜，有耕牛、骡、驴各一头。

四　林木种植、禽畜养殖

老牛湾村原始林、次生林早已破坏无遗。万家寨水库蓄水前，悬崖上仍残存少量柏树等珍贵树木。蓄水后，水位抬高，村民驱船即可砍伐林木，这几株树最终未能幸免。由于土地数量有限，村中稍好的土地已开发为耕地，其余全为石山或深谷，地表植被一旦遭破坏，很难恢复，至今多为濯濯童山。退耕还林政策实行以来，村中共退耕 97.1 亩，退耕多者 9 亩，少者 1 亩，种植油松、山杏。以前老牛湾村的家庭多种植果树如海红果、杏树、海棠、苹果等经济林木（见表 4-2、表 4-3）。乡里曾开办一家果品厂，每年果实成熟季节，厂家都会上门向村民收购果品。2004 年果品厂倒闭，村民的果品没了销路，加上本地交通闭塞，果实无法外运，除少量食用外，农民只能眼睁睁地看着果实烂在地里，或者将其喂猪羊。村民也不再用心打理果树，病虫害问题日益严重，目前已有大批果树死亡。可见，不解决村民的果品销售问题，林果业发展无从谈起。

表 4-2 2007 年老牛湾村部分农户果树种植一览

单位：株

种类	杏树	黄太平	海红	枣树	苹果树	桃树	槟果树	葡萄
数量	386	160	140	937	14	40	30	1

资料来源：根据 58 户村民统计资料制表。

表 4-3 2007 年老牛湾村退耕还林补贴

单位：亩，元

序号	退耕面积	补贴金额
1	5.2	104
2	3.5	70
3	2	40
4	2.3	46
5	9	180
6	3.8	76
7	3	60
8	1.5	30
9	2.2	44
10	1.4	28

续表

序号	退耕面积	补贴金额
11	2. 5	50
12	2. 5	50
13	1	20
14	3. 4	68
15	2	40
16	2. 8	56
17	5. 6	112
18	3	60
19	2. 3	46
20	1. 9	38
21	2	40
22	1. 4	28
23	3. 4	68
24	1	20
25	2. 6	52
26	2. 5	50
27	1	20
28	1. 8	36
29	1	20
30	3. 8	76
31	1	20
32	1. 5	30
33	1	20
34	1. 4	28
35	1. 5	30
36	3. 6	72
37	3. 7	74
38	2	40
39	3	60

资料来源：根据营盘峁行政村档案制表。

近年来，随着内蒙古伊利、蒙牛、奈伦等优秀乳制品企业的崛起，奶牛养殖业成为内蒙古许多农村地区的支柱产业。但老牛湾村土地已开发殆尽，没有条件种植苜蓿、水玉米等畜牧作物，加之交通闭塞，路况差，运输成本高，村中没有家庭养殖奶牛。几年前，县有关部门在清水河地区推广养殖小尾寒羊技术，部分村民养殖了小尾寒羊。村民通常将小尾寒羊与山羊、绵羊一起放养。小尾寒羊个体较大，腿长，俯身食草速度慢，不宜与山羊、绵羊共同放养，村民又无足够粮食喂养小尾寒羊。事实证明小尾寒羊不适合在山区养殖，或需经改良，村民最终放弃养殖小尾寒羊。山羊适合山区终年放养，但其食草根、嫩叶，对生态环境的破坏力极大。近年来，国家严格执行禁牧政策，山区生态又极为脆弱，老牛湾村发展牧业空间极为狭小。2007 年 7 月，村中有 29 户人家养羊，共养殖绵羊 127 只、山羊 59 只，户均不到 7 只，有的人家仅养 2 只，远没有形成规模。每年村民都自销部分羊肉。山羊产绒，绵羊产肉，按照 2006 年销售价格统计，29 户村民牧业总收入 24950 元，户均牧业收入 860.3 元。

此外，2007 年 7 月老牛湾村共养殖猪 39 头、家禽 210 只。

五　农业收入

老牛湾农业发展历史较短，清代前期仍是草木茂盛、禽兽逼人之地。直到清中期以后，在政府边地放垦政策的鼓励下，山西偏关县穷苦农民来到长城以北的内蒙古。当初其先祖迫于生存压力落户此地，人口稀少，尚能承载，但随着人口增加，生存环境日益恶化。同时，狭小的土地和分散的地块限制了农业机械的使用，又缺乏水利灌溉系统，老牛湾的农业长期停滞不前。

由于人多地少，土地产出有限，老牛湾村无论是粮食作物还是经济作物在本地的商品化程度都不高，商品化较高的作物是马铃薯、红小豆、荞麦、小香米、葵花、小豌豆、红莲豆等。大部分村民将糜米、谷子、胡麻、黄芥等油料作物和粮食自己食用，玉米仅有少量出售，大部分用来喂羊。即使遇上丰年，当地人都会把粮食贮存起来（见表4－4），以备凶年，用当地老乡的话说是“饿怕了”！

表4－4　2007年老牛湾农业收入情况

单位：元，%

序号	农业收入	总收入	百分比
1	400	17245	2.32
2	600	1485	40.40
3	1000	12635	7.91
4	200	105275	0.19
5	700	5170	13.54
6	400	5460	7.33
7	300	335	89.55
8	5000	5030	99.40
9	1800	22100	8.14
10	700	760	92.11
11	4600	23775	19.35
12	2000	6595	30.33
13	3000	10900	27.53
14	1000	1365	73.26
15	400	5780	6.92
16	500	10830	4.62
17	1000	7000	14.29

续表

序号	农业收入	总收入	百分比
18	400	10453	3.83
19	600	28637	2.10
20	1000	10052	9.95
21	2000	9037	22.13
22	400	100810	0.40
23	300	955	31.41
24	400	605	66.12
25	500	10387	4.81
26	1000	1265	79.05

资料来源：根据26户村民调查资料制表。

由表4－4我们可以看出，2007年老牛湾村26户村民将农产品出售，其中15户村民的农业收入低于1000元，最少的仅有200元，8户村民收入1000～2000元，超过3000元的仅有3户，最高者也不过5000元。农业收入占总收入比重不到10%的家庭有11户，最低者仅有0.19%；超过40%的有4户。而农业收入比重越高的家庭，他们的收入水平也越低。

六　手工业

老牛湾过去是黄河清水河段重要渡口，虽谈不上商贾辐辏，但较为优越的地理位置也带动了当地手工业、商业的繁荣。

19世纪20年代至中华人民共和国成立前后，河湾有数家手工作坊、字号，分别是四海泉，油坊、酿酒坊，由山西老牛湾魏姓经营。德合永，油坊、酒坊，系石胡梁张姓人家所有。三盛成，杂货铺，外村李姓人家经营。永元奎，制香烛作坊，由老牛湾李姓经营。

在这些手工业中，最具代表性的当属永元奎制香作坊。这是村中最大规模的手工工场，当年雇工5~10人，永元奎主要生产敬神用的黄香。黄香以榆树皮、柏木为原料，利用水力带动石磨制作。永元奎生产的黄香质量高，在当地久负盛名。永元奎至1964年停业，历经六代。香坊由3间窑房构成，2间香坊；1间磨房，里面安装水磨，厂址选在河岸坦平处，此处正好有一山泉流过，水势较大。水磨是水轮、轴联合传动的机械，动力部分是一个卧式水轮，在轮的立轴上安装磨的上扇，水轮与石磨之间以木制棚板相隔，流水冲动水轮带动石磨转动。这种磨适合安装在水的冲击力比较大的地方。水磨盘直径1.2米，厚0.3~0.5米（见图4-3）。

图4-3 水磨遗址（摄于1998年5月16日）

制香的过程大致分以下几步。

第一步，选取原料。水库蓄水前，河湾村处在黄河岸边，河岸旁生长了大量的树木，制香坊主要选用果木、榆树皮、柏木做原料。

第二步，原料收集好后，用铡刀切短，然后用水浸泡8～10天，直至木头变得松软。

第三步，将泡好的原料放到石磨下，开动水磨，将原料反复碾压，直至成为糊状。此道工序最为费时，也最为关键，水磨需连续运转9小时以上才能达到效果。

第四步，将糊状原料和均匀，和好后将原料放入手工压面机挤压，形成条状黄香。

第五步，将制成的黄香晒干，以罗为单位进行包装，100根为一罗。

香的销售方式。周边商贩主动到香坊购买，偶尔香坊自己会带着香到市场兜售。一罗黄香20世纪60年代初售价1.2元，年销售量10000罗左右，香坊年收入一般在1.2万元。万家寨水库蓄水前，香坊被拆毁。

老牛湾过去有四海泉、德合永两家酿酒坊，酒坊采用传统的酿酒法，酿造高浓度白酒。四海泉、德合永亦是油坊，油坊以黄芥、胡麻或麻籽做原料榨油。

老牛湾历史上是一个贫瘠的地方，土地稀少，靠天吃饭，村民为了解决生计问题，他们大都有艺多才能养家的观念。因此，很早就从事各种手工业，贴补家用。据调查，年长的村民以及他们的祖辈中有擀毡、打制银器、做木工、打制铜器、铁器等多种职业。有的一人掌握数门手艺，如村民李兵一人身兼银匠、木匠、铜匠三种身份。

北方农村卧室一般都有土炕，土炕主要由土坯构成，如不过火，阴冷发潮；经常过火，火气过旺，人容易上火，造成身体不适。毛毡由羊毛制成，防潮、保温，可以有效地避免土炕带来的弊端。因此，制毡成为农村不可或缺的手工技艺。老牛湾村路姓人掌握这项技术，据说这门手艺传承了 8 代人。擀毡有四道工序。

第一步是分拣羊毛。刚剪下的羊毛与杂质污垢黏在一起，必须把片状羊毛弹成絮状才可使用。弹羊毛的主要工具是弓，弓是用榆木制成的，弓弦用牛筋来做，这样弹力大，结实耐用。具体做法是将羊毛搭在弓上一点一点地弹松。此道工序是制毡的基础工序，也是最艰苦的程序，在弹羊毛的过程中，羊毛中的灰尘杂质到处乱飞，进入擀毡人的呼吸系统后，对他们的健康造成极大的伤害。

第二步为洗毛。弹松后的羊毛，初步去除了部分杂质，但是，还残留着一些污垢，又有异味，须经水洗，方能去除。经过细致的洗涤，晒干后的羊毛变得棉软、蓬松，也彻底清除了异味。

第三步是擀毛或者称作补毛，具体做法有两种：一种方法是将零散的羊毛洒上水，以黏合分散的羊毛，用木滚碾压羊毛。由于木滚沉重，需两个人各用一只脚来回碾压，羊毛逐渐凝结成毡片。第二种方法是用竹帘制毡，用 5 条尖竹板做成的扇形毡杈将弹好的羊毛均匀地补在竹帘上，喷上水，卷起帘子，一节一节地用绳捆紧，一只脚踩着在地上来回滚动。

第四步是压毡。碾压后的羊毛仍较松软，且都是分散的小块，需进一步碾压才能形成一个整体。具体做法是将碎毡片沓在一起，用开水浇透。用两块宽大的木板将初步制成的羊毛毡挤在中间，重复挤压，直至合成毛毡。毛毡呈长方形，素面，毡匠还可根据订货人的要求在毡上做出图案。

毛毡制成后，需在太阳下暴晒，去除全部水分，以免毛毡发霉、腐败。毛毡的原料提供有两种方式：一种是由订货人提供原料，并提出毛毡的尺寸大小，毡匠负责加工；另一种是从原料到制成品都由毡匠一人负责。一块毛毡长1.8米，宽1.2米，20世纪60年代售价为25~30元，属高档消费品。毛毡亦是耐用消费品，需求有限，随着时代的发展，毛毡有了替代品，由当年的紧俏商品成了无人问津的商品。在20世纪90年代初，路家最后的一位擀毡人迫于生计，最终放弃了这门手艺。他的家中仍保留着这套祖传的擀毡工具，毡匠已成为历史名词，擀毡工具也最终会走入民俗博物馆。

农村中遇有女儿出嫁、孩子生日，都会请人做几件银器。老牛湾村中有两家人过去从事银匠这种职业，一户为前述的李姓，一户为白姓。由于当地百姓生活水平较低，对银器的要求也不高，因此，他们打制的银器大部分为简单的装饰品，如银镯、银锁、银耳环等，工艺简单，成本较低。用户的原料大部分是自家早年存在家中的银元。

铁匠、铜匠。打铁与铸铜是与村民生产、生活联系最为密切的一种职业，老牛湾村中过去有一户铁匠和一户铜匠。火炉就地取材，用石头砌成，以人工拉动木风箱鼓风加温。铁匠主要加工马掌、镰刀、铁铲、火钩和造船用铁钉等生产、生活用具。铜匠主要加工铜挂、铜锁、铜烟锅等生活器具。

第二节　家庭经济

一　职业分工

在老牛湾村，农业靠天吃饭，高投入，低产出，但务农仍是村民的基本职业。被调查的 58 户中，48 户拥有土地，其中还有 6 户转承包别人的土地，一般是交一部分粮食或折成钱给原承包者，每亩地 20 公斤粮食，或 40 元钱。村里常年农业人口占劳动人口总数的 45%，究其原因，首先与本村人口结构特点有密切关系。老牛湾老龄化现象严重，常年留守村中的是老人、妇女和儿童。由他们从事强度不大的农业劳动，全年的农业产出可满足家庭一年大部分食品消费需求，节省部分现金支出，老人们还可用农产品接济在外的子女。此外，当地传统观念认为撂荒土地是一种不务正业的表现，所以，即使是村中经营个体的富户，也绝不会放弃“本业”。

在市场经济条件下，以老牛湾的自然状况，单靠务农，断难维持家中正常的生活开销。核心家庭还需负担子女繁重的教育支出，只有通过合理的家庭分工才能解决上述问题。在受调查户主中，大部分都从事第二职业，与务农相比，第二职业是家庭现金收入的主要来源。户主从事最多的行业是建筑业，其次是出外当司机。还有几户留在村中，有的从事个体经营，有的当教师。务工者的就业方向与他们的年龄、受教育程度有关。村中 40 岁以上的人，大部分掌握砌石窑的技术，加之文化程度相对较低，出外务工大都选择建筑行业，做一名瓦工。村中的年轻人，文化程度较高，或做工厂工人，或当司机（见表4－5）。随着农村的变革尤其是非农化的发展，农民开始了职业流动，调查显示大部分人在过去10年中变动过职业。女性一般在结婚后，很少出外务工，或者在外务工与外地男青年结婚，就不回来了。男性则在结婚后继续外出务工或做生意，户口虽留在原籍，但除过年过节外，很少回来。

表4－5　2007年老牛湾居民从事职业统计

单位：人

职业	教师	务农	务工	司机	打鱼（兼业）	从商
人数	4（在职）	68	55	12	9	2～3

资料来源：根据调查资料制表。

我们调查的季节，正是村民外出打工者最忙的时候，大部分壮年户主都已外出，家中只留妻子务农，操持家务。一日，我们采访到一位从外打工归来的户主，46岁，两鬓已斑白，显得很苍老，回家的原因是腰疼病犯了，需回家调养。他的病是常年在外落下的痼疾。早在20世纪80年代初，他就开始出外务工了。多年来，家人就医、孩子上学等费用几乎都靠他支撑。调养一段时间后，他又要外出了。问他什么时候会结束这种生活，回答说等子女成家立业后，就回家休息了。这位打工者的经历可代表村中其他出外打工者的境遇。十几年间，他们往来于家乡和城市之间，春去冬归，过着“雁行人”的生活，住简陋的工棚，粗茶淡饭，节衣缩食，有时辛苦一年，连工钱都拿不上。从目前的情况看，务工所得收入并没有使当地人民致富。调查数据显示，只有1户人家务工收入较高，大部分人的务工收入仅1万元左右，有10户人家务工收入更在5000元以下（见

表4－6）。且务工者一般为核心家庭的户主，需负担子女的教育支出和老人的赡养费用。可见，务工收入只能在一定程度上缓解家庭的经济压力，难以从根本上改变老牛湾村民的经济状况。

表4－6　2007年老牛湾村部分村民务工收入统计

单位：户，%

务工收入	5000元以下	5000～10000元	10000～20000元	30000～40000元
户　数	10	17	3	1
百分比	32.3	54.8	9.7	3.2

资料来源：根据调查资料制表。

二　家庭收入和支出

依据对58户村民的调查可以概略了解老牛湾村民收入情况（见表4－7）。

表4－7　2007年老牛湾村部分家庭收入统计

单位：元

序号＼明细	务工	农业	打鱼	个体经营	工资	农业补贴	总计
1	10000					230	10230
2		400			16800	45	17245
3		600		800		85	1485
4	10000	1000	1500			135	12635
5	5000	200		100000		75	105275
6	1000	700	3000			470	5170
7						382.5	382.5
8	5000	400				60	5460
9	10000					585	10585
10		300				35	335

续表

序号＼明细	务工	农业	打鱼	个体经营	工资	农业补贴	总计
11					13800		13800
12		5000				30	5030
13	1500					52. 5	1552. 5
14	10000					1760	11760
15	20000					53	20053
16	5000					37	5037
17						25. 5	25. 5
18		1000				265	1265
19		2500				30	2530
20	20000	1800				300	22100
21	3000	600				205	3805
22				80000		60	80060
23		700				60	760
24						48	48
25						460	460
26	14000	4600	5000			175	23775
27	6000	200				395	6595
28	8000					3290	11290
29	2500	3000	4500	600		300	10900
30	5000					60	5060
31	8000		3000	4000		15	15015
32		1000				365	1365
33			9000		10400	220	19620
34						30	30
35							
36	5000	400				380	5780
37	10000	500				330	10830

续表

明细 序号	务工	农业	打鱼	个体经营	工资	农业补贴	总计
38	9000					525	9525
39	6000	1000					7000
40							
41	36000						36000
42	10000	400				53	10453
43							
44	10000					20	10020
45	7000					290	7290
46		600			28000	37	28637
47	9000					395、670（救济）	10065
48	9000	1000				52	10052
49	7000	2000				37	9037
50		400		100000		410	100810
51							
52		300				555、100	955
53	10000					75	10075
54					26400	45	26445
55		400				205	605
56							
57	500	500	3000	6000		387	10387
58						150*	150

* 2006年民政局救助150元。

注：明细一栏中为空白的，都是村中的老人，没有任何收入，他们主要靠子女赡养。

资料来源：根据调查资料制表。

统计显示，58户老牛湾村民家庭人均年收入是3516.05元。其中家庭年收入在5000元以下的有22户，占37.93%；收入在5000~10000元之间的有10户，占17.24%；收入在10000~15000元之间的有13户，占22.41%；收入在15000~20000元之间的有4户，占6.9%；收入在20000元以上的有9户，占15.52%。收入在5000元以下的，都是村中老人，他们主要从事农业劳动。收入在5000~30000元之间的群体，收入来源主要靠外出务工，小部分人则靠工资收入。收入在80000元以上的家庭，主要靠个体经营。可以看出，近年来被社会看好的老牛湾旅游，并未惠及大部分村民，尤其是老年群体，因此最高收入与最低收入的家庭相差甚为悬殊。

村民支出情况，如表4－8所示。

表4－8　2007年老牛湾村部分家庭支出统计

单位：元

序号＼项目	生产	食品	教育	医疗	水电	燃料	衣服	交际	通讯	交通	烟酒	总计
1	1160.5	1004	5500	50	430	400	1500	1000	1000	600	1650	14294.5
2	1528	3000	2000	2000	240	500	500	500	300	100		10668
3	3500	500		2000	600	1500	300	600	1000	150	1000	11150
4	1390	1200	9100	600	260	1500	800	600	900	700	500	17550
5	620	2445	4000	800	1000	900	500	3000	1800	1000	4600	20665
6	638	1000		2000	200	600		1000	1000		500	6938
7	195	200		800	40	300	100	300			200	2135
8	540	2000		1000	300	1000	1000	400	400	200	700	7540
9	1200	2300	9000	1300	360	1500	2400	1000	500	300	900	20760
10	230	300		1000	36	1000	200	400			350	3516
11		3000		3000	600	1000		2000	600		600	10800
12	260	3140		120	800	1000	1000	1000	800	300	1050	9470
13	300	1740		3000	100	1000	1000	1000	300	200	520	9160

续表

序号 \ 项目	生产	食品	教育	医疗	水电	燃料	衣服	交际	通讯	交通	烟酒	总计
14	1025	1020		3000	400	1000	1000	300	500	1000	2600	11845
15		2510	300	200	200	2000	2000	2500	1000	400	4500	15610
16		1370		200	100	3000	3000	2500	700	300	3000	14170
17	230			200				400				830
18												0
19	1313	2000		600	130	1000		500	400		520	6463
20	750	200	1600	500	120	600		600			600	4970
21	450	600		500	120	1000		600	350		400	4020
22	6000	2500	10000	200	1500	1500	1500	20000	3500	50000	4000	100700
23	255	850		300	150	400		600			300	2855
24	50	50		100	40	500						740
25	940	405		3000	40	500		600				5485
26	2360	1598		100	50	1200	600	2600	300		1400	10208
27	600	240	8800	200	200	600	200	200		1000		12040
28	1330	1000	280	200	300	1000	900	1000	1000	200	500	7710
29	4185	2630	550	750	360	2000	1000	2545	2400	550	1700	18670
30	1682	2445		1000	40	1200	1000	350	400		1000	9117
31	747	1915	100	200	400	1500	100	2510	400	100	40	8012
32	1130	1640	900	700	150	1200	1100	505	350	300		7975
33	964	1350		500	400	1250	300	500	400		600	6264
34												0
35												0
36	1064	480	1500	1000	120	370	500		600		160	5794
37	880	560	8000		150	600	1000	1000	500	400	1200	14290
38	930	770	300	50	120	600	200	400	360		700	4430
39	800	3000		300	700	1200	2000	2000	1000	300	600	11900
40												0
41	2000	1800	13000	360	450	1300	800	600	1300	600	735	22945
42	735	2400		3000	720	1200	1200	1500	1200	600	800	13355
43												0

续表

项目/序号	生产	食品	教育	医疗	水电	燃料	衣服	交际	通讯	交通	烟酒	总计
44	620	3000	500	2000	300	1700	1500	2000	1200	600	1500	14920
45	1065	1000	1000	800	480	1200	1000	1100	1000	500	1200	10345
46	665	200		200	360	800	400	300	1000	300	650	4875
47	1715	400	900	1600	100	1000	800	400	500	340	900	8655
48	1843	700	200	2000	120	1000	200	900	800	450	800	9013
49	1643	220		560	70	1000	200	400		210	300	4603
50	107638	2500	6000	2000	400	1500	1200	1600	1800	1300	2000	127938
51	1400	300		6000	200	350	200	1000		150	350	9950
52	860	600		1000	120	900		500	360	150	1000	5490
53	1270	2000		700	150	1000	1000	1000	900	350	1000	9370
54	1250	2000	15000	3000	400	1500	1000	600	400	650	1000	26800
55	780	350	3000	1500	100	1300	1600	500	500	260	1250	11140
56	1672	2100		1000	40	1200	1000	350	400			7762
57		2680		1000	80	800			500	200	1000	6260
58	7750	1980	3500	3500	50	1200		2000	1500	1000	2500	24980
59	2600	1680	3000	700	600	1100	1500	2000	3600	500	900	18180

注：明细一栏中为空白的，表示村中与子女合住的老人。其中一户为补充调查所得。

资料来源：根据调查资料制表。

支出由多种因素决定，首先受收入水平影响，量入为出是中国农民的传统。支出水平与家庭结构也有关系，在部分家庭中，子女教育是家长的首要任务，因此，教育支出在总支出中占重要地位。调查数据显示，老牛湾村部分家庭的平均教育支出为 4155 元，教育支出最高的家庭，此项消费竟占总支出的 73.09%。而在老年人家庭中，医疗支出则是大宗。为表述详明，将表 4 - 8 相关教育和医疗部分析出，如表 4 - 9 所示。

表 4－9　2007 年老牛湾村部分家庭教育支出状况

单位：元，%

序号	教育支出	总支出	教育支出所占比例
1	5500	14294.5	38.48
2	2000	10668	18.75
3	9100	17550	51.85
4	4000	20665	19.36
5	9000	20760	43.35
6	300	15610	1.92
7	1600	4970	32.19
8	10000	136700	7.32
9	8800	12040	73.09
10	280	7710	3.63
11	550	18670	2.95
12	100	8012	1.25
13	900	7975	11.29
14	1500	5794	25.89
15	8000	14290	55.98
16	300	4430	6.77
17	13000	22945	56.66
18	500	14420	3.47
19	1000	10345	9.67
20	900	8655	10.40
21	200	9013	2.22
22	6000	127938	4.69
23	15000	26800	55.97
24	3000	11140	26.93
25	3500	24980	14.01
26	3000	13330	22.51

资料来源：根据调查资料制表。

由表4－9我们可以看出，教育支出已成为老牛湾很多家庭的主要支出项目，最高比例竟达到73.09%，此外，支出占50%～70%的有4户，占30%～50%的有3户，占20%～30%的有3户。教育支出在50%以上的家庭主要是子女已上高中，即将参加高考，或已经进入大学。子女读初中的家庭，支出一般达到20%～30%。而教育支出较少的家庭，子女尚小，随着子女年级的升高，教育费用必然也会上升。对于那些将全家一年收入大部分用在子女教育上的家庭，他们的生活质量可想而知，不过这也反映了家长对子女教育问题的重视。

在老牛湾的一些家庭中，另一项大宗支出是医疗费用（见表4－10）。

表4－10　2007年老牛湾部分村民医疗支出统计

单位：元,%

序号	医疗支出	总支出	百分比
1	50	14294.5	0.35
2	2000	10668	18.75
3	2000	12150	16.46
4	600	17550	3.42
5	800	20665	3.87
6	2000	6938	28.83
7	800	2135	37.47
8	1000	7540	13.26
9	1300	20760	6.26
10	1000	3516	28.44
11	3000	10800	27.78
12	120	9470	1.27

续表

序号	医疗支出	总支出	百分比
13	3000	9160	32.75
14	3000	11845	25.33
15	200	15610	1.28
16	200	14170	1.41
17	200	830	24.10
18	600	6463	9.28
19	500	4970	10.06
20	500	4020	12.44
21	200	136700	0.15
22	300	2855	10.51
23	100	740	13.51
24	300	2785	10.77
25	100	10208	0.98
26	200	12040	1.66
27	200	7710	2.59
28	750	18670	4.02
29	1000	9117	10.97
30	200	8012	2.50
31	700	7975	8.78
32	500	6264	7.98
33	1000	5794	17.26
34	800	14290	5.60
35	50	4430	1.13
36	300	11900	2.52
37	360	22945	1.57
38	3000	13355	22.46
39	2000	14420	13.87
40	800	10345	7.73
41	200	4875	4.10
42	1600	8655	18.49
43	2000	9013	22.19

续表

序号	医疗支出	总支出	百分比
44	560	4603	12.17
45	2000	127938	1.56
46	6000	9950	60.30
47	1000	5490	18.21
48	700	9370	7.47
49	3000	26800	11.19
50	1500	11140	13.46
51	1000	7742	12.92
52	1000	6260	15.97
53	3500	24980	14.01
54	700	13330	5.25

资料来源：根据调查资料制表。

数据显示，部分村民医疗支出，比例最高的达到60.30%，此外，占20%～30%的有7户，占30%以上的3户。而在医疗支出比例较高的家庭中，存在这样一种现象，他们的医疗费绝对数不高，支出绝对数也不高，只是由于总支出较低，才导致他们的医疗支出比例很高，而这种状况绝大部分出现在老年家庭中。如村中的一位孤寡老人年支出才800余元，用做买药的费用就达200余元，他的医疗支出比率自然就高。村中的老年人，年老体弱，疾病缠身，丧失了劳动能力，收入锐减，仅有的收入除了勉强维持生活外，大部分用做看病吃药，因此，用数据反映在统计表中，出现这种奇怪的现象也就不足为奇了。笔者目睹村中某些老人的生存现状后，感到他们的状况只能用“贫弱”二字来形容。

三　个体经营

过去，老牛湾村民多以外出务工收入作为家庭主要经济来源，个别有技术专长且善于经营的人，逐步购置了客车，办起了工程队或承租了小饭馆，但多在县城及周边市县从业。村内仅有一两家小店，出售糖、酒、烟、盐等类的生活必需品，规模很小，流动资金有限。1999 年万家寨水库蓄水，黄河及杨家川河谷一时碧波荡漾，部分村民重操旧业，修复或购置渔船，下河捕鱼网虾，载客观光，因外来人员很少，收入十分有限。2000 年 6 月，我们由杨家川口乘船至大塔，7 里水路，连同村民死缠硬磨让我们“捎带”上的十余斤黄河野生鲶鱼、鲤鱼、鲫鱼，才要 50 元钱。由于交通条件逐步改善，黄河鱼虾被市场看好和捕捞船只增多，个别外出务工人员回到老牛湾村，收购鱼虾，贩往县城销售，订货最多时，骑摩托车一天需往返县城两趟。2006 年后，来老牛湾观光度假的游客逐年增多，一些长期在外务工经商的村民陆续回到村里。他们由单一的鱼类捕捞，逐步适应市场需要，向捕捞、网箱养鱼、经营游艇和游客食宿发展，渐成规模，不失时机地做起了旅游的大文章（见图 4－4）。

老牛湾位于黄河东岸，恰好在内蒙古清水河县、准格尔旗与山西偏关县交界处，在地理单元上，属晋陕峡谷的一部分。2005 年，编制《呼和浩特市清水河县长城黄河生态文化旅游区旅游发展总体规划》时，通过专家打分，得出各旅游资源共有因子评价赋分值，老牛湾村与黄河峡谷、明长城墩堡、杨家川等 8 处景观均被划分为“优良级旅游资源”。呼和浩特市游客段树光有感于老牛湾一带瑰丽神奇的自然风光和人文景观，赋联“九曲黄河，玉带银光镶大漠；千年古镇，金墩紫气映长城”，将姿态万千的水域风光、粗犷雄浑的明代长城、古朴淳厚的乡风民俗熔铸联作，

图 4-4　游艇（摄于 2007 年 6 月 6 日）

高度概括了旅游地的资源特色。

由于当地独特的旅游资源为社会所认同，慕名而来的游客逐年增加，老牛湾经营旅游业的个体户也随之增多。据调查，2007 年村中已有 2 家养鱼场和 3 家饭馆、旅店，5 户从事水上客运业务。值得注意的是，老牛湾村个体经营户类型与行政村其他各村有很大的不同（见表 4-11）。

表 4-11　老牛湾与营盘峁行政村其他村落个体经营户统计

单位：家

村别	个体经营种类									总计
	旅游	客运	货运	石材	米面加工	豆腐加工	水上客运	餐饮	建筑	
老 牛 湾	1	2	5			2	4	4	6	24
其余各村	1	4	26	3	3				12	49
合　计	2	6	31	3	3	2	4	4	18	73

表4－11项目与数字由营盘峁行政村依据2008年10月统计数据提供，未包括网箱养鱼户。营盘峁行政村个体经营共73家，其中已注册公司的有5家，分别为建筑石材开采3家，旅游公司2家，其余68家都是个体经营户。老牛湾一个自然村个体经营户数占全行政村的近1/3，达24家，尤其餐饮服务、水上客运等都与旅游有关，为其他自然村所没有，可见该村旅游性质的个体经营占全行政村的比重甚高。另悉，2009年5月2日，来此旅游的人数达2000人，而在此前后，老牛湾村大小饭馆已增至13家。

专业户的初始投资差异较大，饭馆、旅店的投资较小，铺面都是自己房屋改造而成，只需投入一些配套设施，成本在5000元左右。饭店、旅馆都是家庭式经营，很少雇佣工人，只有在最繁忙的时候雇佣临时服务员、厨师，日工资30元左右。饭馆的年收入在3万～5万元之间，标准与收费价格不统一。旅店内部设施简单，部分餐厅、卧室混用，没有上下水系统，更无自来水和洗浴设施，难以满足各类游客的不同需求。

渔场投入很高，风险较大，以2万尾鱼来算，不包括渔船、网箱等配套设备在内，单是鱼苗、饲料、防疫等成本就需10万元以上（见图4－5）。两家渔场的投资主要来源于银行信贷。渔场雇佣工人一到两人，日工资60元左右，他们的工作主要是喂鱼，看渔场。这些工人有的是本村村民，有的则是懂得一些养鱼技术的外来人员。渔场以2万尾鱼计算，年产出2万斤以上，每斤20元，即可达到40万元，纯收入应为20多万元。但这种收入估算存在很大的不确定性，老牛湾的鱼虽然美味，但与托县、哈素海的鱼相比，价格偏高，尚未得到市场的认同，且交通状况差，给外运增加了成本。此外，养鱼是一种对技术要求很高的行业，如果出现喂养不当的情况，连成本都很难收回。可见，与经营餐馆不同，养鱼的风险与收益是成正比的。而养鱼户都是半路出家，缺乏养鱼专业知识，每年从投放鱼苗到疫病防治都需请人。就在2007年初冬，笔者得知养鱼户2/3的鱼已死亡，损失极为惨重。养鱼户认为是技术员过度投放防疫药品所致，为此，双方发生纠纷。缺乏专业知识使养鱼户深受其害。

图4-5　网箱养鱼（摄于2007年6月14日）

个案4-1　H旅游公司

经营公司的是一对年轻夫妇，丈夫35岁，妻子32岁。二人育有一子，7岁，在呼和浩特娜禾芽学校上学，学费每年3000元。丈夫是村里的一位能人，14岁小学毕业后，就出外谋生，先是跟随父亲从事金银首饰加工，后又自己买车跑运输，几年里积累了一定的资本。旅游业兴起后，回到村中经营起了自己的公司。在村中，他的事业规模最大，2007年自己独资经营1个渔场，1家饭店、旅馆，并于2006年7月与人合资购进3艘游艇，价值11.5万元。还打算再购进1艘价值35万元的大型游艇。2006年与人合股成立“H旅游公司”，注册资金30万元，他本人任执行董事。企业资金来源于银行信贷，每年年初贷款11万~12万元，年底还款。他们为了业务需要，几年内购买了面包车和厢式货车各1辆，丈夫平时出外跑业务，妻子打理饭店、旅馆，该公司是典型的家庭企业。

个案4-2　W饭店

饭店由外村人W某[①]承租，2007年由C某负责经营。饭店规模最大，有5间门面，1间门市。地理位置好，铺面正对广场，生意红火，并且C某本人有广泛而良好的社会关系，每个礼拜天餐位、床位都被预订一空。C某是一位很有眼光的人，对目前村中旅游业存在的问题有清醒的认识，主张大力发展以民俗文化为主题的特色旅游，并带动全村人从事旅游及相关产业，实现共同富裕。

个案4-3　Z某的养鱼场

Z某是村中的养鱼专业户。2007年开始养鱼，拥有水域面积360平方米。资金主要来自贷款。2007年初投放鲤鱼苗2.1万尾，计3500斤，预计可产出4万斤，以每斤20元出售，可望毛收入80万元。如果顺利的话，Z某打算继

---

① W某是内蒙古黄河金三角旅游公司总经理。

续扩大规模，并购进上料机、卷扬机等设备。

个案4-4　C某的饭店、旅馆

C某，48岁，丈夫50岁。丈夫常年在外打工，饭店、旅馆全靠C某一人经营，2007年中拥有6间窑房、40个床位，最大接待50人左右。C某对她的经营成本有一个大致核算，如表4-12所示。

表4-12　C某饭店、旅馆成本核算一览

单位：元

支出明细	费　用
电　费	800
水　费	1080
酒　水	9000
鱼、虾	16000
豆　腐	750
馒　头	400
植物油	1200
莜面、黄米、大米	1000
总　计	30230

资料来源：根据调查资料制表。

本地区旅游业受气候影响较大，每年五一至十一期间是旅游旺季，此外游客很少。所以笔者计算，她的利润应占成本的1/3，也就是说她在旅游旺季的纯收入应在1万元以上。

四　家庭财产

从家庭拥有的各种设备可以分析家庭的收入水平和消

费水平，在农村最重要的财产是房屋。老牛湾人住的都是石窑，依据 2007 年对 58 户常住户的统计数据，村中房屋历史，100 年以上的院落有 4 处，50 年以上的 2 处，30 ~ 35 年的 13 处，15 ~ 25 年的 26 处，9 ~ 15 年的 13 处。可以看出建房年代多集中在 20 世纪 70 年代末 80 年代初和 90 年代两个阶段。前一阶段是改革开放头几年，人们有了一定的积累。而 20 世纪 90 年代后期建起的新房分两种情况：一是留在村中的年轻人结婚时所建；二是原河湾村移民用移民补偿款所建。关于房屋成本，中华人民共和国成立前转让一间石窑，需 16 块银元。现今则很难统计，原因有三：一为房屋石材系山中所产，无须购买；二是建房不用雇工，而是靠村民互助完成；三是年代不同，物价水平也存在差异。因此房屋价值只能以付出人工量为标准进行核算，一眼石窑需石材 40 立方米，300 个日工，按照现在的工资标准，总价值约在 1.5 万元。石窑坚固耐用，只要定期维修保养，住几百年是没有问题的。在老牛湾无论是旧房还是新房外观样式大体相同，只能从家庭内部装修看出村民的富裕程度，一般人家用山里的青石铺地，窗户多为木制，富裕人家地面是从城里运回的水磨石，更好的用地板砖，窗户则是钢窗。

传媒接收工具。电视机是普及较快的电器产品，2007 年中普及率达到 60.3%，除 20 世纪 80 年代的 5 台黑白电视机外，大部分是购买于 20 世纪 90 年代末和近几年的彩色电视机，最小的 21 英寸，最大的 29 英寸。山区信号不好，大部分家庭配有卫星接收器，能看到许多地区的节目。录放机普及率为 24%，多是 20 世纪末以来的产品。固定电话、手机普及率很高，分别为 34.5%、67.2%，很多家庭同时配有手机和固定电话，有的人家甚至人手一部手机。手机价格不等，最便宜的200余元，最贵的2000余元，安装固定电话的是村中的老人和从商之人。

家用电器，洗衣机较少，全村仅有6台。冰柜有20台，普及率占2007年调查户数的34.5%，大部分是2005年和2006年买的。村里没有人购买电风扇，这是窑洞冬暖夏凉的缘故。

交通运输工具，村里常用的交通工具是摩托车，共有15部，价格在3000~5000元（见图4-6）。

图4-6　代步（摄于2008年8月18日）

第三节　黄河运输业

一　老牛湾村河运史

黄河自清水河县喇嘛湾镇曲而南流，纵贯70公里，从老牛湾村出境。光绪《清水河厅志》记载，有喇嘛湾、石拐上、榆树湾、二道塔、牛龙湾、上城湾、阳落滩、沙湾、柳青、宽滩、下城湾、打鱼窑、老牛湾等十四处渡口，不仅可供两岸商旅行人往来，而且应为黄河运输线上舟船碇泊之所，其中确知喇嘛湾、石拐上一带最迟在汉代已是重要的津渡。然而据目前掌握的资料，尚难以考证清水河县及以下黄河长途运输发轫的年代，从康熙三十一年（1692年）清廷始逐程勘察宁夏至西安河道以恢复河运的情况，据此判断该航线的开通应早于清代。康熙三十一年运宁夏米谷至西安的计划实现与否，目前尚需考察，但康熙三十二年将湖滩河朔（托克托县河口镇）积贮米运至渭河；康熙三十六年（1697年）再将湖滩河朔积贮米运往山西保德州，减价出卖，应已实现。可以肯定，黄河上游经清水河县境至保德州等地的水路在康熙中期已经开通，且用于大规模地转运粮食。

雍正至乾隆初期，归化城土默特地区经大规模开垦，已成为重要的产粮区，所产粮食不仅接济附近盟旗，还可以远销粮食不能自给的山西中北部及陕西、喀尔喀蒙古等地。由于黄河水运较陆路经济便利，官商往往在砍伐大青山木材编排放流时，乘便运输粮食，或直接造船运送。今老牛湾堡内雍正七年（1729年）《重修关圣庙碑记》明确提到有“浙绍山阴姚德乘”参与捐资修葺关帝庙，当为浙江籍商人来此从事经济活动，也旁证了老牛湾一带经济趋于发展的现实。乾隆年间，是黄河水运发展的重要时期，并由于乾隆后期行销吉盐而臻于繁荣。此时，老牛湾一带应已成为船只往来的重要泊区。由老牛湾父老相传最早定居于此的郝、郭、姚三姓人家因这里地少而相继迁徙的情况可知，老牛湾村民从事河运业应当在李、白、王、赵等姓人家陆续迁来的乾隆嘉庆时期，距今约两百年。

由于抗日战争时期，日本侵略军占据归绥、包头，在五原、黄河一线与抗日军民对峙，强行封锁河道，黄河河运一度中断。因此，现在老牛湾一带沿河村落的老人，都是抗日战争胜利后才操持此业的，对于20世纪30年代之前，尤其是清代的河运历史仅有肤浅的记忆，并随着岁月的流逝、年长者的离去，许多事已不甚了了。所以，调查研究黄河河运的兴起、发展、衰微的历史及其在经济社会发展中的重要作用已是一项紧迫的工作。

现在老人们记忆中最深刻的莫过于“船断腰”，即1923年京绥铁路展线至包头后，宁夏等地货物迳由包头南海子码头装车内运，而托克托县河口镇从此一蹶不振。以此为限，黄河河运分为前后两个时期。前期为清代民国初期，这是黄河运输兴起、发展和繁荣时期。在长达千余公里的黄河运输线上，宁夏及内蒙古河套地区的粮食、食油、盐碱、药材、皮毛等商品顺流而下，除部分在河口镇转陆路运输外，大批货物由老牛湾出境进入山西河曲、保德，可远达临县碛口，经由陆路运送到太原等地。当时，老牛湾船户组成了行会组织——河路公社（河路社），每年筹钱若干，用于河神庙香火之资和演出祭神。从老牛湾于咸丰二年（1852 年）增建河神庙戏台推断，老牛湾河路社的产生应不晚于道光年间，它起到相互联系、协调、增强黄河船工凝聚力的作用。河路社的会首由会众推举口才好、有点儿文化、能服众的人担任，并无具体章程，关键是能筹集到钱，组织安排祭祀活动，具体负责钱物收支、安排唱戏、祭神和演员的食宿安排等工作。老人们记得担任过会首的有王来柱、李正英、白有树。据李和顺讲，原河湾庙碑上有：自喇嘛湾到（河曲）巡镇，老牛湾居中处要，各地船户都要交钱，来此敬神，以求世事通顺，平安吉祥，所记地名有柳青、岔河口、城湾、河曲、巡镇等。据说是按船出钱，数目不固定，凭个人能力自愿缴纳。由于老牛湾是口里口外大站口，没有这儿的老艄引领，船难以行走，而且旧时人们虔敬，诚心拜神，所以香火之资充裕，这也可以看出当时河运的盛况。

民国初期，政局变乱，世事纷扰，而捐税日增，河运业呈现衰退状况，而最为关键的是京绥铁路高效便捷运输方式对古老的黄河船运业带来了巨大冲击。京张铁路于民国三年（1914 年）抵大同后，至民国十年（1921 年）五月一日抵归绥，原黄河上游货物除部分卸于包头外，多卸于河口，转输归化城。民国十二年一月二日，绥包段铁路通车，包头水陆交通枢纽地位骤升，河口船只锐减，地方商业顿时萧条。所以，《绥远通志稿·水路》又说河口经喇嘛湾、老牛湾至河曲的河运，“在平绥路未通前，尚有少数药材、粮石装船经行于此，以达碛口等处，近年来殆已绝迹矣”。从老牛湾戏台自光绪年间两次维修后，至抗日战争前再未修葺的景况，也可以看出这一困顿的趋势。

1923 年京绥铁路包头段通车后，河口以下黄河运输业风光不再。这一时期老牛湾船工除短途运送县城出产的煤炭、瓷器、石灰等物资至喇嘛湾、河口等地，换取粮食、盐碱、日用品外，主要受雇于包头一带航运机构或商社往返包头—宁夏之间，运送西北出产的盐碱、皮毛、煤炭、药材及粮食，偶尔也顺流而下河曲、保德运送货物。因此，老牛湾村曾跑过河路的老人，往往谈锋所及都是宁夏和河套的装载地点，而清代后期民国初鼎盛一时的山西临县碛口以上河段状况已经淡忘。以目前所记，列出宁夏—山西行船经常停靠或歇宿的地名：宁夏中卫—吴忠—银川—石嘴山—内蒙古磴口—黄杨闸—陕坝—临河—五原—兴安镇—三湖口—包头南海子—河口—喇嘛湾—榆树湾—岔河口或上城湾—柳青河—老牛湾—山西偏关万家寨—榆树湾—河曲—巡镇—保德富米浪—兴县黑油沟—（以下至碛口尚待考察）临县碛口。

从老人们常说的“上至吴忠堡，下至河曲保德”来看，至碛口的河运已基本停运。据李润升讲，他1948年以后跑船拉纤，受包头航运局、前进社等雇佣，去过宁夏中卫、吴忠、石嘴山，当时包头至陕坝往返一个月，至五原20天，到中卫要60天，一般往返也要50天，主要拉盐，也运输其他货。

中华人民共和国成立后，出于经济建设的需要，河运业一度臻于繁荣。其间，老牛湾村民之间或与外村人合股造船，共同经营，按股分红，最好时有运输船二十余条。村内赵家养船较多，每家都有一两条船，全村除木匠、银匠等手艺人外，其余家家都有跑河路的，如路家夏天跑河，立冬封河“收水”后擀毡。1956年成立联社，老牛湾私营运输船只归并合作社及后来的窑沟船业队管理，民国以来，随河运不振而渐至衰落的河路社解体，其演出娱神等活动由老牛湾社队负责。1958 年包（头）兰（州）铁路通车，包头、宁夏区间的河运停止，老牛湾的河运多限于短途运输，主要用于拉煤。政府航运主管部门逐步加强水运管理，严格执行“统一调度、统一货源、统一运价”政策，船工们将集体运输所得交付船业队，由其向船工所在社队兑付，折合工分，秋后兑现口粮。20 世纪 80 年代后，黄河运输最终被现代化的铁路、公路运输取代，老牛湾村仅有少许短途运输及两岸之间摆渡，又延续了十余年。

二　河道环境状况

跑河路风险极大，为求多挣钱，河路汉们需以命相搏，尤其喇嘛湾以下石河，多礁石遍布，险象环生，稍有不慎，性命堪虞。这里，由寒武纪白云岩和石灰岩构成的山峰层峦叠嶂，河水奔腾直泻，形成著名的内蒙古黄河大峡谷，集险、峻、雄、奇于一体。由于黄河落差较大，因而浊浪惊涛，水势激涌（见表 4－13）。

表 4－13　黄河清水河段河宽及高差情况

地 点	黄河入县境（公里）	与上点距离（公里）	河宽（米）	左岸高程（米）	与上点高差（米）
小石窑南	1.5	0	370	988	0
元子湾	34	32.5	170	963	25
柳青河	45	11	196	957	6
打鱼窑子东	56	11	205	941	16
老牛湾	70	14	220	921	20

资料来源：根据内部资料制表。

显而易见，清水河县 70 公里的黄河，左岸高差达 67

米，尤其柳青河以下 36 公里河段，高差为 42 米，大约每 0.86 公里河路，水位落差为 1 米。这一带两岸石崖耸峙，河水更趋湍急，一些河段岸边，乱石层叠，很难行走。在河道大回转处，枯水期，明显可见河水由礁石间倾流而下，澎湃汹涌；至流凌或发水时，峡谷里则声若轰雷，经久不息。这就是包括老牛湾河路汉在内的无数船工撑船拉纤、经年累月往返奔波的谋生之处。由黄河险段白头浪而下 3.5 公里，到达老牛湾，由此南行 3 公里即著名的狮子拐，此处有大泡、二泡，均为极险要去处，水流回旋翻滚，骇浪如喷，船行至此，推上拉下，老人谈及这里，至今仍心有余悸。仅他们记得的就发生过三次事故：其一是老牛湾村郭老艄（郭振喜）等 7 人在此触礁身亡；其二是和旦（音，山西人，姓及地名不详）等 7 人在此溺水而亡；其三是 1970 年，山西偏关县万家寨公社 8 位社员，在城坡装煤回船，聘请老牛湾村大老艄 B 某把棹，行至狮子拐触礁，造成船毁人亡的惨剧，包括 B 某在内的 7 人身亡，仅 2 人生还。

河路汉们备尝艰辛，其家人更是无时无刻不为他们担心。2000 年 8 月 17 日，托克托县黄河岸边蒲滩拐村李二毛头（男，汉族，时年 89 岁）曾忆及他初次跑河路时的情景。十八九岁时，他因家贫不得已上船谋生，即将登船时，母亲在他身后大声呼唤：“二毛头，二毛头，回来再吃口妈的奶！”他折身回到母亲身边，含住母亲的乳头。刻骨铭心 70 年的记忆，每忆及此时，泪水不禁从高大瘦削的老人眼角流下来。可以想见，在河风漫卷的黄河滩上，蓬发的母亲撩开大襟袄，俯身向前，紧搂着自己的孩子，而高大的年轻河路汉跪伏在母亲身前，吸吮着乳头。这是真真切切的黄河母亲的伟大形象[1]。对此，老牛湾村的路二老人曾说过："我年轻时跑河路，什么苦没吃过，家里人也担心。"黄河岸边流行着一句话，说河路汉们"吃的是人饭，发的是牛力，走的是鬼路"。即便如此，过去老牛湾村绝大多数青壮年男子还是出于养家糊口的需要，干起了跑河路的营生。

黄河流经河套平原称沙河，河流散漫，航道常常改变，船易搁浅；峡谷段多石河，河底乱石嶙峋，水流若奔，船易触礁（见图4－7）。因此石河行船要减载，沙河可满载，如喇嘛湾以上下水装载30吨，以下只装10余吨。同时上水行船需匍匐拉纤前行，需时费力，一日不过二十余里，所以仅能装5吨，而且自县境沙湾以上才装货上行，一则有窑沟出产的瓷器，二来沙湾以下河段水流湍急，难以载货行进。山西和老牛湾一带上水船都是空船，其中又与当地物产较少有关。过去流传"紧七慢八进河口"的说法，即指由沙湾而上至河口约140里船程，上水船要七八天时间。而下水如天气水情较好，一日可行一两百里。据《清水河县志》记载，1959年清水河县水运管理部门统一运价时规定，喇嘛湾—老牛湾段运价，上水价格在下水价格基础上上调50%，可见逆水行船之难。

石河行船较沙河更危险，老人们讲，喇嘛湾至老牛湾还算好走，从老牛湾下至河曲保德行船愈难，因此，虽由山西逆水而来的都是空船，回程时亦需雇请本地熟悉河道、风向、水情的老艄掌舵，一程程送下。一般是喇嘛湾、老牛湾而河曲巡镇，逐段聘请，老牛湾一带的老艄则上至喇

---

① 摘自2000年调查笔记。

图 4－7　枯水期裸露的黄河基岩（摄于 1998 年 5 月 16 日）

嘛湾，下至河曲榆树湾皆可行船，故颇负盛名，其著名者如白五、白有树、白二楞、赵方树、赵兰拴等人。河曲保德至兴县、临县碛口，落差更大，即便空载也无法逆水回船，碛口是清代以来民间行船终点，船工至此都是卖船空身回家。于此也可看出晋陕峡谷黄河行船的艰险。多数老艄都只负责一段航程，下水需逐程更换艄公，仅少数老艄谙熟石河全程，中途不用换，人们称之为“通关老艄”。山西保德天桥的梁三老汉因能操控船只跑完喇嘛湾至碛口全程而受人尊敬，据说，每次可挣一锭银子，当年可折兑 72 块银元。

三　运输船及船工生活

老牛湾一带多为杨柳木制造的运输船，现在老人回忆，造船木料都是在河西（原伊克昭盟，现鄂尔多斯市）买树锯的，再运回本地自己做，一条大船需要 240 块以上的木板，20世纪50年代需用工料钱百余元。船型主要有四种（见表4－14）。

表4－14　老牛湾村运输船型

船型	长（丈）	宽（丈）	高（丈）	顺水满载（公斤）	船工人数（人）
八站板船	4.2～4.4	2.2	0.51	35000	7
七站板船	3.6	2.0	0.48	30000	6
六站板船	3.2	1.8	0.39	25000	6
渡口船	2.3	1.0	0.24	3000	1

资料来源：根据调查资料制表。

表4－14中为概略尺寸，实际上并无定制，运输船以几块板横向拼接的高度命名，如七块板高，即为七站板船。此外，还有各种样式、各种尺度的小船。20世纪50年代以后，也使用过钢板焊制的船只。

渡口船等小船往来两岸及附近河道，不立桅杆，需摇桨前行（见图4－8）。长途运输船型制较复杂，仅述其大略。船体前后为方头，中部呈椭圆状，如中部宽2.2丈，则头尾宽1.2丈。船底平正，两侧船帮呈弧形向上，如上甲板中部宽2.2丈，则底宽近1.5丈。船分前、中、后三个舱位，船头为空厢，中舱以木板架起，供船工歇宿，并用于装货。由于中部最宽，所以装货最多，故行船平稳。船后部置倚（音）棹，长于船尾2～3倍，发挥类似于舵的作用，由老艄操控，掌握船的行进方向。中部两侧各置腰棹，类似于船桨。枷（音jiǎ）塞，又称“接路”，有大小路的区分，视船宽不同，而有1.5丈、1.2丈、1.0丈和9尺等多种尺寸，行船时平铺船上，可防止船帮撞击隐礁，又拓宽了船体两边往来通道，还便于甲板和船舱内外倒板，利于上下。中部桅杆称“灵单”（音），上有滑车，升降船帆，顺风张挂，逆风收帆。船帆称为“帐房”，白洋布做成，尺寸不一，如以七幅半的白布为宽，则大帆长3.6丈，宽2.2丈。船帆亦用于船工歇息铺盖，条件好一点儿的船上，另备有一件小“帐房”，专供夜宿使用。因白布“帐房”并不能很好地遮风挡雨，所以风雨一来，外边大下，“帐房”内小下。此外，除必需的撑船杆子、绳索之外，船上还备有生活用的锅灶、碗盆等器物。老牛湾一带的运输船船板厚，吃水适中，兼顾了石质和沙质河道航行，宜于长途运输。

图4-8　摆渡（摄于1998年5月14日）

由于黄河的环境状况复杂，行船不能有丝毫懈怠，否则不仅船只货物受损，而且会危及船工的生命。河路汉们是特殊的社会群体，常年奔波于惊涛骇浪之中，在死亡的边缘行走，更需要同舟共济，密切合作，全力拼搏，才能安全有效地跑完每一行程，多挣一些钱，以居家度日。因此，河运业有特殊的行业规定，河路汉们流传：窑令、军令、船令，说一不二，皆不可违。根据跑河路的经验和技能，河路汉们分为四级，即初虎、背头绳、揽后绳和老艄。老艄，即后来的航运管理部门规定的船只驾驶长或组长，是全船的核心，掌握倚棹，控制行进方向，号令其他船工的行动。揽后绳的相当于船只的副驾驶长，按老艄指挥协调全船工作。背头绳的要凭丰富的经验，带领初虎撑船拉纤，在特定地段控制行船方向和速度。初虎紧随背头绳之后亦步亦趋拉纤，按照指令撑船，一些河段的岩路上，长年累月固定不变的步伐已刻成深深的印记。此外，初虎还要负责日常生活中的各种杂务。据调查，虽然分工各不相同，责任有轻重，但一般而言，上至老艄，下至初虎，经济分配大体都是一致的，唯级次低些的船工日常工作苦重一些，包括装卸货物，而级次高的相对轻些，不过操心也多。至于少不更事的初虎，往往拿全额的50% ~60%。

跑河路是个“吃苦挣命”的活儿，每年清明以后至立冬封河前的七个月里，河路汉们便奔波在千余公里的黄河上，与滚滚黄河朝夕相伴，难得望见亲人，除非船只停靠老牛湾，才能回家看上一眼。北方的春天、晚秋和初冬，黄河水冰凉刺骨，如遇北风骤起，岸边结起薄冰，河道里风嚎沙扬，他们仍需赤脚跋涉；夏天烈日当头，酷暑难耐，他们依然步履沉重地前行。他们晓行夜宿，从天一放亮干到天黑，每天工作十几个小时。船到达目的地后，则要卸载码货，扛起200斤的货包，踩着七八寸宽的踏板上上下下，如此日复一日，没有休息，非常疲乏，即使船舱里阴冷潮湿，他们也能倒头酣睡。如遇石河上水，载货大船也只能装万余斤，还需要六船或三船结伴依次而行，急流险要地段，以六船或三船人力拉一船过去，再逐次拉上其余各船，叫“六转一”或“三转一”。下水满载，船可单行，但要全神贯注，也是紧张异常，稍有疏忽，可致船毁人亡。河路汉绝大多数都是贫苦家庭出身，即使家境相对较好的，也是地里收入不多，为了生活更好一些，跑起了河路。河路汉们聊以自慰的是经常可以吃到白面、莜面，比家里吃得好一些。他们在船上合伙吃饭，都是自己出钱，船东不负责，所以，可以按喜好选择较为可口的饮食。

立冬“收水”后，船工们在包头收船，将船只拖上岸，待来年放船入水。于是，老牛湾的河路汉们怀揣一年所得，捎带上给亲人的粮食、盐碱和布匹等用品，满怀和家人相聚的喜悦，共乘一船顺流而下。第二年河开，除部分人拉纤行船去往包头外，众人相约背起包裹，带上几斤小米，步行前去包头，一般打尖住宿在窑沟、上城湾、喇嘛湾、托县、何家圐圙、萨拉齐，交少许住店钱，自己熬些小米粥充饥。

关于跑河路的年收入，几种说法略有出入，以 1950 年前后计算，说法有三：其一，每天平均挣 4 角钱，依此七个月不足百元；其二，一年最好能挣 300 元；其三，一年挣 250 元左右或 200 ~ 300 元。可能被访者所说时间及个人情况不同，收入相对有差距，但总体而言，平均年收入 250 元是可能的，即便如此，也比在家种田养殖年收入高出 1 ~ 2 倍。这就是老牛湾村民纷纷从事艰辛危难的黄河运输业的根本原因。

第五章 文化、教育、卫生

第一节 文化

一 窑洞民居文化

老牛湾村位于黄土丘陵沟壑区。初到老牛湾，首先感受到的是沟壑梁峁之间层层叠叠的窑洞群落，与周边环境完美融合，浑然一体，在花果树木的掩映下，分外壮美。窑洞民居取法自然，融于自然，适应气候和生活需要，既有利于环境保护，又有浓郁的乡土文化特征。

老牛湾窑洞民居是从靠崖式窑洞发展而来的。目前得知，初迁此地的村民由于经济力量和石砌窑洞建筑周期长等多种因素的考虑，首先选择在黄土崖壁上开凿窑洞暂以栖身，上村北部郝家窑即此。后来，由于居住人口增多，黄土覆盖较薄而石材丰富，逐步向石砌窑洞发展，“石庄王”，意为石头的宅院，就是有别于固有黄土窑洞的建筑形式，因此而作为特有的地名流传至今。久之，形成了内涵丰富的民居文化景观。

老牛湾村的窑洞村落是沿古道发展而来的，这在周边环境保持相对完好的庙区最为典型，是黄河文化的又一缩影。由河路石壕盘桓而上，东行五道庙至单跨石拱桥，在沟沿北侧，一些早期的窑洞依山就势布列，错落有致，与基岩、石径等环境相得益彰。过石拱桥东北行即出村大路。而今，在它周围已因地制宜建起了许多窑房院落。但总体看，巧妙运用地形地貌，处理居住环境方位等，都非常和谐自然，漫步其间，道路回环，步移景异，使人有常看常新的感觉。

老牛湾村单体窑洞院落平面布局紧凑，使用功能分明，空间构图完整，装饰手法凝练，达到了协调统一的效果。其外观轮廓刚劲，石材质感强烈，配以多个曲线拱洞，感觉特别舒适。庭院中多种植花果蔬菜，由于浇灌得时，所以意趣盎然，极富生活气息。

巧于运用石材是当地的一大特色，老牛湾村的白云岩石板石质细腻，厚度均匀，块形大，村民不仅选用于砌筑石窑，铺装地面、灶台、炕裙，而且广泛用于搭建畜圈、厕所、石径道牙等。窑脸部分，常常采用“剁斧石”，即以斧凿在石面上精心錾满直线，然后有规律地摆砌，形成浓重的装饰效果。老式住宅院内多铺满石板，在石缝中种植花卉蔬菜，既蓄水保墒，又美化了环境。而且石板透气渗水性较好，夏天院内不会闷热难耐，这是水泥地面不可比拟的。院门上方，常常放置一尊石雕狮子，多作环眼颔首状，模样憨态可掬，以之镇宅避邪。

门窗等外檐装修部分，是民居艺术处理的重要部位，多数窑洞尤其是老宅的窗心都由棂条花格组成，排列有序的图案不仅给人以美的视觉感受，而且丰富的寓意还传递着吉祥喜庆的意蕴。常用的棂条花格有套方、正搭正交方眼、盘长、万字、方胜、枴子锦、步步锦等，隐示前程似锦、一切通明、子孙锦长、吉祥昌盛等诸多含义。棂条花窗以麻纸糊窗，都粘贴剪纸，或直接在麻纸上做画糊做窗花，其色彩浓重，有很强的装饰效果。

现在窑洞内部装修比较简单，多以玻璃木槅扇间隔空间，便于采光。老式的立城已较少见到，这是在后炕沿制作的封闭前后的木制隔断，中开小门，以利于冬季保暖（见图 5－1）。老式立城门窗也多采用棂条花格，使窑洞内增添了古朴、淳厚的气息。

图 5－1　立城（摄于 2004 年 5 月 7 日）

二　民间艺术

民间艺术主要有剪纸、绘画、刺绣和面塑。

剪纸多于年节喜庆之时粘贴于门窗、箱柜和墙壁上。剪纸，当地叫“剜”窗花，即以红色为主的彩纸，剪成种类丰富的图案（见图 5－2）。其样式艺高者自己作画，一般是把剪成的底样与彩纸相迭，用煤油灯烟熏黑复制底样。

作品图案主要有猪、猫、虎、鱼、牡丹、荷花、双喜、胖娃娃、喜鹊登梅、猴子上树等。老牛湾村民淳朴热情，当我们称赞他们的剪纸生动逼真、技法淳熟时，村民们即慷慨相赠数枚。笔者回呼和浩特后，将其压在家中玻璃板下，虽时日推移，但观赏时仍觉其鲜活可爱。

图 5－2　贴窗花（摄于 2008 年 2 月 4 日）

绘画是以彩色在麻纸上作画，年节喜庆糊窗花，图案与剪纸相同，但方法简便，所以种类更丰富。作品色彩鲜艳，美观大方，极富乡土气息。

刺绣是以红、粉、黄、绿、紫、品青等各色丝线在白布底上绣花做鞋面、鞋垫、腰子、兜肚等。现在绣鞋垫非常普遍，其他已不多见。刺绣作品多于婚庆娶嫁时穿用，一般鞋垫为莲花，认为脚蹬莲花，喜庆吉祥。各类穿戴常用图案还有桃花、杏花、菊花、梅花、凤凰牡丹、鲤鱼莲花、天鹅扑花等。其做法是在白布打的衬上画稿，然后织绣，一般绣鞋垫需要2天。旧时，刺绣除自己穿用外，也是补贴家庭生活的重要手段，20世纪50年代，一双鞋垫可卖1元钱。现在，村民可以通过各种方式打工挣钱，耗时费力的刺绣仅出于个人喜好，不再具有商品的用途。

面塑是以白面为原料捏制而成的各种动物、人物，尤以动物居多，造型朴实生动。旧时农历七月十五家家捏制虎、兔、羊、猪、鸡等面塑，蒸熟分赠孩子或亲友间相互赠送，当时白面稀缺，故面塑既为礼物亦为讲究的食品。而给村里的羊倌则赠送面鱼。面塑还是婚娶时的重要礼物，定亲后男方家要送面塑给未过门的媳妇；娶亲后，则男女双方家庭互送新娘、新郎，其样式为莲花上盘坐两人，寓意为“连生贵子”。

此外，当地部分家庭尤其是老宅往往炕壁和灶台上绘有炕围画，其图案有盘长、瓜果等。这些画匠都是由外面请来，加以这一传统装饰手法现在已不再流行，所以再未看见新的炕围画。

三　儿童游艺竞技

黄河耍水：旧时，老牛湾一带黄河水流湍急，但岸边河湾水流较缓，村内儿童常瞒着家人下河玩水，待疲乏时，就在岸边沙滩晒太阳，多有因此练就好水性者。出于安全考虑，大人是禁止儿童下河玩水的，但屡禁不止，对此，家长少不了责打孩子。

打布袋：布制拳头大小口袋，内装粮食，在户外场面玩耍。两端线外的人以之抛击线内的人，击中即退场，若被对方接住，记1分。多为女孩子玩耍。

踢毛毽子：多以羊毛缀入铜钱而制成毛毽。以脚踢毛毽子，次数多者为赢。

弹瓶盖：酒瓶盖置于地上，两人互弹，击中为胜。

凿铜子：每人出1枚铜钱，放成一摞，周画大圆圈，人们围着以手中铜钱击打，打出圈外者为赢。

打岗：将一块石片立住，作为岗，在四五步以外画一条线，众人按规定轮流以不同的姿势击打岗，打倒者为赢。

藏猫猫：多名儿童分成两拨儿，划定范围，一拨人搜寻另一拨人，全部抓住为止。或以布条、毛巾遮住双眼，抓逮别人。

打宝：以硬纸折叠成方块儿，置于地上，另一人以手中方块儿击打，翻转者为赢。

跳绳：有短绳和长绳之分。短绳可单人跳或双人跳，长绳为多人跳，跳法多样。多为女孩玩耍。

跳皮筋：以胶皮带接成绳子，长丈余，两人手持两端，一人或数人随节奏跳出各种花样，可变换不同高度，跳法亦相应改变。多为女孩玩耍。

滚铁环：以铁条圈成圆圈儿，另一铁条前边弯成半圆，推动铁环。

掏窑：在黄土上掏洞，做成窑洞房舍。幼童多玩。

打仗：以古代人物自比，用葵花秸秆追逐打斗。

抓羊嘎儿：羊嘎儿染红，五枚一组，依抓取不同形状记分。多为女孩玩耍。

围老虎：老虎2只，羊24只，老虎踞于窝旁，先以8只羊布于棋盘（见图5－3）。老虎隔1只羊跳过即为吃掉，另一方以手中羊补空或走动。羊憋住老虎使其无法走动，或老虎吃掉羊使其憋不住者为赢。

乘方：在纵横成方的棋盘格上布子，先占据4点成方格

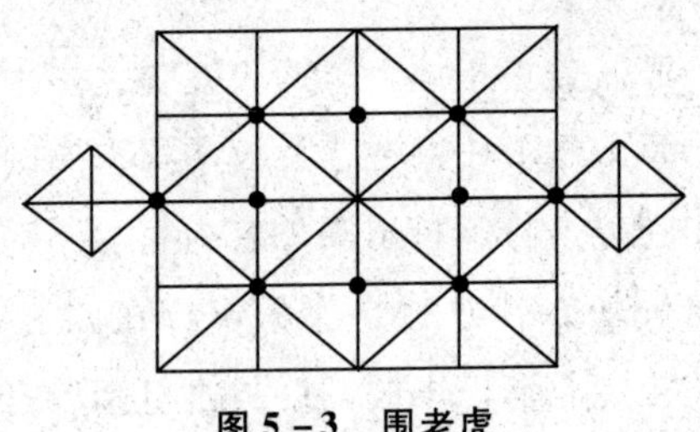

图 5-3 围老虎

者胜。

猜字：在硬土地上刻画字形，以虚土覆盖，由对方摸索猜测为何字。

押宝：仿成年人博戏。以木片分别刻画 1～4 道刻痕，并以垂直线在地上或板上分划 4 个方位，庄家将木片置于盒中，博者押注，中者为胜。村内儿童多以火柴棍、纸张等为输赢之注。

慢牛：木制线轴两端刻牙，以皮筋穿过线轴，一端固定，另一端再套一蜡烛，使其光滑，易于转动。转蜡烛一端木棍，使皮筋旋紧，放开线轴后在沙土上连续行走，刻出牙痕。

四 戏曲

中华人民共和国成立前老牛湾村每逢正月年节喜庆、七月初二等日子都要请山西戏班来此演戏。正月演出多为神池道情，以其丝弦演奏红火热闹。受此影响，原河湾村不少人都喜欢唱几段。因此，1960 年前后，以河湾村民为主，本村自发组织剧团，有二十七八人，其中也有外村人背着行李来学习的。剧团全部由男村民组成，如出演旦角，需男扮女装。当时戏装都是自己置备，师傅则从山西偏关草垛山请来，依戏本排练演唱，主要唱神池道情，也有二人台、大秧歌。

每年正月剧团集合到单台子、葬峁梁一带各村巡回演出，二月初二回来。其间，由当地负责食宿，买些烟。剧团不挣钱，只为了自娱并娱乐大家，如有些许收入，剧团内众人平分。

演出每天三场：上午、下午、晚上各一场，每出戏可上6～7人或7～8人不等。剧目主要有《九件衣》、《杀楼》、《断桥》、《顶缸》、《擀毡》、《瞎子观灯》、《雷横磕枷》、《汾河湾》、《打雁》等。长剧目如《九件衣》，可演出2～3小时，因此，剧团演出可四五天不重复。演出中如有人唱不了，则由师傅撑场，代其演出。剧团配置的乐器有胡琴、笛、大板、锣、鼓、扬琴等。

剧团活动了六七年，“文化大革命”后停止演出，改由村里年轻人演唱革命样板戏，如《红灯记》、《沙家浜》等。如此两三年后，停止活动。

1999年原河湾戏台拆除，在崖顶下七垧新建戏台一处，县文化局组织剧团进行演出，连续三年，每次三四天。当时唱一场要六七百元，因为钱多了众人不愿出，钱少又不敷支付，加以电视机普及，不少家庭还陆续购买了VCD、DVD等播放器，所以村里再未请戏班或剧团来演出。村民只是在单台子或西山神庙物资交流大会期间，赶交流会看看戏。目前，已经普及全村的彩色电视机在村民的日常生活中起了非常重要的作用，依据年龄、工作性质的不同选看节目各异，但新闻、天气预报、电视剧、农业科技等栏目收视率较高。喜欢戏曲的村民选购相关的影碟，用播放器播放。

老牛湾隔河即鄂尔多斯市准格尔旗，这是山曲之乡，每年都举行“山曲节”活动。所以，早年间一些老牛湾人耳濡目染，也有唱山曲的爱好。现在唱山曲渐不流行，据说上村白福珍唱得较好。附录一首如下：

《难活不过个人想人》（男女对唱）

男声：黄河流凌呀凌挤凌，什么人遗留下个呀人想人？

女声：春三月的黄风呀九十月的冰，什么人遗留下个呀人想人？

男声：想妹妹呀想得我心难活，想妹妹想得我呀迷了窍，井里头打水拿着一个箩头吊[①]。

女声：好马驮不动千年重，好先生治不了妹妹的相思病。

男声：夜来黑夜梦见我和妹妹抱，起来一看抱着个棉花套，两天没见上小妹妹的面，连下山回家的路也寻不见。

女声：妹妹想你呀实心的想，你想妹妹呀，我看你是你卖片汤[②]！

男声：小刀刀不快呀你在磨石上触，你说我不想你呀，划开我的肚！

女声：疥蛤蟆上山呀，遭呀么遭水灾。十指连心呀，我和哥哥咋分开？

男声：铜瓢铁瓢呀，水瓮沿上挂，咱们两个呀，至死也不说那个拉倒的话！

男女合唱：咱们两个呀，至死也不说那个拉倒的话！

（赵玉绥　收集整理）

---

① 箩头吊，用红柳编织而成，与竹篮类似。箩头吊打水意即竹篮打水一场空。

② 意即骗人。

第二节　教育

一　家庭教育

（一）学前教育

1. 婴儿期的教育

随着社会的发展，人们的生育观念也越来越先进。“优生优育”这一科学理念也渐渐地得到老牛湾村人的重视。为了下一代人的健康成长，人们比较注意怀孕期间孕妇的休息、保养和营养的补充。但是，对婚前体检的政策人们很难接受，大多数人觉得难为情。孕妇怀孕了，公婆、丈夫全家人尽力呵护，尽量不参加重体力劳动，外出行动也格外小心，生怕有磕磕碰碰。丈夫多是百依百顺，不让妻子生气，偶尔有夫妻吵闹丈夫会受到父母亲的责骂。人们对饮食的营养搭配知识不懂，只是尽量做些顺口的食物，比如面食、肉类、鸡蛋等。至于胎儿的早期教育一般不了解，孕妇也不会去有意识地听音乐或进行母子交流等。不过舒适的生活环境和愉悦的心情对胎儿大有益处。

三个月后就要到单台子卫生院进行产前检查，查看胎位情况，进行产前预算。为了安全起见，多数人要到清水河县医院去生产，个别难产者要进行剖宫产。即使在自家生，也要将卫生院的妇产大夫请到家，保证母子平安。第一胎无论是男孩女孩全家人都很高兴。“满月”、“百岁”都要隆重庆贺。过“百岁”那天，在桌子上放上书、笔、盒、线让婴儿去抓，以此来预测孩子将来的前途。

母亲如果有奶水的话，婴儿都是母乳喂养。母亲喂养婴儿是很辛苦的，一夜要起好多次，一听到孩子有动静，就要起来查看，喂奶。有的婴儿在睡觉前总要哭闹，人们称这种现象为“翻睡”，每当这时母亲就要抱在怀里一边摇晃，一边念着“噢、噢、噢，浪当袋带，柜顶上放个胡萝卜，娃娃吃上肯瞌睡”。孩子在母亲一遍遍的儿歌声中慢慢入睡。这也应该算是母亲教给孩子的第一首儿歌吧。

不到满月的婴儿已经学会了东张西望，母亲就此训练孩子的观察力。用红纸条将两个鸡蛋壳粘在一起，再粘上两个耳朵，画好眼睛、鼻子、嘴，就成了一只“小老虎”，或用纸折一个“荷包包”、“鲜花”，用线绳吊在正上方，用手一碰，这些玩具就会摇来晃去，小孩子的眼睛也跟着转来转去。

母亲常常趴到婴儿的跟前轻轻地跟他（她）说话，有时用舌头打着响逗孩子笑，这是母亲最初跟孩子交流的方式。或者将一串小铃铛递给孩子，他会紧紧攥着不放，来回摇啊摇。

总之，孩子一出世，母亲就经常用一些简单的方法来刺激婴儿的感觉器官。

“三翻六坐九爬撒”，到九个月婴儿便学会爬行。这时就在炕上钉一根橛子，用一根绳子把小孩拦腰拴住，将他的活动范围限制在炕上。一是怕跌到地上，二是怕锅上烧着。这儿的住宅，卧室跟厨房连在一块，锅台连着炕，这对婴儿是很危险的，稍有疏忽，小孩会掉进锅里，轻则烫伤，重则有生命危险，有的落下疤痕，有的落下终身残疾。最难看管的时候是小孩到了两三岁的时候。所以常常会听到大人的呵斥：“看锅的”，“看跌地的”，家长对孩子的安全教育从小就是这样进行的。

现在的孩子少，好多年轻的父母对小孩比较娇惯，不愿意把孩子拴住，生怕对孩子造成束缚，想给孩子一个自由活动的环境，那就得专人看管。家里留一个看孩子的，很是忙碌，不停地追孩子，连饭都顾不上做。虽然这给大人带来了负担，但是小孩的活动自由了，得到的锻炼也多了，这对孩子的个性发展很有好处。

母亲是孩子真正的启蒙老师。婴儿刚刚“咿咿”、“嗷嗷”的时候，就开始教孩子说话。从喊“妈妈”、“爸爸”、“爷爷”、“奶奶”等亲戚称呼开始，到说出室内物件的名称或模仿猪、狗、猫的叫声，只要有空，做母亲的就会不厌其烦地和孩子唠叨。教说话的同时，也是在训练孩子说话。等到孩子会走路时，大人就会教一些简单的动作，大人们高兴地称为“做本事”，或指指身体部位，如“眼睛睛”、“耳朵朵”、“脚板板”，或“拍手手”、“燕儿飞飞”……每当表演成功时，做母亲的就会深深地给孩子一个吻。其实她们无意之中运用了“成功教育”、“赏识教育”的方法。

智力教育、卫生教育、安全教育、情感教育等方面，母亲也并不忽视，教孩子记岁数、生日、属相、亲人的姓名，这是必修的智力教育课。每当婴儿玩弄毛线、鞋袜等不干净东西时，大人就会告诉他“懒……呸”、“放下”；当小孩玩弄刀具一类危险物品时，大人也用简单语言如“嗷”等将其制止，这样，婴儿在无意识中接受了许多教育。

2. 幼儿期的家庭教育

到了三四岁的时候，家长就会开始教孩子背一些简单的古诗《锄禾》、《静夜思》、《草》、《鹅》……或背一些儿歌、顺口溜、绕口令。孩子稍大一点，大人在闲暇时，随便找一些简单的字或简单的图画引导认识。有些家长还会教一些英语单词，掰着手指头数数，从1数到10，有的孩子比较聪明能多数一些，甚至能倒数。家里有客人来了，家长往往要让孩子“表演”一番。记忆力好点的背得很流畅，自然十分讨得家长欢心。家长也会买些简单的幼儿读物，如看图识字或连线、描红。快到上学的孩子，家长拿一根铅笔教孩子写字，如“上中下”、“1、2、3”、“a、o、e”。所有这些教育都是随意的，不是按计划进行。

不知是什么时候小孩学会了骂人，家长不会怎么在意，甚至觉得是小孩的“本事”。老年人对此很看不惯，“看，这会儿这人，把娃娃惯成圪甚”。当然骂外面的人是不允许的。这时的孩子坏习惯已经形成，大人怎么也不会想到这是自己教给的 。

每个幼儿都有不少的玩具，小铃铛、小汽车、小手枪或绒毛玩具、电动车。小孩子非常喜欢在户外游戏、挖沙土、掏窑窑、过家家、溜坡坡……现在的孩子少，独自玩的时候多。有时候几个小伙伴碰在一起，三三两两玩耍，大人们都会叮嘱“不敢弹划，不敢猴”，他们对小孩的团结友爱教育是很注意的。偶尔发生争吵，都是各自批评各自的小孩，尽量不“护娃娃”，她们知道那样邻里之间会闹矛盾的。

老牛湾没有幼儿园，也没有专设的学前班。7周岁入学，到6周岁或6岁半，家长就把孩子送到学校，安排成“半年级”，让老师给“拉引”。老师将这些学前的孩子编入一年级班中，意图是年级接近，便于同学之间互相学习。所用的教材不是专门的学前班教材，而是借两本一年级语文、数学书。降低教学要求，放慢教学进度，重点是启蒙教育，让这些学生们初步了解学校的规矩。

（二）学龄段的家庭教育

1. 家庭教育观念

社会在发展变化，家庭教育的观念也在逐渐地变化。21 世纪老牛湾村的教育观念不断在更新进步，但社会大环境的影响，地域的局限，使其距科学的教育观念还有一定的差距。

（1）片面的人才观。每个家长都希望孩子成才，但他们认为只有考上大学的人，才是人才。虽然有不少各行各业的成功例子，但家长认为成功的最好道路就是考大学，最理想的职业就是“吃官饭”。孩子们从小显露出来的各种特长，家长并不用心去培养。直到中考或高考失败后，不得已才选择其他出路。

（2）重智力发展，轻非智力因素。家长们普遍认为脑子灵、反应快、记性好的孩子是念书的好苗子，将来一定能成才。至于兴趣、意志、性格等因素与成才没多大关系，也就不有意去培养。

（3）重视“应试教育”，忽视“素质教育”。家长很清楚地知道现在用人制度 ，并不看素质，主要是通过考试选拔。所以他们对孩子考试科目的成绩非常看重，只要考试成绩好，就是“好孩子”。对于孩子的其他爱好特长不怎么重视。

（4）自然成长观。“树大自然直，人大自然成”，是部分家长的教育观。对子女的培养没有明确目标，也没有计划和步骤，顺其自然，任其自由发展。

（5）重学校教育，轻家庭教育。多数家长片面地认为教书育人是教师的职责，学生入学全靠学校教育。作为家长只要负责孩子吃好、穿好、要什么给什么就可以了。很少在孩子的教育上认真研究，从不和学校主动沟通，了解孩子的情况，探讨教育的方法。

2. 家庭教育的方法、手段

老牛湾村家长教子的方法也是多种多样的，由于思想观念、文化修养、个人品性、环境影响、孩子特点等因素的不相同，教育手段也不尽一致，大概有以下几种情形：

（1）情感教育。

针对某一问题的教育，家长通过和子女的感情沟通，比如一些关心的话语或一些亲昵的动作，使孩子觉得很亲切，然后委婉地将事情的过程加以分析，给孩子讲明道理，通过感人的语言、表情来打动孩子的内心感受，使孩子主动地走向你要求的方向。从正面讲一些道理，树立一些榜样，明确提出该做什么，不该做什么。对稍大的孩子，或心理承受能力差的孩子，他们也会旁敲侧击，提醒注意。俗话说“砍一斧震百林，打一比方劝个人”。

（2）强权教育。

农村多数家长没有与孩子建立起平等的、民主的关系，家长“绝对权威”不可动摇。对孩子的教育没有耐心，孩子稍有反抗或不服从指令，就怒气大发，态度粗暴，语言粗野，甚至拳脚相加。时间一长就养成了习惯，张口就骂，举手就打，在孩子还小的时候，好像还挺“见效”，其实孩子幼小的心灵已受到了伤害。当然孩子大一点，到十二三岁的时候，这种现象就少了，家长也觉得孩子大了，打不是办法，但也没有学会其他好办法。至于“棍棒教育”现已很少见了。

(3) 迁就教育。

有些家庭的孩子，由爷爷奶奶抚养长大，从小娇生惯养，各方面的错误总是迁就，生怕孩子受气。结果孩子得到纵容，在思想表现或行为习惯上，得不到正确的引导。长大后积习难改，会给终生带来遗憾。

(4) “补短”教育。

对于“差生”，为了不致掉队，家长、老师使劲找孩子的缺点，并一再强调改正缺点。孩子的心里一次次地受挫，自信心一次次地失落。孩子被抓住“小辫子”不放，彻底绝望，终于形成自卑心理，最后家长还是懊恼“孩子不可心”。可是他们从来不在这个差生身上找一个“闪光点”，积极鼓励，大力发扬，以此来调动各方面的积极性。

(三) 卫生保健教育

在老牛湾村民的眼里，“胖”就是健康，常听到他们夸奖胖一点的人说“好身体”。这种对身体健康的理解是错误的。至于“心理健康”他们更是不懂。对孩子身体健康应从他在母亲的肚子里就开始重视了。

在当地，最好的食物就是肉类、鸡蛋、白面、大米、豆腐、粉条。至于食物的营养搭配，人们一点儿也不懂。小孩上学一天除午饭和晚饭，早上一般是拿干粮，方便面、饼干、馍片或牛奶一类的。其中方便面是小孩最喜欢吃的，有时家中做出饭来，小孩觉得不顺口，就拿一袋方便面跑出去了，边吃边玩。大人对此也并不在意，依着小孩想吃什么就吃什么。这里蔬菜不多，只有到了夏天，自己家种个小菜园，才能丰富一下餐桌。这里的水果比较多，夏天的沙果、黄太平、杏儿，秋天的桃、苹果、海红果、红枣，小孩子尽管吃。到了春秋季，利用回县城办事捎着买些苹果吃，小商贩也经常到村里来卖水果。

村里人对饮食卫生不太注意。一般吃水果是不洗的，只是随便擦一擦，饭前、便后也没有洗手的习惯，他们说“不干不净，吃了没病”。

对牙齿的保护人们也不讲究。老年人很少刷牙，只有年轻人才每天刷一次牙，到了农忙时，也就顾不得了。小孩也没有早晚刷牙和饭后漱口的习惯，虽然在学校学到了这些卫生常识，但是家长对此不重视，他们也懒得去管。口腔卫生不好，小孩经常牙疼，大人们说这是虫吃牙，他们并不知道是龋齿。洗脸洗脚也不勤，只是大人发现很脏了，小孩在再三催促下才会洗。等到单台子小学住校念书的时候，按时洗漱的习惯才渐渐养成。洗澡就更不必说了。

现在，家家户户都有电视机，星期天小孩子户外活动不像过去那么多，多数孩子钻在家里看电视，时间长了也不注意休息。大人们也不知道看电视时，眼睛与电视机之间的距离该是多远。有时为了省电在看电视时还要把灯关掉。学生们回到家里看书做作业没有专门的书房，有时趴在炕上、窗台上或柜子上，家长并不懂得这样对视力的危害。到了上中学时学生的视力很差。老奶奶们说：“这会儿人们的眼睛尽让电灯给晃瞎了，我们那会儿在煤油灯下做针线，甚毛病也没。”家长们认为现在的孩子们念书把眼睛弄“瞎”了，究竟是什么原因他们弄不明白。

小孩对异性很好奇，常常问妈妈一些有关性的问题，大人们做不了正确的解释，只能是回避，用“不敢说瞎话”来搪塞。其他卫生常识人们也知之甚少，比如“烟闷了”，他们并不认为是一氧化碳中毒，只是说“蓝碳烟呛死了”。

小孩子流鼻涕他们不知道是鼻炎，还沾沾自喜，“流鼻子的小子，好哭的女子，到大是好的”。

（四）家庭德育教育

黄河岸边的老牛湾村，传承了许许多多中华民族的传统美德，对子女的家庭德育教育非常重视。

1. 尊敬师长，孝敬父母

小孩未上学的时候，家长就灌输了尊敬老师的教育。大人在村里碰见老师的时候，主动打招呼问好，告诉孩子长大念书这就是你的老师，要听老师的话……。小孩入学后，更是将老师的形象树立了起来，每当小孩有不规矩的时候，大人就用“告老师”来吓唬小孩。逢年过节，宰猪杀羊的时候，家家户户要叫老师吃饭。小孩子早已懂得了尊敬老师，对老师的话深信不疑。大人不许小孩对老师、长辈直呼其名，只叫称谓。也不许对老师、长辈。指指点点、挤眉弄眼，更不许“学扮”。小孩在老师面前毕恭毕敬，说话小心谨慎。胆小的孩子受不了这份拘束和这种高大神圣尊严的压力，在课外时候尽量躲避着老师。

2. 勤劳简朴、艰苦奋斗

老牛湾村的孩子们从小就是在农业生产劳动的环境中成长。从会走路的时候就或多或少地做家务，或是拿取东西，或是看狗喂鸡，稍大的时候就跟着大人下地劳动。这样的教育使他们对劳动有了感情，也具备了一定的劳动技能。老年人常常拿过去的孩子做榜样，“我们在你们这个时候能干什么干什么”。不过他们又教育孩子好好念书，将来不要像他们一样“受苦”，考个好学校，什么活也不用干。这种前后矛盾的教育，使这些孩子们对劳动又产生了一份厌恶。农民勤俭节约的生活习惯也深深地教育了孩子们，使他（她）们多数具有节俭的好品质，不浪费不奢侈。

（五）学习指导

孩子入学后，大人对孩子的学习情况比较关注，常常嘱咐“要听老师的话”，写字要“认真”等，但指导不得法，究竟该怎么写、怎样背、怎样预习、怎样复习、怎样进行乘除法，大多是不会。至于学习多长时间该休息，怎样劳逸结合，更是不懂。孩子不会做的题，家长也只是能直接告诉答案，不会讲解，难度大的题更是不会指导。

二 学校教育

（一）中华人民共和国成立的老牛湾学校

中华人民共和国成立前的老牛湾教育十分落后，没有公办学校，只有私塾。老牛湾村的白银何先生和李正英先生分别在上村和河湾开办过私塾。私塾大多采取半耕半读的方式，冬季开课，到了开春后，老师和学生回家务农。每年冬季开办三个月，一个冬季每位学生向老师交三二斗粮食作为学费，或交些烧炭，或交一两块银元。多数家长会安排自己的儿子念几冬书，他们盼望儿子长大后有点文化能为自己的家庭“顶门挡户”，最起码也能“识个迎头上下”，不要受人蒙蔽。女孩子们一般的就不安排上学了。也有部分家庭付不起学费，不能安排读书，有好学的孩子会躲在窗外偷听私塾里传出来的读书声。

私塾条件很差，没有什么教学设备。学生从自己家里搬张书桌，坐在炕上，前面摆上书桌，在桌上看书写字。

课本大多是先生用毛笔抄在麻纸上用针线缝成的。学习内容有《三字经》、《百家姓》、《名贤集》、《千字文》和五言、七言古诗等。这些书本主要是识字教学用，老师领读，学生背诵，然后练习毛笔字。教学方法就是死记硬背，不讲意思，自己慢慢琢磨去。此外还学珠算，培养加、减、乘、除的计算能力。老人们常说："学会四七规，走遍天下不吃亏"，可见当时的珠算非常实用。

私塾先生对学生要求非常严格，学生们常因为写不对字，记不住文，被老师用戒尺将手心打得肿起老高。

私塾先生为当地文化知识的传播作出不少贡献，好多乡村干部就是在私塾里接受教育的。

（二）中华人民共和国成立初期的老牛湾学校（1950～1966年）

1950年3月老牛湾学校建立，这是新中国成立后单台子乡兴办最早的学校之一。校址设在老牛湾河湾，教室还是借用过去做私塾房的民宅，教学设施也没有什么配备，只是添置些新课桌。没有操场，平时课间活动、做操就在院子里。秋收以后，门前的一块农田就是学生们最好的活动场所，他们可以在那里追逐、嬉戏、玩皮球。

老牛湾学校服务范围是邻近的一些村落，有老牛湾、四座塔、西嘴、台子梁、大塔、土山子、营盘峁、大阴背等八个自然村。建校初学生仅有十几人，每年春季招生，学生入学年龄有不足十岁的，也有十四五岁的。学生每学期交学费1.5元，书费大约1元。如果是特别贫困家庭的孩子可以免交学费。尽管收费很低，还有很多人不上学。那时家庭子女多，多是大孩看小孩，家长考虑到念书不仅要花钱，而且还会减少家庭劳动力。小孩虽不能下田干活，但可以看孩子、看门、打猪、喂狗、拔草、做饭。女孩的入学率更低，在重男轻女的封建思想影响下，她们上学的权利被无情地剥夺了。进入 60 年代，上学人数逐年增多，本村的女孩也百分之七八十的入了学，可是巩固率却非常低。据 Z 某（本村老师）回忆，1966 年上一年级的时候，本村的女孩也都念上了，到五年级时已经没有一个女生。1971 年到单台子上初中，50 人的班里仅有 5 个女生，其中，3 个是公社干部子女，2 个是大队干部子女。

建校初，老牛湾学校是一所初级不完全小学，只设一至四年级。学生不多，都在一个教室里上课，老师也只有一人。后来学生人数发展到三四十人，就分为两个班复式教学，教师人数也就增加为两人，每人教一个班，或一三年级一班，或二四年级一班。这时开设的课程有语文、算术、写字、唱歌、图画、体育。每天早上到校，中午放学，放学后再没有其他活动，教师回家劳动，学生们玩耍一会儿就被家长们催促着拔草、放牛去了，很少有家庭作业。

教师都是初小或高小毕业，知识不多，但是都比较敬业，对学生要求很严格，教育方法简单粗暴，动辄打骂体罚学生。但这种现象从来不会引起家长反对，甚至为教师的做法叫好，因为这种“体罚教育”与家长的“棍棒教育”思想相吻合，他们相信“棍棒之下出孝子”，“严师出高徒”的道理。教学方法都是采用死记硬背的“注入式教育”。学生对所学知识难以消化，对读书的兴趣不太浓厚，以致常常出现逃学现象。

办公费按教师人数拨付，每位教师每年下拨办公费 48 元，学校的三个火炉每年下拨烤火费 40 元，以当时的物价和学校的开支情况来衡量，能维持学校正常运转。

（三）“文化大革命”期间的老牛湾学校（1966～1976年）

随着学生人数的逐年增加，已有的办学条件不能适应教学的要求。1966年上级拨款1000元新建老牛湾学校。在营盘峁大队的组织下，老牛湾村在庙区选好新校址开工建校。本村村民投入壮工，记工分，从外村雇请几个师傅，挣工钱，利用从庙上拆下的木料做门窗。经过几个月的建设，新校舍于1967年5月竣工。

新学校共占地400平方米，建筑面积140平方米。砌石窑一排共7间，1间做办公室，其余6间是两个八海窑[①]，分做两个教室（见图5-4）。门窗全部是玻璃门窗，跟村民们用纸糊的窗户比起来，非常明亮。顶窗上是木工雕成的六个醒目的大字“毛主席万万岁”，中间有一颗鲜艳的红五星。教室的前后墙上分别用水泥抹了一块黑板，新添了两张半圆形讲桌，和一部分双人连体桌凳，人们形象地称为“连身裙”。学校窑顶后面有一块300多平方米的场面，这是庙区全村人打场的一个大场面，安了一只用木头做的简易篮球架，这也就是老牛湾学校的操场了。

1967年5月，全体师生怀着激动的心情，和村民们一道搬着桌凳，背着用破衣碎布缝成的书包，迁入庙区新学校。他们看到崭新且宽敞明亮的“八海窑”教室心情无比激动。当人们还沉浸在新学校带来的喜庆气氛中时，“文化

---

① 八海窑就是将3间窑洞中间贯通，砌成一个大窑洞，从外面看是3间，进入里面是一大间。

图 5-4 老牛湾小学（摄于 1998 年 6 月 22 日）

大革命”打破了小山村的宁静和人们的喜悦之情。

“文化大革命”打乱了正常的学校秩序，文化课得不到重视，课堂教学主要是背《毛主席语录》，搞运动。老师们每天忙着开批斗会无心教书。1967 年、1968 年、1969 年是老牛湾学校教育受影响最严重的三年。

1970 年以后，教学工作逐步走向正规，“文化大革命”活动对教学工作的干扰越来越少。

1971 年老牛湾初小改为完全小学，新生入学由春季入学改为秋季入学。办学经费也不再下拨，由学生负担，收费标准开始每生每学期收 7 元，后来随物价上涨而逐渐提高。这时人们的生活水平还很低，家里有四五个孩子上学的话，学习用品带学费也是一笔不小的开支。所以，仍然有部分孩子不能入学。在学习中能节省的尽量节省，买两张麻纸，裁开，用针线钉住，就是作业本，正面写完，反面再写。铅笔写到握不住的时候再安在一根废笔管上继续用。没有橡皮就去找一块烂胶皮，如毛驴车的内胎、打气筒的胶管都是难得的橡皮，实在没有的话，就用潮湿的手指头将就凑合。同学们常常为一张纸、一滴墨水而闹得不可开交。学校教师用书重复使用，不换教材，不订书。其余的课外读物概不购置。学生自己购买图书几乎不可能，最好的课外读物是哥哥、姐姐用过的旧课本。

1971年几乎村村办起了学校。老牛湾所属的营盘峁大队下设9个小队，每个小队办一所小学。营盘峁学校是营盘峁大队的中心校，负责所辖小学的教学业务管理。教师的任用由学区、大队负责审核、安排。老牛湾学校由初小改为完小，当年的四年级学生不毕业，在老牛湾继续念五年级，这时学生发展到86人，达到老牛湾学校学生人数的最高峰。两个教室不够用，就借用邻近村民的3间窑，做教室和办公室，增加了一个教学班，教师也增至3人。几年后，学生人数下降为60人左右，老牛湾学校又恢复了2个教学班，2个教师，这样一直延续到2004年。

（四）“文化大革命”后的老牛湾学校

1975年国家推行普及中学教育，办学体制有了重大变革。当时的单台子公社下设5个大队，有5所中心校。单台子中心校学制设为九年一贯制，小学五年，初中二年，高中二年。其余的营盘峁、石胡梁、狮子梁、葬峁梁四个中心校，学制设为小学五年、初中二年的戴帽子中学。老牛湾小学的学生毕业后都到营盘峁中心校上初中，初中毕业后再到单台子中心校上高中。这时老牛湾小学生的巩固率有所提高，初中升学率也大大提高了。

这个时期师资严重短缺，高中学历教师教高中，初中学历教师教初中。全乡教师队伍中没有大学毕业生、中师毕业生，绝大多数教师没有上过师范学校，许多教师连课本上的知识也不精通，教学质量可想而知。这种情况下最好的办法就是加强学习，星期天各学校的教师回单台子中心校开展教学活动，利用这种机会，向一些有文化的教师请教下一周的教学内容，有的问数学，有的问语文，有的学唱歌，返校后“现蒸热卖”。

“文化大革命”结束后，1977年恢复了高考。高中、初中毕业生积极参加了高考、中考。部分老师和社会青年考入了师范类院校，还有部分教师参加了函授学习。

1981年，单台子中心校撤掉了高中，只留初中和小学，初中学制改为三年。其余四个中心校都将初中撤掉，只留小学，初中段的学生并入单台子中心校。老牛湾的五年级学生毕业后，通过升学考试升入单台子学校念初中。初中集中办学优化了师资力量，再加上断断续续从师范学校毕业回来的新教师补充，师资水平有了明显的提高。截至1984年，单台子学校共有教师17人，其中师范毕业生有9人。

初中集中办学后，教学质量提高了，但初中生入学率很低，只达60%左右，巩固率更低，原因有以下几种情况：

（1）招生量小。单台子中学每年招生一个班，教室都是八海窑，最多能容纳学生40人。

（2）包产到户后，家庭劳动力紧张，学习成绩不太好的，读书无望，正好回家务农。

（3）改革开放后建筑项目多，老牛湾村的手艺人多（有木匠、石匠、铁匠、砖瓦工等），家庭男劳力农闲时都要外出打工。男孩子十六七岁的时候，就到工地打工，或者跟师傅学手艺，可以挣钱补贴家用。

（4）多数家长不愿意在女孩子身上投资。女孩念书花钱，误劳动不说，“念出书来，跟上人走了，把钱串子‘也炸了’”。因为农村女孩找对象，大人都会要不少的彩礼，如果到外面念书，工作后大人就要不上彩礼了。

（五）《义务教育法》实施阶段的老牛湾学校（1986～2008年）

1. 办学条件和办学经费

老牛湾学校自1966年新建以来，校园一直没有什么变化。学校没有经费来改善办学条件，能做到的只是师生自己动手小修小补。1995年乡政府开始加大对教育的投入力度，努力改善办学条件。在“人民教育人民办，办好教育为人民”的号召下，村民投工和政府拨款相结合，维修学校，改善办学条件。乡政府共投入资金2000元、水泥1吨，村民投入义务工，老师学生齐动手，硬化教室地面，修补破烂的窗台。校园全部围上了院墙，学校凑了360元钱安上了铁大门，从此，村里的鸡、猪再不会随便出入校园。校园内，用石头、水泥砌乒乓球台一副、升旗台一座，砍一棵小杨树修了根升旗杆，五星红旗在校园上空迎风飘扬。

教师自己动手绿化、美化校园，刷写标语、校训，自制教具。将废编织袋拆开，拧了一根拔河绳和几根跳绳，锯些小木棍做成了接力棒，还做了跳高架、手榴弹、三角尺圆规等。1997年营盘峁行政村的对口扶贫单位呼市教育学院，给营盘峁行政村捐赠80套旧单人桌凳和1000册旧图书，3套少先队鼓、号等。老牛湾学校得到了20套单人桌凳和200多本旧图书的资助，终于更换掉使用了近半个世纪的“连身裙”。这种双人桌凳，桌椅一体，全是用当地的榆木做成，坚固耐用，但桌面很窄，而且笨重，不易搬动，学生进出不便。

教育局先后下拨了图书柜1个，配备了部分体育器材和数学、自然仪器，教学器材得到了很大的补充。2005年单台子乡所有20人以上的教学点都配备了远程教育设备，老牛湾学校因为学生人数少而没有配备。学校没有电教设备，连个录音机也没有，所以至今没通电。

学校经费一直很紧张，勤工俭学也不好开展，在农村也只能是种点校田。可是老牛湾的耕地很少，校田就是门前的一分石坡地，因为产量太低，早已撂荒了。学校有限的经费首先要保证取暖费，其他办公支出无暇顾及。冬天教师为了节约取暖开支，教师就在教室里办公。教师用书每年都用旧书，只有到教材变更时才订1套新教师用书。2005年实行“两免一补”后，经费紧张问题有所缓解。可是到了2006年煤炭价格开始暴涨，每吨从90元涨到200元。老牛湾学校的学生仅有10人，公用经费按学生人数下拨，几百元的经费远远不能满足办学的需求（见表5－1）。

表5－1　老牛湾学校分阶段收费统计

经费来源＼年度	1960	1970	2000	2001	2005	2008
每生每学期收费	学费：1.5元 书费：1元	学费：5元 书费：2元	书费：50元 杂费：30元 教育附加费：25元 本子费：6元	一费：60元 教育附加费：20元 烤火费：20元	本子费：10元（代收）	本子费：10元（代收）
财政拨款	教师每人48元/年办公费；每个火炉40元/年取暖费	无	无	无	每生每学期75元	每生每学期110元

资料来源：根据调查资料制表。

到了2008年春季每吨煤涨到270元，2008年秋季每吨涨到560元。煤炭价格一路暴涨，给学校带来很大的负担。调查组发现，按学生数拨付经费有很多的弊端。不考虑学校的建筑面积、取暖面积、班数、教师数等实际开支情况，只按学生数拨款，会使薄弱学校办学更加困难，造成城乡学校、强弱学校之间更大的不平衡。

2. 教师和教学工作

清水河县山大沟深，人口分散，村落较小，每所学校不过几十人（见图5－5）。多数学校是“独人班”或“二人台”。所谓“独人班”就是一所学校，一个班，一个教师，几个年级在一起上课。“二人台”就是两个老师两个班。老牛湾学校多数时候是“二人台”。直到2005年学生减少至16人才变成“独人班”。民办教师因为待遇低，还要靠种地来养家，所以他们一边教书一边种地。在人民公社大集体时他们每月挣30个公分，补助5～8元钱，包产到户后每月挣工资30元左右。20世纪80年代末，涨到每月50多元，和正式教师差距不大。到20世纪90年代末提高到每月200元，一直到现在仍是每月200元。民办教师的工资与工龄、学历、职称没有关系，全县统一是200元，与公办教师的工资差距愈来愈大，现在仅为公办教师的1/15～1/10。民办教师一边艰难度日，一边努力工作，他们盼望哪一天转为正式教师。有部分民办教师因生活不下去，不得已离开岗位。他们也热爱这份工作，但是待遇太低，一个月的工资只是出外打工者两三天的收入。随着学校数的减少，民办、代课教师逐步被辞退。他们的生活大多很贫困，因为他们在年轻时就一直在教书，没有学会其他技术，做工又没有强壮的体魄，所以离开学校后他们的收入也不高。

图 5-5　上学途中（摄于 2008 年 11 月 23 日）

农村学校师资缺乏，年轻教师不愿意待在偏僻落后的农村教书，一般能分配到农村的年轻教师很少。农村教师没有特殊的待遇，只是近两年大学生到农村附加一级工资，这根本不会吸引住他们。个别分配到单台子学校的教师，在几年之后就想办法调到县城，或者教书，或者改行。老牛湾学校除了在 20 世纪 70 年代有本村的两个师范毕业后回去任教的老师外，再没有分配过师范生。

乡村学校撤并后，公办教师都调入单台子中学和单台子小学，将这两所学校的民办教师和搞后勤的代课老师辞退。从来没有“做过饭”的教师，从头开始学习，工作非常不顺手。2008 年老牛湾撤校后，老师调入单台子小学。这时，单台子小学共有教职工 25 人。年龄结构老化，20～30 岁的有 2 人，30～40 岁的有 4 人，40～50 岁的有 3 人，50～60 岁的有 16 人。知识贫乏，学历较低，第一学历是大专的 1 人，中专的 7 人，其余都是高中、初中毕业生。义务教育达标验收阶段，对教师的学历提出严格要求，小学教师必须达到中师以上文化程度，初中教师达到专科文化程度。公办教师通过函授学习，取得了中师、大专文凭；民办教师因为没有经济实力，无法参加进修，有待转正后他们再提高学历。

复式教学比较复杂，课堂教学中不好处理教学关系。一个教室里几个年级在限定的时间里同时进行不同的教学内容，确实有一定的难度。复式班的教师在备课时需充分考虑以下几个问题：(1) 动静搭配要恰当。上课时首先给一个年级布置独立作业，然后才能给另一个年级直接授课，这样“动”与“静”交替进行。(2) 时间安排要合理。设计独立作业时要考虑与直接教学之间的时间要吻合。不过得随时观察，发现动静安排的不妥之处，及时调整方案。(3) 让学生保持安静。尽量避免同学之间互相干扰，一般课堂上不用齐读齐答。这种教学方式远不及单班授课的效果。

从 2005 年起，老牛湾学校学生人数少，只派一名教师，叫赵亮。赵老师是本村人，1976 年师范学校毕业参加工作，在单台子是出色的好语文老师，可是对音乐、美术、体育、科学课并不懂。这样的独人班学校，英语、科学课根本没法开设。据赵老师说，音乐、美术课虽然课程表排上了，但是实际上也上不成，多数是上了语文、数学。没有实行免费教材以前音乐、美术课本从来不订，同学们只能在看电视、听录音时学学流行歌曲。体育课多数是自由活动，广播体操只有 L 老师在的时候上过。L 老师是本村一位年轻的女民办老师，后被减聘。复式教学的头绪多，工作量大，教师年龄老化，知识结构单一，所以老牛湾学校只能上语文、数学课（见表 5 -2）。

表 5－2　课程表

节次＼科目	星期一	星期二	星期三	星期四	星期五
晨　读					
第一节	数　学	数　学	数　学	数　学	数　学
课间操					
第二节	语　文	语　文	语　文	语　文	语　文
第三节	语　文	语　文	自　习	语　文	写　字
第四节	体　育	思想品德	体　育	音　乐	体　育
第五节	音　乐	美　术	写　字	班　会	自　习

资料来源：老牛湾学校赵亮老师提供。

20 世纪 90 年代后期，教育局经常组织教师培训，有新教材培训、新课标培训、普通话培训、计算机培训、班主任培训等。人事局也组织继续教育学习，不断提高教师的政治思想和业务水平。乡总校也组织教学研讨活动，到外地学习、观摩，吸取先进的教学经验，更新教育观念，优化课堂教学效果。通过培训，再加上教师个人自主学习，老师们逐步认识到传统的“注入式”教学方法的不足之处。这种教学方法不顾及学生的认知水平和学习认知的规律，将现成的知识结论，生硬地灌输给学生，强迫学生死记硬背，严重阻碍智力和学习能力的发展。他们大胆地尝试，并学习“启发式”的教学方法。努力调动学生学习的积极性，激发学生学习的内在动力，体现学生学习的主体作用，让学生真正成为学习的主人，而不是灌装知识的容器，重视学习能力的培养。经过多年来的努力和探索，逐步改变了落后的教育思想和陈旧的教学方法（见图 5－6）。

由于改革开放以来党和政府对全民教育的重视，教师的自身素质和教学方法不断提高，学生的主观能动性不断增强，

图 5 - 6　爱心（摄于 2008 年）

因此，老牛湾村大专以上文化程度的青年人数为前所未有。据统计，全村现有大专文化以上程度者共有 7 人，都是这一时期完成学业的，而女性较男性多 1 人，4 人中 1 人为硕士研究生毕业。不同时期村民文化程度如表 5 - 3 所示。

从表 5 - 3 可看出，年龄越大文化程度越低。60 岁以上的 52 人中文盲、半文盲有 44 人，文盲率是 84.6%，最高程度为小学文化，共 8 人，占 15.4%。50 岁以下没有文盲，可是 36 岁到 45 岁这一年龄段，最高文化程度为初中。据调查，这一年龄段的文化程度并不是不高，因为本次调查统计人口是以老牛湾的户籍人口和实际在村里的居住人口为准，而这一年龄段有高中、中专、大专以上文化的人口，都在外地工作，户口也迁出老牛湾村，不在统计范围。从统计表中可以看出 36 ~ 40 岁人口共有 16 人，41 ~ 45 岁人口共有 20 人，较其他年龄段人口明显偏低。实际上该年龄段共有 12 人考上了大中专院校，并在外地工作，还有部分高中文化程度的，也在外地工作。其他年龄段也有不少类

表 5-3　老牛湾村村民文化程度统计（2007 年）

单位：岁，人

文化 程度年龄段	大专以上		中专		高中		初中		小学		半文盲		文盲		未入学		合计		总计
	男	女	男	女	男	女	男	女	男	女	男	女	男	女	男	女	男	女	
0～6															14	13	14	13	27
7～12									19	11							19	11	30
13～15							13	9	2	1							15	10	25
16～18	1			1	1	5	9	14									11	20	31
19～25	1	2			4	4	9	8	1	3							15	17	32
26～30		2				1	12	7	2	6							14	16	30
31～35	1		1				9	8	2	7							13	15	28
36～40							6	3	2	5							8	8	16
41～45							9	4	2	5							11	9	20
46～50			2		3		10	1	3	13		1					18	15	33
51～55			1		2		5		3	8				4			11	12	23
56～60			1				3	1	4				1				9	1	10
60 以上									6	2	2		15	27			23	29	52
合　计	3	4	5	1	10	10	85	55	46	61	2	1	16	31	14	13	181	176	357

资料来源：根据调查资料制表。

似的情况，只不过较之少一些，不像这两个年龄段那样集中。他们都是在老牛湾小学接受启蒙教育，最终走出大山踏上工作岗位的。老牛湾虽然地理位置偏僻，生活环境艰苦，办学条件简陋，但正是在这样的环境磨炼出了他们坚强的意志，培养出了优秀的品质。

3. 儿童入学情况

20 世纪 80 年代中期，老牛湾村民对子女的教育逐渐重视起来。因为恢复高考后有不少人考上了大中专院校，毕业后他们有的留在了城市，有的被分配到乡镇或县城工作。他们都成了“正式工”，转成了市民，吃上国家供应粮，端上了“铁饭碗”，有的甚至当上了乡镇、县级领导，彻底改变了农民身份。“正式工”退休后不仅有退休金，还可以补员一个孩子的工作。找对象也具有了绝对优势，可以找一个上班的，即使找个农民也不用花钱。眼前鲜活的事例极大地提高了家长培养子女念书的积极性。他们认识到“读书——考学校”是下一代人发展的最好途径。这时，单台子学校初中招生数增为两个班，70 人左右，入学率有所提高，女生的入学率也大大提高了，重男轻女的封建思想也在慢慢地转变。

1992 年开始大力宣传义务教育。老牛湾学校经常组织学生宣传《义务教育法》，刷写永久性标语，张贴广告、散发传单，放学后回家分片宣读宣传材料。这时单台子学校的学生有 240 多人，住校生 140 人，教职工 22 人。校舍非常紧张，1200 平方米建筑无法容纳，只得到乡政府借用一间库房做教室，但是管理极为不便，严重影响教学质量。1994 年，单台子乡政府动员社会各界力量，筹集资金新建小学校舍，共建平房 9 间，9 月份将中小学分开。以后，单台子中学每年通过升学考试招生两个班80多人。1997年单台子乡小学升初中执行就近免试入学政策，老牛湾的小学毕业生可以全部升入单台子中学，但是仍有一部分人不念初中，入学率为85%。1998年单台子乡政府投入50万元新建单台子中学新校区。1999年完工，9月份单台子中学迁入新校区，将旧校址改为家属区。这时初中生入学率达90%多。

1999年，本着合理配置教育资源，优化教育力量集中办学原则，单台子乡的五年级全部集中到单台子小学，其余村级小学都改为教学点。老牛湾教学点只设一至四年级，教学班2个，教师2人。2003年老牛湾学校的四年级学生转入单台子小学。2007年三年级学生也转入单台子小学。2008年春季，老牛湾学校仅有的7名学生全部转入单台子小学。主要原因是单台子小学课程开设齐全，尤其是英语课从三年级起就开设（见表5－4）。

表5－4　老牛湾学校在校人数历年变化情况

单位：人，%

学年度	适龄儿童总数	在校生人数					在外借读人数	在本校就读率	入学率
		一年级	二年级	三年级	四年级	合计			
1999～2000	37	8	7	4	9	28	9	75.7	100
2000～2001	40	9	8	7	4	28	12	70.0	100
2001～2002	39	6	9	8	7	30	9	76.9	100
2002～2003	37	6	6	9	8	29	8	78.4	100
2003～2004	34	6	6	6		18	16	52.9	100
2004～2005	40	5	6	5		16	24	40.0	100
2005～2006	40	3	3	9		15	25	37.5	100
2006～2007	30	5	3	3		11	19	36.7	100
2007秋季	25	2	5			7	18	28.0	100

资料来源：老牛湾学校赵亮老师提供。

2007年老牛湾村7~12岁小学适龄儿童共30人，秋季在本村上学的仅有7人。从表5-4可以看出，老牛湾学校学生人数逐年减少，在外借读人数逐年加大，但小学阶段适龄儿童入学率一直保持100%。老牛湾学校的办学条件和教学质量不能满足家长的要求，故而多数学生转学。

老牛湾三年级以上的学生到单台子上学大多数是住校。2007年单台子小学住校生每学期收住宿费20元、伙食费260元，其余再拿些马铃薯、黑豆、糜米、粉面，除了政府给的250元生活补助外，自己拿的钱很少。也有个别家长嫌学校宿舍拥挤，每18平方米住10~15人，而且饭菜单一，就把孩子安排在校外专门留学生的农户家里寄宿，但伙食费、住宿费是学校的1.5~2倍。一、二年级的学生生活自理能力差，学校又没有专门负责学生生活的老师，家长不放心，就在单台子学校附近租家陪读。

4. 学生流失情况

老牛湾村学生流失现象严重。自1999年以来，小学适龄儿童在本校就读人数越来越少，这从单台子中学近年招生情况也能直接反映这种现象（见表5-5）。

表5-5 单台子中学历年招生情况统计

单位：人，%

项目＼学年	2002~2003学年	2003~2004学年	2004~2005学年	2005~2006学年	2006~2007学年	2007~2008学年
小学毕业生数	157	134	112	111	76	52
中学招生数	110	98	85	78	55	29
招生率	70	73.1	75.9	70.2	72.4	55.8

资料来源：单台子中学刘永才老师提供。

从表5-5可以看出在本校就读率一年比一年减少，直到撤校。小学适龄段儿童的流失，全部是转到外校就读，没有辍学现象，入学率和巩固率均为100%。近年来，初中生入学率大大提高，尤其是2005年实行“两免一补”以来，初中生入学率基本可达100%。老牛湾村没有不上初中的，但初中生的转学、辍学现象很严重。

表5-6　单台子中学2003~2005年新生流失情况调查

单位：人

学年	学年初招生数	初中三年内学生变动情况												三年后毕业生数
		转入学生数				转出学生数				辍学学生数				
		合计	七年级	八年级	九年级	合计	七年级	八年级	九年级	合计	七年级	八年级	九年级	
2003~2004	110	3	1	2	0	36	16	17	3	25	4	6	15	52
2004~2005	98	4	2	2	0	30	3	12	15	32	2	20	10	40
2005~2006	85	9	0	0	9	26	3	17	6	19	5	7	7	49

资料来源：单台子中学刘永才老师提供。

2003年、2004年、2005年小学毕业生分别是157人、134人、112人，初中招生人数仅为110人、98人、85人。三年后初中毕业生仅为52人、40人、49人，分别为小学毕业生人数的33.1%、29.9%、43.8%。根据单台子中学对2003年、2004年、2005年三年新招学生进行的追踪调查表，和单台子中学招生情况统计表分析，单台子中学招生率最高为75.9%，最低是55.8%，有很多学生到外地上学。在单台子上初中的学生流失的也不少。2003年的新生三年内转出36人，转出率32.7%；辍学25人，辍学率22.7%。2004年的新生三年内转出30人，转出率30.6%；辍学32

人，辍学率32.7%。2005年的新生三年内转出26人，转出率30.6%；辍学19人，辍学22.4%。三年共招生293人，到初中毕业时共流失168人，其中，转出92人，转出率31.4%；辍学76人，辍学率26.9%。从外校转入单台子中学的学生并不多，只有在2007年窑沟乡中学撤掉后才有9名初三学生转到单台子中学就读。

老牛湾学生的转学基本上有两种情况：一种是父母外出务工，举家搬迁。老牛湾村土地稀少，传统的手艺人多，大量的农民出外打工。改革开放后，年轻一代学会了新型的行业技术，大多去了呼市、包头、托县、喇嘛湾、清水河、薛家湾谋生。他们常年在外，子女就跟着流动上学。老牛湾村目前还没有留守儿童。另一种是，在本村居住的农民急切盼望下一代早日成才，尽量让孩子到条件好的学校接受教育，生怕在乡村耽搁。这种望子成龙的强烈欲望和办学力量的不平衡，催生出了择校风潮。再加上生源就是财源的办学现实，使本来就经费紧张的学校为转学学生敞开了大门，好多城镇学校还到乡村上门招生。到90年代末农村学生大量地涌入县城，在单台子上学的学生，多数在学校吃住，而清水河学校没有住宿条件，家长就把孩子安排在校外寄宿。小孩子自控能力差，管理跟不上，有的甚至上网、贪玩，学了不少坏毛病。

据调查，老牛湾学生转学与当地学校的师资水平和教学质量也有直接关系。2003～2004年单台子中学的中考成绩位居全县前列，招生率一直在70%以上。2005年、2006年部分年轻教师调出单台子中学，2007年招生率开始下降。2007年中考成绩不理想，考入高中仅有13人，结果招生率下降到55.8%。2008年单台子初中学生只有70人。

从表5-6看出，在单台子中学上学期间，有22.4%~32.7%的学生辍学。究其原因有以下几点：（1）学生学习成绩差，有厌学心理。自“择校风潮”以来在单台子上初中的学生中，差生居多，优秀生多数转到外面。为了追求升学率，家长、学校看重考试成绩，考试成绩差的学生的“闪光点”被忽略，他们丧失了自信心，以致厌学。（2）学习一般，就业无望。近年来，许多大学生就业难的现状，影响了家长、学生对上学的积极性。花十来万元培养一个大学生对于贫困山区的农民来说是非常重的负担，多数家庭为此背上沉重的债务。而最后的培养结果是给别人打工，从事一些超市卖货类的简单劳动，与他们心目中的到行政事业单位、大型国企工作的目标相去甚远，想创业又没有资金。新的“读书无用”论正在抬头。眼看自己学习一般，考不上名牌大学，一部分学生就考虑退学，想趁早学点技术。（3）20世纪80~90年代因家庭贫困而上不起学的不在少数，随着经济收入的不断提高，“希望工程”、“春蕾计划”、结对扶贫的不断救助，失学儿童逐渐减少。近年来，有部分到老牛湾的游客对贫困儿童进行救助，有的给一些衣物，有的给学习用品，有的给一二百元钱，还有的结对子长期救助。2002年，呼市机关单位的两位工作人员，得知某生因家庭贫困即将失学时，他们将其上学费用承担下来，该生的学业才得以继续。由于感悟到社会的关爱，该生家长倾其力供给孩子上学，而该生也刻苦学习，于2008年考入呼市某职业学院。

5. 撤点并校

1999年清水河县合乡并镇，桦树墕乡并入单台子乡，学区还是设桦树墕和单台子两个学区。2001年桦树墕学区并入单台子学区，合并后的单台子学区共34个校点，其中10人以下的 校点2个。这时原桦树墕一带学生流失现象比较严重，桦树墕中学因人数太少（只有50人）已经撤掉。

2003年单台子中学和单台子小学的毕业考试成绩都位居全县前茅，吸引了不少村级小学的学生前来就读，乡村学校学生人数急剧下降。多数小学生从四年级起到单台子住校读书。2005年、2006年，清水河县开始撤点并校，10人以下的学校全部撤并，单台子学校的校点数锐减（见表5－7）。

表5－7　单台子撤点并校统计

学　年	2001～2002	2002～2003	2003～2004	2004～2005	2005～2006	2006～2007	2007～2008	2008～2009
当年校点数	34	32	28	25	20	13	11	10
10人以下校点数	2	3	3	5	7	6	9	8
撤并校点数	0	2	4	3	5	7	2	1

资料来源：根据调查资料制表。

截至2008年原单台子总校（2005年单台子乡并入窑沟乡，单台子总校并入窑沟总校）校点数只有10个，其中不足10人的学校有8个。老牛湾学校于2008年春季撤并。

撤并学校的老师，分别安排到规模稍大一点的学校，民办、代课教师逐步被辞退。随着学生人数下降，校点数减少，许多年轻教师担心自己的工作前程，纷纷调到县城学校，或者转到其他单位。农村教师老龄化问题越来越严重。教师不能正常流动，师资力量越来越弱，致使学生更加大规模的转学，留在农村的只有差生和老教师，教育质量更差。这样就形成“质量越差学生越走，学生越走质量越差”的恶性循环。再加上农民工外流造成农村育龄人口减少，计划生育又减少了新生人口数量，最终导致农村学校撤并。

2009年春季单台子中学学生只有不到70人，县教育局规划在2009年秋季撤掉。如果10人以下全撤的话，2009年秋季原单台子乡只有单台子小学一所学校。7年之内原单台子乡学校数由34所减少到1所。

撤点并校后优化教育资源，能够集中力量办学，但也存在着一些弊端。首先是加重了家长的负担。老牛湾学校撤并后，低年级的家长都到单台子小学附近租家陪读，因为孩子小，如果住校的话，生活自理能力差，家长不放心，到校、回家路远走不动。父母亲陪读又干不成农活，家庭没有收入。近两年，到老牛湾旅游的不少，一些搞旅游服务的家长又不能回家挣钱，很是无奈。其次，影响了学生的普及程度。一些走出去没有生活的家庭，孩子学习又差，就干脆辍学。

第三节　医疗卫生

一　疾病状况

老牛湾村现在居住人口以中老年人为主，他们的医疗卫生条件和身体健康状况不容乐观。长期的劳动锻炼，使多数人从表面上看体格强壮有力，精神蛮好，但并不表明他们的身体确实健康。艰苦的生活环境和贫困的生活条件注定了他们“生命不息，劳动不止”，造就了他们吃苦耐劳、顽强拼搏的品格。七八十岁的老年人依然从事农业生产劳动，六十来岁的老人还到外面打工挣钱。由于医疗知识缺乏，经济拮据，看病不便，所以老牛湾村民身体稍有不适并不在意，只是自己吃点去痛片、感冒类的常用药，这样常常将小病拖为大病，大病拖为重病。在课题组 2007 年调查的 209 人中，长期病史患者有 19 人，占 9% （见表5－8）。

表 5－8 老牛湾村村民患病情况

单位：岁

序 号	性 别	年 龄	疾病类型
1	男	41	哮喘
2	女	85	无自理能力
3	男	53	腰椎残疾
4	女	65	高血压、胃病
5	女	32	重症肌无力
6	女	35	眩晕
7	男	79	前列腺炎
8	男	55	腰肌损伤
9	男	81	耳聋、健忘
10	女	80	气管炎
11	男	48	肠膜炎
12	女	43	腿疾
13	女	44	心脏病、高血压
14	男	78	腿疾
15	女	71	腿疾
16	女	66	高血压、糖尿病
17	男	50	腰腿疾
18	男	50	心脏病
19	男	64	腰椎间盘突出

资料来源：根据调查资料制表。

由表5－8可知当地村民患高血压的有2例、心脏病2例、糖尿病1例，其中1人同时患有高血压、糖尿病，1人同时患有高血压、心脏病，此类患者共计4人，可谓较少。患呼吸道疾病有2例，1例为哮喘，属先天性疾病；另1例为气管炎，患者年龄80岁，应属老年人常见疾病。还有1例重症肌无力患者，患病原因不详。1例腰残疾患者是因意外事故砸伤导致残疾。数据显示，村民患腰腿疾病的较多，计患有腿疾、腰疾的有4例，此外还有腰椎间盘突出1例，腰肌损伤1例，此种疾病与患者长期从事繁重的体力劳动有关。此外，村中有一位79岁老人患有严重的前列腺炎，一位85岁老人无生活自理能力，皆因年老患病或丧失劳动能力。综上，都是常见病，多发病，而且为患者所了解。

然而近年来，老牛湾村重大疾病共发生11例，多在表5－8中未能显示，其中肺癌居首位，共4例；其余胃癌1例，肝癌1例，尿毒症1例，高血压、糖尿病人1例，心脏病手术2例，胰腺癌1例。在11例重病患者中，2例心脏病人在北京、呼市附院手术成功，病人已康复；其余9例中去世7例，另2例病危。这9例都是发现较晚，错过了诊疗的最佳时期。

L某（男，59岁），2008年自觉头痛不适，未能及时就诊，仍坚持干重体力活。2009年4月，头痛加剧，遂去呼市医院诊断，已属脑癌晚期，并扩展肺部，无法治疗。所以，表5－8所说长期病史患者19人，只是表象，尚有数目不明的疾病患者依然未能引起本人或家人的重视，其原因与村民的经济状况和医疗条件有极大关系。可见，实际患病人数要高于调查所得，说明所谓的“小病”在没有发作时，无法得到足够重视与早期治疗。

二　医疗条件

老牛湾村没有卫生室和药店，营盘峁行政村也没有，最近的医疗点是距村9公里的单台子卫生院。该院现有医务人员3名，其中，中医师2名，临床主治医生1名，无护士、药剂师、辅助专业技术人员。2007年，政府投入20万元，新建办公室170平方米，维修旧办公室160平方米，卫生院容貌焕然一新（见图5－7）。并新增200mA X光机1台、三导心电图机1台、台式B超机1台，但因无专业技术人员，这些仪器只能闲置，不能发挥应有的作用。如有患者前来就诊，卫生院大夫只是采用传统的“望、闻、问、切”等诊疗方法。大夫最常用的器械也就是体温计和听诊器、血压计。

图5－7　单台子卫生院（摄于2008年10月25日）

按上级规定，单台子卫生院是一所以妇幼保健和防疫为主的综合性医院，由于人口居住分散，交通不便，幼儿基础免疫只能采用巡回接种的方式，家长从不主动到卫生院接种，因而医务人员走村串户，工作量极大。农民很少体检，2007年单台子卫生院为农民组织过一次免费体检，有500多人参加，共查出乙肝病人2人，胆结石、胆囊炎80多人，卵巢囊肿10余人，肾囊肿2人。

2008年以前，医生的工资由县财政拨付60%，医生行医售药的收入归自己所有。2008年以来，分管妇幼保健和防疫工作的医生工资由县财政全额拨款，其他医生只拨70%。除此之外，再没有其他经费，药房没有周转资金，采购药品全由本卫生院的三个大夫集资，业务收入作为办公经费。到单台子卫生院看病，不需要挂号、划价等手续，直接找到大夫诊断配药。医院也不收其他费用，只收药费，药费按进价加30%的利润计算。

单台子卫生院不具备住院和相关治疗的条件，所以只能诊治一些常见病，如感冒等。如有其他稍重的病人，医生则建议到清水河、呼市检查，而老牛湾村距县医院60余公里，至呼市各大医院更达160多公里，所以，一旦有了突发性疾病，往往耽误了治疗。老牛湾村民有了病，若久治不愈，多数直接到内蒙古医院、内蒙古医学院附属医院检查治疗，到清水河医院看病的主要是妇科病和简单的外科小手术。也有好多一般的慢性病患者先在单台子卫生院看，不见好就去清水河的几个私人诊所找中医看。

医疗条件的落后给村民的身心健康和家庭经济造成了直接的危害。老牛湾村民W某（女，70岁），患有糖尿病和高血压，性格开朗，也参加日常劳动。2009年3月，因感冒症状加重，家人遂告知县医院120急救中心派车抢救。当救护车载着病人驶离老牛湾村约10公里，病人已辞世。

据了解，医护人员到家检查时，老人已出现血压下降症状，当为心衰的征兆，应静躺急救，再送医院。因救护车上缺少必要的急救设备，只得驱车上路，而路途的颠簸加剧了老人的病情。

三　疾病治疗

老牛湾村有许多种中药材，如远志、柴胡、车前子、蒲公英、荆芥、麻黄、甘草、枸杞、金银花、苍耳子、射干、百合、黄精、知母、大黄等。多年的生活经验，村民们也了解了一点中草药的常识和一些小杂病的治疗方法。有个头昏脑热、咳嗽肚疼什么的，就自己治疗，或者挑针、按摩、拔火罐，或者煎服一些自制的药材，一般的小毛病用土方法治疗有时也是很见效的。

中老年人疾病频发，平日感觉身体有轻微不舒服，也不当一回事，他们认为扛一扛就没事了。如果扛不住就照说明服点自备的感冒药、止痛片一类的药品。再不行就叫村里备有针剂的村民，过来打几针。因为看病不方便，大多数村民家里都备有常用药，还有些人家备有一些治感冒的针剂，以备急用。老年人行动不便，生病后自己治疗不见效，就打电话请卫生院的大夫到家里来看病。大夫出诊也没有交通工具，只能徒步或骑摩托车。

如果打针吃药不见效，村民们就会怀疑是否触犯了神灵和鬼怪，于是就请当地的阴阳先生和顶大仙的问病，确属“邪病”，阴阳先生或大仙会给出一些治疗的方法，或者上香、点灯、敬神，或烧纸钱送鬼，服符镇邪。据调查，大部分村民对这种看病的做法并不十分相信，但在药物治疗无效的情况下，只好抱着试一试的心态，也就是“病急乱求医”。

四　医疗政策

百姓看病难是当今中国社会的普遍问题，这种情况在贫困地区的农村更为突出。老牛湾常住的中老年人，大部分家庭收入不高，医疗费成为老年家庭的主要支出项目，如果有了重大疾病就会给子女们带来沉重负担。当老年人知道自己病情严重时就不再治疗。当地人说，“没甚别没钱，有甚别有病”，深刻反映了村民在疾病面前的艰难处境。单台子卫生院不具备住院和相关的治疗条件，一般的慢性病患者都是配好药回家服用，重大疑难杂症要到呼市检查才能确诊。这对没有多少文化又从不出远门的村民来说有很大的困难，语言不好沟通，到了城市行走不便，进了医院不懂得怎样办手续，所以必须找一个经常跑外的有文化的人作陪。村民们最希望能在家门口看病，既方便又放心。台子梁村曾经有一位村民到内蒙古医院看病被人骗走6000元，给患者物质上造成巨大损失，精神上带来很大打击，不啻雪上加霜。

2006年新型农村合作医疗制度启动以来，老牛湾村民大多数参加了医疗保险，但真正享受到实惠的却很少。按政策规定，只有在住院的情况下才能享受医保待遇，并且基层住院治疗的，报销高于县、市、自治区高等级的医院，等级越高，报销比例越小，如乡镇卫生院住院报销高出县级医院10%，2009年最高可按75%报销。但事实上单台子卫生院无法有效医治疑难杂症，况且如遇重大疾病，治病要紧，哪里谈得上逐级去检查。同时，村民们普遍对合作医疗政策和相关报销手续不清，看病费用往往因不符合要求而难于解决。Y某（女，32岁），2007年突感全身无力，基层卫生院难于确诊，于是到呼市大医院治疗，花费数千元，仅报销200余元。所以村民们对合作医疗的保障作用感受不深，反应很平淡。至于对那些常年吃药而又无须住院的老病号来说更是没有一点帮助。

2009年5月，本次社会调查统稿再次征求意见时，单台子卫生院杨院长告诉调查组，清水河县从2009年开始实行慢病救助政策，凡是在各级医院门诊治疗的医药费，均可报销30%左右。这一政策的出台对于边远山区的老牛湾村民来说，应该是能减轻部分医疗负担的。

第四节　生育

一　生育观

中国人自古就有多子多福的观念。尤其是重男轻女的思想根深蒂固，“不孝有三，无后为大”，每个家庭都希望有个儿子来传承子嗣。计划生育的基本国策实行二十多年来，在农村，“多子”的观念渐渐淡化。但是在每家只能生一个孩子的情况下，还是希望生男孩。老牛湾村民常说：“养儿防老，种地纳税”，生出的女儿是人家的，只有男孩才指望得上。至于是否因此会造成男女比例失衡，人们觉得这个问题离自己很远，从不为此担心。

在老牛湾村，也有的家庭愿意只要一个孩子，但是仅占少数。老牛湾地少人多，不需要太多的劳力。收获的农副产品常常不够家庭的消费，一般还需要家中的主要劳动力出外打工，收入用于购买食品衣物和其他生活支出。一些村民似乎看到了人作为消费者的一面，认为一个孩子的花费少，父母的精力可以集中在孩子身上，真正做到优生优育。

绝大多数家庭希望要两个孩子，而且最好是一男一女。原因是：(1) 一个孩子有些孤单，希望再生一个和第一个孩子做伴。(2) 年老有依靠。一个孩子成年后若生活困难，就无力赡养老人，多一个孩子多一分希望，负担相对会减轻。(3) 对男孩和女孩各有喜爱。头胎是男孩的话就想再要一个女孩；若头胎是女孩则想再生一个男孩。(4) 有的家庭知道农村劳动力的重要性，则生了女孩后仍想要一个男孩，可以为父母分担一些农活。(5) 传统观念的影响。儿子是根女儿是叶，认为儿子才是传后人。头胎是女孩的话，则更迫切想要一个男孩。在老牛湾村，像这样有一男一女两个孩子的四口之家很多。

也有少数的几家有三个孩子。生第三胎的原因是：头胎、二胎都是女孩或都是男孩的（见图 5－8）。

图 5－8　村童（摄于 2004 年 5 月 7 日）

二　计划生育

1981 年，在生育调节方面，规定了生二胎的条件，第一胎死亡或因残疾不能成长为正常劳动者的；不孕夫妇抱养他人一孩后自己又怀孕的；重组家庭，双方只有一个孩子，本人要求生育第二胎的。奖惩方面，对独生子女家庭，给予物质奖励和其他方面特殊照顾。对于符合生育二胎的家庭，妇女生过二胎后，由乡卫生院动员做绝育手术，并给第二胎分粮、上户口。超生者给予经济处罚以及行政、党纪处分。一般妇女做绝育手术的多，男的做得少。

1984 年以后，加重了处罚程度。在避孕方面，当时采取的是吃药和做绝育手术两种方式，且做绝育手术者居多。但是在具体做动员工作时比较困难，一方面，有人受传统观念影响，即使被罚款也希望多生；另一方面，当时在农村有做了绝育手术后会丧失劳动能力的误传，而且村里确实有一实例，做完绝育手术后多年腰疼、无力，不能劳动。所以计生工作开展不太顺利。

三　生育卫生

1. 避孕措施

现在分为吃药和上环两种形式。吃药居多，原因如下：(1) 对戴避孕环有畏惧心理。(2) 大多数妇女希望再生二胎，担心上环会对生育有影响。(3) 有的妇女身体不适宜戴环。乡卫生院免费为村民发放避孕药物，但人们因为害羞，几乎没有人去领取。

2. 孕期检查

当妇女确认自己怀孕后，一般不去医院做检查和保胎，只有出现落红时，才去医院进行补救措施。怀孕期间只是注意不干重活，避免受凉，其他与正常无二。

3. 生育

由于交通不便，有些妇女来不及去医院，就请接生婆过来，在家生。接生婆会准备一些止昏药和消炎药。村里没有因为在家生而出现危险的，费用只需 200～300 元。大多数妇女为了安全起见，快要临产时就住进乡卫生院或县医院。顺产的费用约 1000 余元，剖宫产 2000～3000 元。

4. 幼儿防疫工作

婴儿出生后应该打的防疫针，村民都不甚了解，也不主动去乡卫生院咨询。村民们表示，如果乡里有这方面的倡议和组织，他们还是愿意给孩子做防疫的。

四 风俗

婴儿出生后，一般由娘家母亲伺候产妇坐月子。孩子的娘娘（奶奶）和老娘（姥姥）都要准备小被褥、衣物、奶瓶等。坐月子当中，产妇尽量少下炕，要注意保暖，头戴帽子，耳塞棉球。过去饮食的规定较严格，只能吃豆面和小米稀粥。现在可以吃鸡蛋、羊肉、鸡肉、面条、小米粥等，但不能吃猪肉、水果及凉的食物。其次要注意不能生气、不看书及电视。产妇的家人也要注意不能太晚回家，当地人迷信晚归的人会带回鬼怪，惊扰孩子。

婴儿过满月时，娘娘家要大摆宴席，请亲戚朋友来祝贺。这天，要给孩子第一次剃头。请风水先生根据孩子的生辰八字起名。

孩子过“百岁岁”（婴儿出生满一百天）时，老娘家人来和娘娘家人一起祝贺，老娘为孩子买长命锁，交给娘娘保管。

1周岁生日时，在娘娘家单独过。这时，娘娘取出长命锁，给孩子戴上，将锁锁上。娘娘保管钥匙。

12岁（虚岁）生日当地称为“圆生”。娘娘家要宴请亲朋好友。用白面蒸十二生肖馍馍，用红线穿成一圆环形，从孩子的头顶套上，也有用白面捏成的莲花帽在头上戴一下，意指经过了12个属相年。娘娘取出长命锁的钥匙，为孩子打开锁。

第六章　社会生活

第一节　饮食

一　食物结构及主食种类

（一）食物结构

老牛湾经济上以外出务工为主，农业收成主要满足农户日常所需。目前，个体养鱼、捕捞已由于旅游业兴起而发展。因所处地理位置和经济类型的特征，决定其食物结构和食物种类呈现出一定的地域性特点。据李润升老人回忆，过去老牛湾人生活过得很苦，那个时候人们挖苦菜回来煮熟、沤酸，放到稀饭里和着吃；把榆树皮扯回来、磨下，与糠和在一起用开水煮熟就可以吃；把黄芥叶子煮熟拌汤吃或搅在粥里面吃；有时人们还把苜蓿草、沙蓬、沙椒煮熟了吃；把高粱面与糠和在一起，蒸成糠片片、糠粑粑吃。穷人家还会把山药蔓子磨成面吃。在那个时候能吃上玉米面饼子，已经算是好的了。

日子好过一点后，早晨一般吃小米稀饭，中午吃糜米粥，晚饭多吃中午的剩饭，好人家糕也只能偶尔吃上一次。

当时土豆产量低，也很少种土豆，人们舍不得用山药磨粉面，所以人们吃不上粉条（见图 6－1）。后来土豆品种改良、使用化肥后，种土豆的人才逐渐多了起来，粉条逐步成为日常食品。万家寨水库蓄水以前，人们在河道里种白菜、萝卜等蔬菜，作为主要副食。据村里人讲，中华人民共和国成立前在河道里还常种鸦片，用来出售。

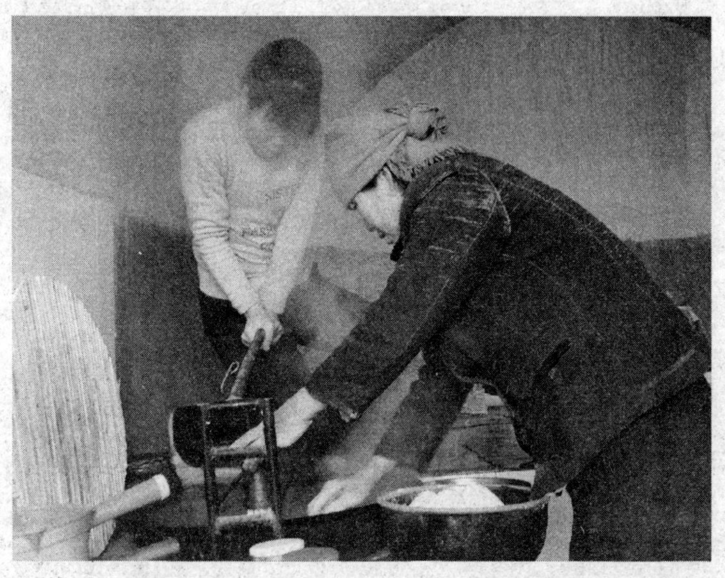

图 6－1　压粉条（摄于 2008 年 2 月 4 日）

现今老牛湾的生活水平有了很大的提高，为了将食物结构及种类进行分析，抽样调查的 20 户村民家庭 2006 年食品消费情况如表 6－1 所示。

表 6-1　20 户家庭年食品消费表

单位：元，%

品　种	大米	白面	莜面	禽蛋	肉类
20 户消费总数	3635	5230	1022	2220	6290
平均数	181.75	261.5	51.1	111	314.5
百分比	13.85	19.93	3.90	8.46	23.97
品　种	蔬菜	糕点	豆制品	奶食品	消费总额
20 户消费总数	1850	2115	1375	2500	26237
平均数	92.5	105.75	68.75	125	1457.85
百分比	7.05	8.06	5.24	9.53	100

资料来源：根据调查资料制表。

从 20 户村民年消费统计可以得出，谷物类消费总额占总消费额的 37.65%，其次为肉类占 23.97%、奶食品占 9.53%、禽蛋占 8.46%、蔬菜占 7.05%。由此得出老牛湾村民食物结构为：以谷物为主，肉类为辅，奶食品、禽蛋类及蔬菜类只占总比重的 10% 弱。从来源上看大米、白面、莜面本村不种，全靠购买；奶食品靠购买；其余则自产与购买皆有。另外，年消费统计中，小米、糜米、黄米、马铃薯等因系自产自销，无需村民花钱购买，所以均未列入。由此，谷物类消费比重远大于前述的 37.65%，食用的素油等也是如此。

（二）主食的种类

老牛湾农作物种植种类主要有糜子、高粱、玉米、谷子、黍子、荞麦、马铃薯、黄芥、臭芥、黑豆、绿豆、豇豆、豌豆等。基于农作物的种类不同，食用方法也各异。

本村高粱在艰苦的年代里有过做“拿糕”的吃法。据村中人讲，那时有硬高粱和软高粱（黏高粱）之分，硬的用来做窝窝，软的则做成糕。现在本村高粱的种植规模较小，果实全部用来喂羊、喂猪。玉米的种植和使用也与高粱类似，由于“靠天吃饭”，产量不高，大多小块种植，以喂牲畜为主。

糜子的食用方法，碾成米称“糜米”，可蒸饭煮粥（主要做酸粥）；磨成面叫“糜子面”，可做窝窝或凉粉。另外糜米又做“炒米”，将糜米炒熟后，用热水泡着吃，这成为放羊人的便携食品。

谷子、黍子是老牛湾两大特色食品即酸粥、油糕的主要原料。酸饭的原料有谷米和糜米两种，现在也有用大米和糜米来做的，食品有酸汤、酸粥、酸捞饭之分。谷子颗粒较小，产量比糜子要高，吃法与糜子基本一样，去皮后在北方一般称“小米”。做成面的也有，但少之又少。一般多用来煮粥。老牛湾的早点多吃小米熬制的稀粥，再配上几碟自己腌制的咸菜，多以芥菜和芋头为主要原料。也有的人家用谷米煮饭，当地人称“小米饭”，还可和大米一起煮，做成“二米饭”。在往锅里下米时要先放大米，因大米相对于小米不容易煮“烂”，同时放进的结果是小米成粥了，大米刚刚好，调整放米的先后顺序，这也是人们在实践中得出的经验。现在村里又多了“小香米”的种植，这是谷米的一种，由于产量低，现在种植面积不大，但有口感好、营养价值高的特点，人们也在逐渐扩大种植规模。

与谷米不同，除了五月初五用来做凉糕、过端午节外，黍米恰恰以做成面食为主，去皮碾成黍面，因颜色较黄，人们常称“黄米面”。将黍面加水拌匀，撒在箅子上蒸熟，乘热和软，捏成小饼，即为“素糕”。素糕用素油炸后，即为油糕。根据口味的不同，在油糕中可包馅如：土豆丝、豇豆馅、红糖等。

老牛湾不产莜麦，而在调查中发现，在饮食消费上莜面占3.9%，因此人们吃莜面多用其他粮食换或购买。据韩占宽讲，在当地吃莜面有“三熟”之说，即“炒熟”“烫熟”“蒸熟”。“炒熟”是指新收回的莜麦，由于其韧性过大，要先放在热锅里炒，使其变硬以后，再碾成面。“烫熟”是指在做莜面时要用开水和面，这样做出的莜面口感比较好。“蒸熟”是最后一道工序，用手将莜面搓成“条状”或“窝形”放在锅里蒸熟即可食用。这样做出来的食品叫“莜面鱼鱼”或“莜面窝窝”。在吃的时候用大号尺盘盛满放在桌子中间，每人一碗汤，夏天一般是凉汤，主要配料是黄瓜丝、芝麻、韭菜。冬天一般吃热汤，主要是羊肉和猪肉汤两种。葱、香菜、蒜是必不可少的配料。无论凉汤还是热汤，老牛湾人吃莜面时都要放上点辣椒，当地人讲：“莜面没辣子，等于喂了下巴子[①]”，足见辣椒在吃莜面时的重要。

荞麦村中种得很少，多在天旱的时候补种，因其成长周期仅70~80天。主要做成面食食用，种类有“圪团”和“面条”两种。圪团是将面和得硬一点，让面醒上5~6分钟，准备一碗干面，用手从面上揪下一小块，搓成条状，再用大拇指从条状的面上一块块地向下揪，将揪下的小块顺势捏成“猫耳朵”状。然后把做好的圪团放在事先准备好的盖帘上，为了防止粘在一起，可以先撒一点干面，面和得过软也多用放干面来解决（见图6-2）。整顿饭做下来

① 据当地人讲，“下巴子”指的是狗。

很耗时，因为揪一次只能做一个“圪团”；好一点的主妇可以两个手同时做，即使这样一顿饭下来也得个把小时。做好的圪团放在水里面煮熟，然后浇上事先准备好的汤，配料与莜面汤相近。当地人称“油荞面，醋豆面”，意指在做汤时荞面要油大，吃豆面时要多放一点醋。可见两种面的配汤还是小有区别的。

图 6-2　捏荞面圪团（摄于 2007 年 8 月 31 日）

豌豆磨成面，叫豆面。豆面可做成面条或饸饹，饸饹是将和好的面放在特制的工具里压成条状，浇汤食用。过去面条多由人工用木制的“擀面杖”手工擀制而成，现在有专门的面条机，相对人工省时省力。据村里老人讲：过去女人坐月子一般多吃豆面，因豆面利于消化，下奶快。还有在老人过生日时吃豆面，因豆面条可以做得很长，为了取“长寿”之意，叫长豆面。此外，过节也吃，如正月初七“人日”、二月初二“龙抬头”等。

马铃薯在村里家家都种，是老牛湾村人最主要的食物，每顿饭离不开它。从自然原因看，本地适于马铃薯生长。另外跟老牛湾人的饮食也有密切的关系。首先，人们在做酸焖饭时多放入土豆，作为副料。其次，切成块状的土豆，是做烩菜必不可少的原料，因烩菜是老牛湾最常吃的菜类之一，故土豆地位也随之升高。最后，土豆可直接放在锅里蒸食，口感又好，也可充饥。

二 副食及饮品

（一）副食

副食方面先要提到的是肉类。肉食的来源有两个：一个是购买。从表 6-1 可以看出，在 20 户抽样调查中，肉类消费总额为 6290 元，占总消费额的 23.97%，居消费总额的第二位。另一个来源是家庭养殖。为了便于分析老牛湾肉食消费，现将 2007 年全村部分家庭家畜、家禽养殖数量及出售与消费情况统计如表 6-2 所示。

表 6-2 老牛湾家畜、家禽出售与消费对比[①]

养殖种类	猪（口）	绵羊（只）	山羊（只）	鸡（只）
自用	16.5	12	24	119
出售	7.5	84	34	16
养殖总数	25	122	58	145
自消所占比重（%）	66	0.98	41.3	82.1

资料来源：根据调查资料制表。

① 其中一口猪病死，计算在总数之内；另一口猪自用一半，出售一半，故出现 0.5。26 只绵羊为卖毛和卖羔未计算在销售只数内。10 只鸡用于产蛋，计算在总数内。

从表 6-2 可以看出猪肉有 2/3、羊肉近 1/3、鸡肉 2/3 以上用于自家消费。在肉食比重中猪肉所占比重最大，据村民讲："一年到头就吃这一口猪。"一般在小雪一过，大雪快到时村里面开始杀猪，这样便于贮藏。据 2007 年调查，当时村里有冰柜 20 台。由于贮藏设备缺乏，杀猪后一般将猪肉切片炼油或做成红烧肉放在瓮里贮藏，供给一年食用。

豆制品也是老牛湾副食消费的重要组成部分，虽然据表 6-1 在消费支出统计中仅占总比重的 5.24%，但实际在豆制品消费中有很大一部分是靠自制或用豆子来换取，这些在消费支出中并没有显示。1950 年左右做豆腐在老牛湾已经出现，至今白维柱还有一台当时的小石磨。据他讲："石磨是由当地石匠所凿，价钱为每个 3 元钱。"有专门从事打制石磨的石匠，又有明确的价钱，可以推断在 1950 年前后制作和出售石磨是经常性的事情，因此豆制品消费在当时也应该是普遍的。至今老牛湾人豆制品的消费也是占一定比重的，这通过 2004 年白婵柱家购买了一台 670 元的电动豆腐磨，可以从侧面有所反映。

禽蛋、糕点、奶食品在消费品中所占比重均低于 10%。在调查中，除了有 10 只鸡可提供禽蛋外，并未发现奶牛的养殖及专门做糕点的农户，由此可见这三种副食品主要靠购买，对于经济收入不是很高的老牛湾村民来说，这就限制了对这三种食品的消费。糕点在早些年只有在逢年过节的时候才能吃上，走亲戚看长辈时作为礼品。随着经济的发展，吃糕点已不是什么稀罕事，想吃的时候即可去商店里买。但在老牛湾糕点的消费还是很少，据石玉山书记讲，只有在八月十五时，才会吃月饼。在老牛湾，人们吃糕点一般去单台子、清水河购买，或自己带料去专门的点制作，或用料换取。至少在调查时，村里商店中并没有发现有糕点出售。村里所吃的糕点主要是以白面、糖、植物油为主要原料做成圆形的厚2~3厘米的饼，中间可以放一点豆沙或红糖做馅，即所谓的月饼。若在早点时食用，用小米做稀饭，糕点放在锅里热一下，方便省时，基本充当了干粮的作用。奶食品方面，老牛湾消费的是少之又少，只有在坐月子或有人生病时，作为礼品送上一箱牛奶，平日里没有人家喝牛奶。少数有冰柜的家庭，有时会买一盒雪糕冷冻，给孩子吃。

蔬菜消费。夏天时蔬菜的种类较多，一方面是来自购买，从表6-1可以看出，蔬菜类消费占到总消额的7.05%；另一方面老牛湾大多数村民家里都有自种的菜园（见图6-3）。现将随机调查的20户村民庭院种植面积及种类统计如表6-3所示，以供参考。

图6-3 园圃（摄于2007年7月22日）

表6-3　20户家庭庭院种植面积与蔬菜种类

单位：平方米

户　数	种植面积	种植种类
1	30	黄瓜、茄子
2	30	黄瓜、茄子、西红柿
3	庭院石板缝种	香瓜、南瓜
4	30	黄瓜、西红柿、葫芦
5	18	黄瓜、西红柿、豆角、辣椒
6	18	西红柿、玉米
7	0	无
8	67	黑豆、青椒、豆角、黄瓜
9	0	无
10	10	青椒、黄瓜、葫芦、麻籽
11	0	无
12	30	西红柿、豆角、葫芦
13	180	黄瓜、豆角、辣椒、西红柿
14	0	无
15	19	西红柿、黄瓜、苦菜、豆角、辣椒、
16	12	西红柿、葫芦
17	66	西红柿、黄瓜、葫芦、豆角、西瓜
18	60	豆角、西红柿、黄瓜、葫芦
19	10	西红柿、黄瓜、辣椒
20	16	黄瓜、西红柿、辣椒、豆角

资料来源：根据调查资料统计。

表6-3显示，黄瓜种植最多，依次为西红柿、豆角、青（辣）椒、葫芦等，可见食用期长的蔬菜种植较多，以满足相当时间内需求。

冬季蔬菜的种类较单一，主要以秋储的白菜、土豆及自家腌制的酸菜为主，年节吃新鲜蔬菜一般乘车去单台子购买或让班车司机到清水河捎回。

因靠近黄河，在年节或有客人来的时候，老牛湾的餐桌上也少不了鱼、虾，这是待客的佳肴，尤其野生鱼类最鲜美可口，其价格也由于游客增多而趋于昂贵。现将当地黄河捕捞的鱼、虾种类及时价统计如表 6－4 所示。

表 6－4　2007 年老牛湾水产种类及价格统计 ①

单位：元/斤

种类	鲤鱼	鲫鱼	鲢鱼	草鱼	鲶鱼	虾	武昌鱼	白条
价格	30～70	3～5	20	5	100～120	5	5～7	3

资料来源：根据调查资料制表。

据 2007 年统计，老牛湾共有 6 家从事专业养鱼和打鱼。养鱼主要靠在黄河里放网箱养殖，打鱼多以机动渔船出河，撒网打鱼。也有的村民自家有小渔船，夏季在黄河里撒网打鱼，或将网撒在河中，用空瓶或其他悬浮物将其中几点悬起，另外两角固定在岸上，过几天去收一次网，有时也收获颇丰。据村民讲：冬季时凿一个冰窟窿，将小点的网放下去，过两三天去取，也能捞到鱼。“靠山吃山，靠水吃水”，人们所能想到的办法也大抵如此。鱼的种类很多，人们捕鱼的方法也不少，但人们大都舍不得吃鱼，多用来送礼或出售。据村民讲：“养鱼的不吃鱼，吃鱼的不养鱼，打鱼的少吃鱼。”

（二）饮品（酒的销路）

据现年 78 岁的赵六十二老人讲：“过去，村里面在河湾有一家‘缸坊’（酿酒的酒坊），名叫四海泉。当时主要

① 老牛湾所养鱼类以鲤鱼为主，网箱鲤鱼价格在每斤 20 元左右；另外野生武昌鱼苗为万家寨水库所放养。

是用高粱、谷子酿酒，人们家里穷一般喝不起，酒多销往外地。日本侵华期间，封锁交通，酒坊无法经营，也就倒闭了。”在抽样调查的 20 户中发现，现今村里主要饮品以白酒和啤酒为主，饮茶主要是消费本地区出产的山茶[①]（见表 6－5）。

表 6－5　抽样调查 20 户家庭年饮品消费

单位：元,%

种　类	白　酒	啤　酒	茶	总　额
消　费　额	6170	2800	240	9210
户消费均额	308.5	140	12	460.5
所占比重	67	30	3	100

资料来源：根据调查资料制表。

2007 年在村内一家小店调查，较为高档的白酒有，原产山西的“盛事兴”、精装的“一见钟情”，价格 10 元/瓶；其他主要是产于呼和浩特，价格为 10 元/瓶的“呼白王”。啤酒为 2 元/瓶的中彩、塞北星或燕京。从商店存货看有 3 箱 10 瓶装“呼白王”、5 瓶“一见钟情”、3 瓶“盛事兴”、2 件啤酒。据店主讲：“进货是每月一次，月底没有存货。”我们采访是在 8 月中旬，大概估测当时老牛湾村民仅在这一家小店月消费白酒不低于 80 瓶、啤酒 4 件。据调查，人们常喝的白酒是产于清水河的“圣泉”散白酒，价格有 3～5 元/斤、7～8 元/斤不等，大多数人选择前两种。另外在有宾朋时，也能见到杏花村、老泥窖、清河窖酒。

① 山茶，是用野生药材黄芩焙干加工制成的，有清热解毒的功效，为清水河传统茶饮。

三　风味特产及制作

（一）风味特产

老牛湾三大特色食品：酸粥、油糕、大烩菜。

酸粥又称“纤夫之饭”。据村里的老人讲：早些年老牛湾的壮劳力主要靠跑河路做纤夫来养家糊口，随船要带路上的食粮。当时码头少，拉船又没有固定的落脚点，只有到了岸才能支锅做饭。而且当时的船是敞船，随船带的粮食雨淋日晒很容易发霉，那个年代粮食少得可怜，人们舍不得扔，就将酸了的米做成饭来吃，吃起来酸酸绵绵的，味道口感都别具特色。此后吃酸粥就在纤夫中传开，进而酸粥的做法也带回了老牛湾。早些年酸粥在老牛湾每天都吃，一般在早点时食用，中午则吃酸饭，现在是两三天吃一次，用老乡的话说：“隔几天不吃，想得不行”。

油糕又称炸糕，是老牛湾第二大特色食品，村里大部分人说不出吃法的来历。据村里较有文化的人讲：“老牛湾饮食文化90%来自山西，油糕的吃法是由走西口的山西人带来的。”山西偏关县与清水河老牛湾一衣带水，所以此种说法有一定的道理。老乡讲：“油糕在早些年是较好的吃喝，人们只有在过年过节的时候才能吃上一顿，现在生活好了，什么时候想吃就什么时候做。”

烩菜在内蒙古西部是较普遍的吃法，除年节或有客人来时做一些炒菜，在日常生活中老牛湾冬春两季的午餐吃的菜全部都是烩菜，夏秋季也常吃，只是烩菜的种类不同。据调查，烩菜如此受欢迎的原因在于：（1）农忙季节，人们做饭时一般以省时为最佳，而烩菜较炒菜工序要少得多，菜切好、料放匀、水适中，放在锅中加热即可，基本饭好了菜也好了。（2）北方天气相对寒冷，村里又无暖棚，冬季能吃到的菜很少。以秋季储存的白菜、土豆和自家腌制的酸菜为主，辅以粉条、豆腐，是冬春时节的主要菜蔬。由于吃菜种类受限，不适宜做炒菜，故多以烩菜为主。

（二）风味制作

1. 酸粥

做酸粥首先要有“酸浆”，浆子由土豆丝或糜米加水高温发酵而成。村里面一般将土豆丝或糜米加水后放在罐头瓶中，密封发酵。过去村里面家家都有浆子，现在吃酸粥较过去少了，做酸粥时没有浆子的一般去其他人家里借用。做酸粥的主要原料是谷米或糜米。将去皮的米加水放在锅中煮沸，把事先准备好的浆子（只放汤）放入锅中搅匀，继续加热待再次沸腾时，从锅中取一些汤将存储酸浆的瓶子重新填满，以备下次再用。余下的米烂后汤变稠，这种米与汤混合的吃法即称酸粥。亦可待米烂后用笊篱捞出，放在篦子上稍稍蒸一下，这种米与汤分开食用的做法叫做酸饭。

2. 油糕

做油糕的第一步是做糕。老牛湾做糕的主要原料是自产的黍米，先将黍子去皮后碾成面。过去村里有碾子，粉碎一类的工序都是由人工或畜力推、拉碾子来完成。现在碾面都去单台子加工点，机器出面速度快，省时省力，碾子也就渐渐被淘汰了。据说，机器出面不如石碾磨的好吃。有了黍面后，在锅中放入水，撑上篦子、铺好笼布，大火烧开。将干的黍面拌水少许，使其成颗粒状，乘水开时，逐层均匀撒在笼布上，一层发黄后，撒下一层，盖盖后再蒸十余分钟。糕面熟后，置于盆中，乘热用手蘸水握拳揣和，使面筋道。这时的糕人们称“素糕”，一般用刀切成小块蘸糖稀[①]、白糖、菜汤、肉汤食用。第二步将素糕包馅。油糕的馅一般是用红豆自制的豆沙，也有的用白糖、红糖、蔬菜（以土豆丝为主）做馅。第三步炸油糕。炸油糕用的油均为植物油，但不同地区所用油的种类也各不相同，老牛湾一般是用自种的黄芥、臭芥，去单台子油料加工点榨油或换油。把油放入锅中加热，把包好馅的素糕放入锅中炸至表皮发黄焦脆捞出，放在盆中待油控干即可食用。

3. 烩菜

从表6-3可以看出，老牛湾夏季庭院蔬菜种植的主要种类有：黄瓜、西红柿、辣椒、葫芦、豆角、茄子，因此烩菜的主要原料也来自于此。老牛湾主要以吃猪肉为主，一般先放肉或荤油，因夏季肉少，有时也加一些素油。然后炝入葱花、姜、花椒，再将备好的菜放进锅里炒一炒，加入酱油、食盐。水的多少据口味而定，盖上锅盖炖熟即可。做好的烩菜黏黏的，混杂着各种蔬菜的味道，根据个人的口味放一些辣椒或少加一点醋。冬季蔬菜的种类相对较少，主要有长白菜、圆白菜、土豆和自腌的酸菜及豆腐、粉条。因冬季家里一般要杀猪，所以这时主要吃肉和荤油，相对夏季油要大得多。

四　油、醋、酱的制作

1. 榨油

旧时老牛湾村民均食用油梁榨制的素油，据说香味浓郁，食之爽口。油坊在河湾村黄河岸边，5孔窑洞，其中3

---

① 用甜菜或胡萝卜熬成的甜汁。

孔放置油梁，是专门榨油的地方。该油梁长10米，以整根榆木为芯，其上以蚂蟥钉固定多根木块，呈高宽各1米的木方，重数吨，便于靠重量压榨出油。这是单台子一带最大的油梁（见图6-4）。

图6-4　老油梁（摄于1998年5月16日）

油坊共用5人，其中炒油籽1人，看水磨1人，扛油梁2人，收油籽付货和财务管理1人。油籽主要是臭芥、黄芥，麻籽很少。其加工过程如下：

（1）油籽需上大锅炒熟，闻之感到呛人，颜色发黑即可，随后倒入石仓晾凉。

（2）将熟油料放入水磨磨成粉状。该磨重达500斤，故磨出的油料细且均匀。

（3）磨下的油料抬入油坊石槽，两人用脚踩踏，使之均匀黏稠。然后用草绳一圈圈包好，成4~5垛，每垛重70余斤。搬入油梁一圆槽内，上下码放齐整。

（4）另一端2人以撬棍插入油梁端部孔洞，用劲上抬离开地面1.5米高。由于油梁支点靠近出油一端，所以自然重心前移，靠油梁上镶嵌的石板挤压油槽之间的油料。8个多小时内逐渐压出了又黄又香的素油，从石槽上出油口流入地下埋置的油缸。一般臭芥每斤换油0.25斤，黄芥0.3斤，麻籽0.25斤，每榨一斤油籽加工费0.10元。油坊每天可加工油料12斗，约360斤。

现在老牛湾村民说机器榨出的油远不如油梁的好。

2. 酿醋

冬闲时，将小米放到锅里熬熟，晾冷后将小米、糠搅拌好，放入瓷缸里加入曲，曲多买于清水河。用棉衣或小被窝包裹好瓷缸，放在热炕上，经常观察，少则10天，多则15天，味道变酸，倒入另一个瓷缸里。这种缸底的中间有一个小窟窿，上面压一块石头，慢慢地就压出清香的酸醋，是为淡醋。将醋缸置于室外，使其受冻，待表层水分结冰后去掉，随之又冻，如此反复至不结冰为止，即为陈醋。这种陈醋保存多年都不会变质。至今为了好吃，村里面依然有人食用自制陈醋。

3. 捂酱

做酱一般没有固定的时间，将红豇豆熬熟，放入瓷盆里，盖严，用被窝包好，使温度保持在20℃~25℃，过5~7天后发酵，晒干后磨成面状，就变成了酱面。食用时加入食盐即可。

第二节　服饰

一　服饰的变迁

（一）20世纪50年代前后的老牛湾服饰

对老牛湾村赵六十二老人采访后了解到，现在村里人在衣着上可以用“简单”来概括，无论在颜色、质地、样式上都很单一。颜色上以蓝、黑为主，当时一尺蓝色或黑色的布价格为0.7元，穷人家一般不买这种布，而是买0.6元一尺的白布，然后将布和颜料放在锅里煮，来给布料上色，颜料由跑河路的人带回来或去单台子购买。这样的布料可想而知，洗过几水后，蓝不蓝，白不白的就不成样子了。村里面少有的几户有钱人家直接购买蓝色的料子，在那个年代里穿在身上已是富有的象征。至于紫色的料子，只是听跑河路的人说起，包头人穿的是紫色的，村里面没有见过。质地皆为土布，以厚、硬、耐磨为主要特点，当时一件衣服老大穿完老二穿，强调的主要是结实程度，根本谈不上舒适。从样式上看，上衣男子多为中式对襟、女子穿大襟褂，下衣穿大裆裤，基本不分男女，以宽、大为主要特征，主要是方便干活。

帽子，春秋男子以戴解放帽为主，在接受采访时正值8月中旬，赵大爷还戴着这种帽子。夏季多戴四周有帽檐的草帽，防雨遮阳比较适用，也有戴白毛巾来遮阳的。冬季多戴狗皮、羊皮帽或兔皮帽，特点无帽檐、左右两边长可过耳，主要以御寒为主。女子夏秋多扎一方形头巾。冬季出门系棉围脖。在那个年代里，男女之间的穿戴并没有严格的界线，冬季寒冷的时候，女子一样可戴上大皮帽子。与美观、装饰相比人们更注重的是实用。

鞋，当时人们穿的鞋都是自家手工缝制的。把做衣服剩下的边角料，用糨糊一层层的粘起来做衬，一般都粘得很厚，被人们称为“千层底”。厚度达到后再以脚为参照，将底剪成脚的形状，而后再用自制的麻绳密密地缝起来，也叫“纳底子”。纳好以后再放在重物下压平，一双鞋底就做完了。鞋帮做法与鞋底类似，只是在厚度上要比鞋底薄得多。最后将底与帮用麻绳缝在一起，一双鞋就完成了。“千层底”穿在脚上轻便而且抗磨，拉纤、下地干活人们穿得都是这种鞋。小孩子穿鞋省，一般大的穿完小的还可以继续穿。但做一双千层底很耗时，人们开始寻找其他的代替品，一般多用废弃的轮胎来做，后来供销社里面也出售轮胎、塑料做的鞋底，买回来即可使用。同时也出现了不同质地的鞋面，当时最常见的是黑色条绒。冬季人们穿的鞋，多用毡子做成，当时村里面有擀毡的毡匠，为了保暖可以在鞋里垫上一些羊毛或狗毛（见图 6－5）。

图 6－5　毛毡鞋（摄于 2007 年 8 月 29 日）

服饰特点：（1）手工制作。据村中老人讲，村中没有专门的裁缝，人们也花不起钱去县城里做衣服或买衣服，所以当时衣服都是由自家的女人来做，好坏不论，能穿即可。（2）原料尽量自理。人们尽可能不花钱去购买，从用染料染布到用自制的麻绳纳鞋底，都充分说明了这一点。

(3) 制作频率低。村里的老人说，“穷人家一年到头就一身衣服”，以致有河路汉在五原半夜丢失衣裤而白天无法出门的事。那个年代人们家穷舍不得做新衣服，衣服穿破了打个补丁继续穿。孩子多的人家，老大穿完老二穿，所以很少做新衣服。(4) 颜色面料单一。多以黑、蓝为主，一衣一色较为单调，面料多为土布，无图案花纹。

(二) 今日的老牛湾服饰

随着生活水平提高，人们在穿戴上也有了很大改观。从颜色上讲，不再是单一的蓝、黑两种，各种颜色逐渐增多。2007 年 8 月，入户调查时在村中见到的不同年龄人所着衣服颜色统计如表 6-6 所示。

表 6-6　老牛湾服饰颜色统计

种　类	上　衣	下　衣
老人	天蓝、白、黑色	灰蓝、深蓝、土黄、黑色
中年人	白色、灰色、棕色、绿色	黑色、灰色、灰色
青年、儿童	天蓝、橙色、粉色、白色	浅蓝、灰色、黑色

资料来源：根据调查资料制表。

从颜色上看虽然可选择的种类在增加，但以种地为生的农民，平日仍以灰、黑、蓝为主要选择对象。

问及人们在 20 世纪 50 年代后至今穿过的布料有哪些，人们能够记起的有：口袋单、青细布、白洋布、紫银单、双面卡其、的确良等。“的确良”是一种化纤布料，不吸汗、透气不好，但最大的优点就是耐用和不褪色。而后人们能说出来的有涤纶、涤卡，这两种布料也以耐用为人们所熟知。呢子当时是一种富贵的象征，村里也有人穿过，颜色以军绿和蓝色为主。现在村里面料以棉布、化纤、混纺为主。

样式上，男式中山服、西服、夹克衫逐渐进入老牛湾，至今仍是主要服装样式。其中西服、夹克主要是中年人的服装样式，在外面读书或出去打工的青年人，多穿夹克衫，有的也穿休闲服。50 岁以上的老年人，依然以穿中山服为主。裤形上，喇叭裤、老板裤在村里也曾流行过，但至今村里面能见到的裤形以筒裤、牛仔裤为主，筒裤多为中老年人裤形样式，年轻人、小孩穿牛仔裤的较多。女式上衣，人们能回忆起的有青年装、女式两用衫，现在夏秋时节村里能见到的多为“V”形翻领单衣、女式夹克衫、女式牛仔上衣。冬季外穿半大羽绒服，颜色多以艳丽为主。裤形上，体形裤、喇叭裤也曾受到村中大姑娘、小媳妇的喜爱，紧身牛仔裤也是人们选择的种类之一。但这些裤形有的随着时间的流逝逐渐被淘汰，有的只是在闲暇季节穿一穿，大部分时间还是以较为肥大的筒裤为主。在村中调查时，除十多岁以下的小女孩外，并未发现有人穿裙子。

在帽子方面，冬季人们现在戴的主要是双耳棉帽，无帽檐两边可以放下护住耳朵、脖子，也可卷起用帽绳对系在头顶。毛线帽轻便、舒适、随意，中青年人戴得多些。夏天戴的帽子无太大变化，老人常戴解放帽，中老年妇女戴白色圆顶帽。变化较大的是女士头巾，在颜色、质地、形状上都比以前增多。颜色上，红、黄、绿、蓝及各种混合色彩、各种花纹、图案，可以说应有尽有；质地上，毛、棉、纱、丝、纤维都有。形状有规则的长方形、正方形，也有不规则的、加花边的、带穗子的种类齐全。在较冷的季节人们会戴口罩，颜色以白色为主。

鞋的种类相对过去更加齐全，夏季孩子们穿的主要是凉鞋，质地有皮、革两种，穿哪种视经济情况而定。此外，很多孩子穿运动鞋。老人们仍以布鞋为主，在采访过程中我们发现村中的老人皆穿布鞋，鞋面多为黑色细条绒、胶皮底（“千层底”也有少数发现），来源为商店购买。多数中青年人穿黑色、棕色皮鞋，在采访时以养鱼为业的赵兵穿的就是皮鞋。村中常见的鞋还有“黄胶鞋”，颜色为黄绿色，有高腰和矮腰之分，底软、轻便，适合下地干活穿用。各种运动鞋，轻便舒适、结实耐磨适合走山路，采访时借过老乡的鞋，就是黑色绿边的“大博文”。冬季穿棉鞋，也有不少年轻人穿皮靴，尤其是女性，多从集市上或商店里购买。

服饰特点：（1）服装以购买为主。1950年前后至今服饰制作发展过程是：手工自制→缝韧机半自动制作→买料由专门的裁缝制作→商店或物资交流大会购买，到现在以购买为主。（2）颜色齐全。告别了黑、蓝、灰老三色的历史，红、绿、黄、棕、橙各色在村中皆有发现，一件衣服上所用颜色多于一种且面料上出现各种花纹图案。（3）面料种类开始增加。毛、棉布、化纤、混纺作为面料在村中已占有重要地位。（4）服装样式不再单一。夹克衫、西服、牛仔服等已在村中普及。仅就穿着而言，中青年人与城市人并无太多区别，唯审美观或有区分。

二　服饰消费

20世纪50年代自己购买布料价格在0.6～0.7元/尺，据对有经验的裁缝采访：以1.7米的成人为例，做一件上衣所需布料为1.8米，做一件下衣所需布料为1.5米，共计花费为 19.8 元。后来出现专门的裁缝，做一件上衣（不计布料）的价钱在 10～15 元，一条裤子的价钱为 5～8 元。而今，衣裤绝大多数购买，价格上差别较大，多数村民选择几十元一件（条）的，兼顾经济、实用、美观。对老牛湾 2007 年 58 户服装消费年支出的统计显示，年支出最高的为 3000 元，年支出在 2000 元以上的有 4 家（含 2000 元），年支出在 1000～2000 元之间的有 15 家，年支出在 500～1000 元的有 6 家，年支出在 100～500 元的有 14 家，无支出的为 19 家。

第三节　住房

一　住房类型与建造

（一）类型

老牛湾现存最早的房屋类型为土窑，建筑年代不详，坐北朝南，正面以石头砌面，内由木楦子撑顶，宽 5 尺、高 6 尺、深 2.3 丈。据村中老人讲：过去人们建窑有的是“窑套窑”，最深可达 3.3 丈（见图 6－6）。现今老牛湾的房屋类型以石窑为主，调查的 58 户村民均为石窑。在村中也发现少数几家新开设饭店、旅店及行政村办公室为塑钢尖顶房，几家商店为预制板平顶房。

（二）建造

建窑的第一步是备石料。窑洞依坡而建，对地形的要求不是很严格，这正适应了老牛湾以山地为主的地形。人们在

图 6－6　庭院秋实（摄于 2003 年 10 月 25 日）

盖房前先选好一块地，确定所盖窑的间数，然后准备石料。据村里老人讲，盖一间窑所需石料为 8～10 立方米。虽然老牛湾盛产石料，在那个做什么都靠双手的年代里，准备石料也是一个艰苦而漫长的过程。过去人们采石所用的主要工具有锤子、撬棍、錾子，1980 年以后人们采石曾经用火药炸，近些年比较少用。因整个村子依山而建，无平直的路可走，当时运石头独轮车是较为适合的工具，但土路崎岖不平，村里面运石料的主要方式还是肩挑背扛。据调查，以后种方式一个壮劳力要三年（只在农闲时间采石）方能备齐三间石窑的石料，两间大约需要备两年。盖房是村中的大事，过去一般村里都相互帮忙，这两年我盖房你帮我，过两年你盖房我也帮你。相互协作，整体的力量要比个体力量大得多。过去帮工主人管饭、管酒，到 20 世纪 70 年代末人们开始雇工，当时盖一间窑不计备料仅垒窑需花费 40 元，备料、垒窑全包为100元/孔。现今，据16岁开始做石匠的韩占宽讲："一间石窑不算石料，手工费就得4000~5000元。"

第二步是在选定的土坡上挖槽，槽的多少视盖窑的间数而定，两间挖三个、三间挖四个，以此类推。老牛湾人盖窑多以每次起3间居多，以后逐步增建。槽的宽度，据槽所在位置而定，位于两边的宽度为4.5尺，位于中间的宽度为1.8尺。槽的深度为4~5尺，长为2.4~2.7丈，槽与槽之间的距离为8.5~9尺。

第三步将备好的石料填在槽内，石块与石块之间不用泥土黏合，石块与石块之间不能有大的缝隙，所以垒石是一项需要技术的活。在垒石料近窑洞高度的一半时，将槽与槽之间的土修成弧形，沿弧形摆石，一直到两边对接上为止，当地人称为"合龙口"，至此垒石工作结束。

第四步，将石窑内的土清空，倒至窑顶。

第五步，将石窑上的土层加厚至1米左右。石窑的前脸多由石头砌成，以水泥勾缝。

经上面五个步骤，一间冬暖夏凉的石窑就建成了。

另外，村中一律为简易旱式厕所，位置一般在院落外西南方向，15米到20米处，有的人家厕所和猪圈相邻。多为露天、不分男女，用青石板建筑厕所围墙，高度约1米，方便时半遮半掩，初到村里的城市人使用起来很是尴尬。村民在厕所内部挖一个1米见方的土坑，周边石块垒砌，充作便池。便池上方搭两块当地的青石板，如厕时踩在石板上。等到坑内积贮了一定粪尿时掏取出来。村民经常将炉灰倒入便池消毒，但在夏季，苍蝇仍然孳生。

新郎不随同前往，而是在家中等候新媳妇的到来，叫“等亲”。娶亲时除新娘的婚装和化妆品外，还要带一对面捏蒸制的兔子，寓一路平安及平安吉祥；一条羊腿用于祭祀老天，求取上苍护佑；一铜壶酒，备新娘家在返程时换水插放有根须的大葱，意为在男方家扎下根来，传宗接代；铜镜和黄历返回时挎在新娘身上，驱魔辟邪。当地习俗，娶亲的队伍要在清早赶到女方家。

将至新娘家村口，娶亲人燃放炮仗，以示报信，女方家听到炮声，随即放炮仗回应，并出来迎接。至女方家，送上婚装和化妆品，摆上面兔，娶亲人由送亲人陪伴吃饭。新娘坐在炕上，即行穿着新装，并由父母健在的未婚姑娘梳三下头或轻施薄粉，然后自行梳理装扮，描眉塗唇（见图7－4）。此时，屋外鼓乐班子齐吹合奏喜庆欢乐的乐曲，顿时，山村里弥漫着和暖的气氛。新娘妆扮停当，其家人已将备好的嫁妆和喜兔、离娘馍之类，齐装上车。大喜之日，新娘上下里外为之一新，为鞋上纤尘不染，由双亲俱全的兄弟将新娘从炕上扛出家门。新娘头罩红绸，呈跪姿，面向其兄弟，爬扶在肩上。兄弟手托双腿，走至轿前，将新娘送进卸在地上摆好方位的骡轿内，娶亲送亲的两位女子随后入轿。这时，女方将男方送来的羊腿割下三根肋条用红线捆住挂于轿外，并挂上插了大葱的酒壶。随着“起轿”的喊声，鞭炮骤起，鼓乐齐鸣，骡夫在众人的帮扶下奋力抬起骡轿，架在骡背上。鼓乐班子前引，骡轿随后，返回男方家。沿路凡遇村庄皆奏乐鸣炮，村中男女老幼咸集路旁，观看娶亲的景象。按当地风俗，如两个迎亲队伍相遇，新娘要互换红盖头。娶亲途中如遇旱井、坟、庙，都压下一个红纸贴，上写“迎婚大吉”，以免新娘被冲犯。

图 7-4 新妆（摄于 2001 年 2 月 6 日）

当地习俗，新人应在正午之前到达男方家，路途不能停歇，尤其路程远的，骡夫和迎亲的男子更须扶持着骡轿快步前行，隆冬时节，常常满头大汗，骡子身上也沁出汗珠。本地沟谷崖畔多有险要路段，骡轿更要倍加小心，放稳脚步。当地的骡夫技术高超，虽遇陡坡沟坎，他们都能从容应付，如有跨不过去的路段，骡夫则单腿跪下，脱下皮袄衬在大腿面上，训练有素的骡子轻轻一踩，从容走过。轿中人高坐轿中上下左右晃动，虽是紧张异常，倒也无险。

将至村口，早有男方家瞭风的放炮迎接，阖村老小蜂拥村口路边，欢声笑语响彻山村。至新郎家院旁，众人七手八脚帮扶着，按婚单所写轿口的朝向卸下骡轿，送亲的男女在娶亲人的陪同下，到上房喝茶歇息。新娘则由婆婆来接，婆婆跪入轿内，用油膏脂粉为新娘擦脸，意为“添光彩”。之后婆婆送给新娘一个装满“五谷”的宝瓶，表示新娘从此要在这里生息繁衍，开始全新的生活。此时，在轿口外，已铺好几根（块）干净的毡子，新娘将步行其上，直至新房。这一日，由着装齐整的代东先生主持婚庆仪式，替男方家安排多种事宜，很是繁忙。代东先生多由男方亲朋或村内知书达理、口才好的男子选任。他手拿婚单，向围观的人群喊道："新人下轿某某属相不能看"。代东先生围着轿子抛撒谷子、麻子、豆子、糜子、麦子，谓之撒"五谷"，边高声念诵："新人下轿立金钱，朱雀腾蛇两边排，青龙白虎俱退后，请过新人下轿来。"两个小姑娘上前搀扶新娘出轿，两个小青年紧跟其后，来回倒毡，不让新娘踩在土上，缓步走向庭院。这时大门两侧的两个火把已点燃，院内的炭火正旺，在新娘进院的瞬间，婆婆及时将一碗素油泼向旺火。代东先生随之又念："此日新人到，喜事百日通，一对鸳鸯落凡间，双头併锁打不开。两媒兑合成家记，细手相掺入院来。"伴随新娘前行，代东边撒"五谷"，边诵祝福吉祥的《五谷扫门》："一撒五谷在两旁，一喂青牛二喂羊，三撒金鸡飞门户，四撒白虎躲路旁，五撒腾蛇俱退后，六撒天狗飞家乡。下马楼中建楼台，门三户四米三才，门户神香户安定，娶得新人上前来"；又如，"一撒如金花，二撒遍地生金，三撒千苍吉利，四撒五谷银两。罗盖方圆八人才，上头安定四方来"。

新娘至新房门口站立，新郎则由其兄扛出，与新娘并肩面向窑脸立定。窑脸张挂绘有祖先神位的"云"，前设装满谷物的升斗，内插香烛及树枝秸秆做成的弓箭、尺子、镜子、剪子、秤和四个牌位，新郎父母端坐前方。代东先生道："新郎新娘上前参礼四拜"，新人男左女右站立（右面为上），共同对天地祖先和父母行四叩头礼。在新人相向鞠躬行礼后，代东又说："甲乙丙丁命二位，娶得新人进门来。”新娘由新郎搀扶进入洞房，洞房内炕的四角已各压下核桃一个，在新郎指点下，新娘将箭射向炕之四隅，驱邪除魔。新娘的婆婆，端过用红线绳连在一起的两盅酒，谓之“义合酒”，新娘、新郎并排坐在凳子上，共同饮下，意为夫妻二人和睦相处。随后二人上炕，在妆新被子上盘坐。代东先生说：“今请小启新娘盖头”，新郎掀开覆在新娘头上的红绸。之后，新娘按指定方向坐在喜桌前，当日仪式即告结束。第二天，按宾客家人长幼次序，两位新人男右女左站定（女方已过门，故站下方），上前行礼，各磕一头。宾朋交付贺金，代东以盘承接，并高声报出姓名、钱款数额，由账房记下。

婚娶是人生的大事，也是家族繁衍的重要程序，尤其在重男轻女的农村传统观念中更为重视，届时四方亲朋好友齐聚，共同祝福新人。一般宴请都要进行三天，较之节庆还要热闹。

第三节　新式婚俗

20 世纪 80 年代末，改革开放深入发展，经济增长，人口流动，人们的思想意识、婚姻观念也在逐步变化。偏僻闭塞的老牛湾村的婚礼习俗受外来文化冲击也有了很大变革，好多旧的程序逐渐简化，部分传统礼俗虽有保留，但只作为形式，人们不会过分讲究。父母长辈包办婚姻现象日益减少，亲戚朋友介绍婚姻不断增加，自由恋爱的婚姻也愈来愈多，尤其进入 21 世纪以来，自由恋爱的婚姻占绝大多数。媒人的作用渐渐淡化，只是作为一种传统的婚俗形式而保留下来。

现在老牛湾村的男女青年择偶情况大体可分为两种。

（1）自由恋爱。在外地工作、打工或者是上大学的青年男女，通过平时的接触、交往、交朋友，逐步发展成为恋人，经过长时间的考验后各自通知家长。家长可以发表自己的意见，即使有不太满意的地方，但只要孩子们坚持，他们就不会横加干涉。在对待子女婚姻的态度上已完全不同于旧式婚姻中的家长，只要孩子们感情好，他们就同意。客观条件也不容许家长去干涉孩子们的婚姻，因为在外地工作的青年，等到向他们通知的时候，已经在一起生活了一段时间，如果强加干涉他们就会抱着孩子来见大人，这时“生米已做成熟饭”，大人也没有办法。过分阻挠，常会出现“逃婚”现象。老牛湾村附近就有一些女青年因父母不同意婚事，干脆离家跟人出走。也有一些外地女青年，不顾父母亲反对，直接跟男方来的事例。由于老牛湾村在外地务工的青年多，所以自由恋爱占绝大多数。

（2）托人介绍。由于老牛湾村人口少，生活闭塞，生产劳动以家庭为主，所以在本地务工的男女青年接触、认识、交往的机会少，自然相互了解沟通、谈情说爱的机会也很少，长居本村自主择偶者并不多见。通过“中间人”的介绍，男女双方交往，最后订婚。其间，家长也会介入参考，但是不会作为婚姻的决定因素。

总之，新时期的婚姻观念与传统的旧观念有很大的区别。

新时期的婚嫁程序已大为简化，只有订婚、会亲、嫁娶三个步骤。合婚这一环节已彻底废除，没有人再去计较婚姻是否好坏，属相合不合，生辰八字是否犯月子。重点考虑的是对方的个人条件，如人品、工作、能力，只要双方情投意合，其他方面的问题不会影响到婚姻。

1. 订婚

现时的订婚较过去隆重得多，男女双方都要举行订婚仪式。双方各自选好吉日，一般是双月双日，各自分头准备“吃喝”。请客的范围没有嫁娶时大，只是通知姑姑、姨姨、舅舅等直系亲属，届时参加，不请朋友。男方家订婚，这天男方家雇一小轿车，将女朋友及其父母亲接过来。在女方家订婚，则是男朋友和父亲主动带着烟酒等礼品过来，条件好的会雇一小轿车，条件差一点的是骑摩托车，远路的就乘坐班车。

订婚也是一个小规模的“事业”，少则6、7桌，多则10余桌，饭菜与娶嫁时差不多，少则16道菜，多则20道，鸡、鱼、猪、羊肉、各样炒菜等一应俱全。赴宴的亲戚都要记（送）礼，几十元至几百元不等。无论哪一方举行订婚仪式，父母亲都要给新媳妇或新女婿见面礼，有666元的，有888元的。酒宴上两位男女青年要向亲戚敬酒。订婚的意义有三：（1）正式确立两人的婚姻关系；（2）商量彩礼、盖房、家具等条件；（3）认识双方亲戚。现在老牛湾村不出外的青年结婚要早一些，尤其是女青年大多不到结婚年龄就出聘。在外地工作或打工者结婚要晚，将近三十岁成家的很多，父母亲很着急，催着子女们成家，而大龄青年们好像不着急，主要是工作不稳定，或者条件不具备，人们也觉得很正常。

2. 会亲

现时的婚俗中会亲与过去大致一样，只是将会亲、探话、换帖合为一体，男方将三茬水礼一并带来，较过去还要重。男女双方都是本地人还依旧举行会亲，如果有一方是外地的，多数就将会亲与订婚一并举行。嫁娶日期和用车等事宜只在电话里联系。彩礼也是由孩子们交接，也有在订婚时就将这些事情一起办理的。现时的婚姻消费在项目上和数目上与旧式婚礼大为不同，一些传统的消费项目已经省略，如上、下轿钱等；同时又有新的消费项目增加，如婚纱照、摄像等。另外，给女方父母的人口钱和给女孩的零花钱也有很大变化，过去的婚礼，人口钱要得多，除了人民币外，还有很多银元，而给女孩的零花钱比较少；现在的婚礼，人口钱比较少，只有6000～10000元，而女孩的零花钱要多一些。此外还有盖房的押房钱（见表7－2）。

表7－2　不同年代举办婚礼男方花费对比

单位：元

时间 项目	20世纪60年代	20世纪70年代	20世纪80年代	20世纪90年代	21世纪初
说媒钱	5～10礼品	10～50礼品	50礼品	约100礼品	
订婚钱	3～5	5～10	10～20	100～200	666或888
见面钱	3～5	10～20	20～30	50～100	200～500
人口钱	400～600	1000～1200	1000～2000	2000～6000	6600～2万
	银元30～50个	银元80～100个	银元100～200个	银元120～200个	
首饰、家具	银手镯、银耳环	手表、缝纫机、银手镯、手表	大躺柜、沙发、收音机、手表、电视机	组合柜、沙发、摩托车、三金*、彩电	摩托车、三金、手机
盖房钱（押金）				1万～2万	3万～5万
零花钱	100～200	300～600	500～1000	2000～3000	1万～2万

续表

项目 \ 时间	20世纪60年代	20世纪70年代	20世纪80年代	20世纪90年代	21世纪初
过节钱	3	5	10~20	30~50	200
妆新衣服钱	30	30~50	100~200	300~1000	2000~3000
妆新被子钱	一铺一盖 10~13	一铺一盖 10~20	两铺两盖 100	四铺四盖 400	四铺四盖 1500~2000
鼓匠钱	8~10	10~20	20~30	100~200	1200~1600
骡轿钱	10	10~20	15~20	每乘50~100	每乘300
化妆品	5	5~10	20~30	50~100	500~1000
上轿钱		3	5	10	
下轿钱		3	5	10	
开箱钱			5	10	
压箱钱			5	100~500	
婚纱照					2000~3000
盘头化妆					200
摄像钱					200~300
婚纱钱					租金100

* 三金指金戒指、金耳环和金项链。

资料来源：根据调查资料制表。

表7－2所列婚娶花费是男方承担，现在比过去实际负担要轻，一是现在家庭人口少，经济状况改善；二是现在添置的物品多由女儿（女婿）家庭使用，成为新家庭的财产。就此而言，旧时买卖婚姻的性质逐步改变。

3. 嫁娶

随着时代的发展，娶亲用的交通工具也在不断地变化，由骡轿、毛驴到骡拉车、卡车、面包车、小轿车。现在老牛湾村的娶亲多数从清水河县雇小轿车，现代化的气息越来越浓。定好日子后，结婚的男女青年都要到呼市照婚纱照，买“妆新衣裳”。男的买领带、西装、皮鞋、羊绒衫、保暖内衣，不再穿棉袄棉裤。女的买专用于妆新的很薄的红棉袄、红棉裤、红皮鞋、保暖内衣、羊绒衫婚纱（有的自己买，有的到婚纱店租），在结婚前一天到清水河县的美容美发店盘头。

现在老牛湾娶亲形式已不只是“等亲”，也出现“迎亲”。娶嫁当天，男方家的娶亲队伍乘着三辆小轿车，带着一条羊腿、两瓶酒（取代了过去的酒壶），包着离娘馍馍、喜兔、“妆新衣裳”、“妆新被子”出发直奔女方家。如果新郎要去“迎亲”，还要有两个朋友做“伴郎”。女方家热情接待娶亲队伍，并送给司机每人一个50元的红包、一盒烟。新郎陪伴新娘穿好婚纱后，将新娘亲自抱上装扮一新的“彩车”。娶亲车和摄像车开头，主车中间，送亲车压后，浩浩荡荡的车队一路热热闹闹，路过村庄时，村里人都集聚到路边看热闹，娶亲的主动停下车来打招呼，发烟、散糖，尽显东家大气、排场，围观的人群也兴高采烈分享着新婚的喜悦。

大约11点，娶亲队伍回来了，村里村外，炮声连天、鼓乐齐鸣，所有宾客和村中男女老少都前来围观。传统的下轿、拜天地、闹洞房、拜人、周礼等仪式彻底取消，没有了旧式婚礼的肃穆庄严，更多的是新时代的喜庆、热闹。新郎新娘拜花堂和中午敬酒，是新时代婚礼中最为热闹的时候。能耍笑的亲戚朋友们早在村口就将婚车拦住，硬让新郎将新娘抱回家中，有人乘机将新娘的鞋抢走，一路耍笑回到院里，拜天地。现在拜天地不再撒五谷、放香斗之类，代东先生也不念叨，有乐队的由乐队主持，没有乐队的由代东先生主持。新娘大大方方走到门前和新郎前排站立，一拜天地，二拜父母，夫妻对拜。现在的“拜”是点头行礼，不再跪倒磕头。简单的仪式结束后，朋友弟妹们接着要笑，他们出多种多样的节目来取笑，大多是拥抱、接吻、讲恋爱的经过等表示夫妻二人亲热的内容。这时的新郎新娘也不怎么害羞，总会大胆地“表演”，如果有“高难度”的节目不便表演，那只能用烟、糖、红包来弥补。摄像师不停地抢拍镜头，围观的人群中不时爆发出一阵又一阵的哄笑。爆竹声、乐曲声、欢笑声、叫喊声响彻黄河峡谷。将近12点开席时分，在代东先生的央告下，小青年们才在嬉笑中准许夫妻二人进入洞房，将剩余的节目留在了敬酒时进行。入洞房后，不再喝“义合酒”、射“鸡毛箭”、放“喜桌”，只是新郎新娘上炕在妆新被子上坐一会儿。新娘在送亲的陪伴下端坐炕上，新郎则继续忙碌招呼宾客。

近年来，农村出现了专事红白事业的新型职业，除鼓乐队、出租车、摄影、摄像等业务外，还有出租帐篷、锅炉、餐具、桌凳及提供厨师的服务（见图7－5）。老牛湾村做事业多数雇厨师，租帐篷，虽然花1000多元钱但省得去全村借家具、盘碗，减少了许多麻烦。这首先是因为农村红、白事业的规模越来越大，请的客人多，上的菜多，自己的家不宽敞；其次，农村多数青壮年外出，人手不够用，难以接待。

一般的事业都是18～20道菜，至于上什么菜，由东家和厨师商量，根据东家的标准和厨师的技艺而定。厨师拉一张菜单后，东家专门到清水河采购。一般有鸡、鱼、虾、红烧肉、炖牛肉、炖羊肉、肉丸子、猪肘子、各种炒菜、凉菜。烟、酒档次也比较高，都是10元钱左右的烟，十几、

图 7－5　喜庆（摄于 2008 年 2 月 6 日）

二十元的白酒。席面多是参照清水河县城里的，但厨房条件所限，较之略差。头一天晚上是“卯夜席”，也是十几个菜，所有办事人员和已到的宾客一起，由代东的安排第二天的工作。第二天早上是汤糕，中午坐席，“衬席糕”已取消，晚上“夜坐”，再炒四五个菜，将中午剩下的没太动过的肉菜上三四个。

婚宴中，酒至半酣，“红烧肉”一摆上，这时新郎新娘就在代东的带领下开始敬酒，逐一认识亲朋，先从送亲的开始。现在“送亲”的和过去的不一样，他们大多比较随和、自然、大度，不再像过去那样拿捏、做作、挑剔，不会再因为一些细小的枝节问题而斤斤计较。午宴后，来宾们都要“记礼”，亲戚朋友商量好礼金的数目，一次性将礼钱记好，不再分礼和拜礼。第二天也就不再举行拜人仪式。

第二天早饭后，送亲的队伍带着新郎新娘，乘着送亲车“回门”。新郎到了女方家，也会享受新娘头一天的“礼遇”。在进门前和敬酒时，也要被新娘的朋友要笑一番。

第三天，新亲家送女儿回门时，再连同办事的一并请过来，再招待一顿，饭菜与典礼当天的一样。

第四节 丧葬习俗

生老病死，人生不可抗拒的自然规律。有生必有养，有死必有葬。丧葬是人生中最后的告别仪式，老牛湾人说：“人的一辈子只吃三顿糕，满月糕、喜糕（婚嫁糕）、发丧糕。”可见丧葬是多么重大而又庄严的事情。生有所养，死有所葬，在人类漫长的历史中形成了一整套的丧葬习俗，不同地域不同民族因伦理道德、信仰崇拜不同，习俗也不尽相同。

随着社会的发展，尤其是进入20世纪90年代以来，老牛湾村的许多民俗活动都有很大程度的改变，或删繁就简，或引进创新，唯有丧葬习俗没有多少变化。死亡情况的不同，安葬的情况也不同，大体有以下几种：幼儿夭折，不进行埋葬，只是抛尸荒野；青少年夭折，装一副棺材，找一个能遮风避雨的石崖，寄放进去，不进行葬礼；未成家的成年人或虽成家但父母尚在世的，要进行土葬，但不能入坟，只能在自家的土地上随便找个地方，挖个墓穴埋进去，这叫“沙祭”。等父母亲去世后，再正式入坟。有配偶的，将来与配偶合葬，无配偶的，也不能孤埋，需寻找一个已死单身女性作为配偶，或请银匠打制银人一个，作为陪葬。特别贫困者，或无亲无故、无依无靠孤寡者，左右邻里就将其火化，骨灰也不收留，任由撒骨扬场。

当地将人去世的情况分为两类，寿终正寝者为正面亡，因意外事故死亡者为屈死鬼。年事已高儿女已成家立业而无后顾之忧，人称“顺心老人”，这种老人去世视为“黄金入柜”，故也叫喜丧。死在外面的人是不许回村的，一般是把棺材停放在村外的庙上，丧葬仪式在庙上举行，宴席在家里举办。所以年老的、病重的都不愿意去外面看病，主要是担心“死不回家里”。

老牛湾村至今仍然延续着传统丧葬中最普遍的方法——土葬。传统入土为安的思想在人们的头脑中根深蒂固，很难改变，所以火葬在当地不能推行。

现在老牛湾有白姓、王姓、李姓、赵姓、路姓五个家族，每个家族都有一个属于自家的坟地。坟地是请阴阳先生按照风水学说而选定的。坟地的大小一般是五穴或七穴，几穴坟意思是说可以埋几辈人。按辈分高低，从上到下，按岁数大小从左到右排列，每个辈分安排一行，如果埋满了，就另停“新坟”（见图7-6）。

家里的老人去世了，丧葬活动叫“白事业”。办“白事业”是最费人力、物力、财力的，所以“白事业”也是最隆重的“事业”。请阴阳、做纸货、雇鼓匠、办宴席是必不可少的。不过“白事业”的规模和档次也不尽一致，相差悬殊。根据家庭经济状况和子女们孝顺的程度，少则五六千，多则两三万不等。阴阳、鼓匠挣钱的多少往往也是根据花钱的孝子多少，或家庭的经济实力而定。

图 7-6 老坟（摄于 2008 年 8 月 26 日）

“与其死后大排场，不如活的时候给吃喝了”，这种实实在在孝敬老人的观念在人们的脑子里已经形成共识。人们都认识到丧葬大排场是一种浪费，但这也是面子上的事情，谁也不愿意将老人一生最后的告别仪式办得平平淡淡，招人耻笑。有钱的趁机向村民们炫耀，展示实力和孝心，没钱的也不能寒酸，以致不惜举债办丧事。

无论规模大小，档次高低，丧葬过程中的每个环节都非常讲究，马虎不得。老牛湾村的丧葬程序为：停尸、批殃、报丧、叫夜、安鼓、点纸、下葬。

一 停尸

在老人生命弥留之际，儿女们都守候在身边，希望和老人说上最后一句话，此时老人也希望看上子女们最后一眼，留下最后的嘱托。如果子女因故没有赶在老人临终时见上最后一面那是很遗憾的。眼看老人生命垂危，子女们抓紧时间，给老人通身擦洗一遍后，穿上“装老衣裳”①。装老衣裳、棺材都是儿女们在老人生前备好的，装老衣裳都是长袍马褂，不穿现时流行的中山装或西装。过去的装老衣裳是在闰月年自己手工缝制，近年来，清水河县寿衣店有售，小商贩也经常到乡村贩卖，装老衣要穿得厚实，越厚越好，意为福厚。棺材也是赶在闰月年雇木匠做，有钱的买松木做，没钱的就用当地的杨柳木做成。

临到老人咽气时，要往嘴里放一块银元，叫“口含钱”。老人们生前总要给自己留一块“口含钱”，如果死后连一块“口含钱”也没有，会被人们瞧不起的。那只能放一只耳环、戒指一类的银器，实在没有这些物件，铜钱也要放一枚。

老人咽气后，将棺材盖抬回家放在炕上，将尸体停放在棺材盖上，头朝炕沿这边，并用白麻纸一张将亡人脸盖住。取一只砂锅放在头前的地下，先由长子跪下给老人烧“倒头纸”。边烧纸钱边反复地低声念叨“大大（妈妈）收钱钱来”。纸灰烧在砂锅里，这个砂锅就叫“砂盆”，以后的纸钱都烧在砂盆里，这是子孙们给老人在另一个世界里设立的“金库”。其他孝子、孝孙也都一一烧纸、磕头，这时媳妇们赶紧做“倒头饭”、“打狗饼”。“倒头饭”就是一碗干硬的小米粥。然后在上面插上两只筷子，筷头上缠着新棉花，放在亡人的头跟前。随便和点什么面，捏成七个小饼子，叫“打狗饼”，分别放入亡人的两只袖筒内，并将手抽回袖内，用麻将袖口扎住，并将两脚捆在一起。

---

① 专门为死者准备的衣服。

二 批殃

尸体安排妥当后，一个孝子披麻戴孝，手拿“戳丧棒”去请阴阳先生“批殃”。未批回殃之前，家中大的物件不许打动，不能扫地、开窗户之类，并通知村民们停止使用碾磨，以免“捣乱殃”。去“批殃”的人，路上只要碰见人，就要给跪下磕头，为老人免罪。阴阳先生根据亡人的生辰八字和死的时辰推算一番，下“镇物[①]”、“看日子”[②]。

“批殃”回来后，将“镇物”塞入亡人的怀中，开始“入殓”。把棺材里面铺衬好，先将亡人装入棺材，再把“扇面纸”取过，袖口、裤腿解开，然后把棺材盖钉上。夏天，为了防止尸体腐烂，气味难闻，人们往往在棺材底部铺上塑料布，并撒上一袋碳铵化肥。近年来也有人租用冷冻尸体的冷冻管，这样更科学、卫生。“入殓”后，从窗户上将棺材抬出室外，放入灵棚，按阴阳指点的方向摆好，点燃蜡烛，摆上供品。

三 报丧

老人去世后，当天就在大门口挂起了“冲天纸”，这是向村里人发出的报丧信息。“冲天纸”是用白麻纸裁成条，按亡人的岁数，一岁一条，另外加两条，天一条地一条，用麻将这些纸条的一端连同一小块黑炭捆在一起，并绑在柳木棍上，然后挂在大门口。

报丧，就是把老人下世发丧日期的消息告诉亲属们。

---

① 避邪之物。

② 选择下葬的日子和打墓的日子。

“白事业”请人以亲属为主，朋友很少，主要是亡人的直系亲属、儿女亲家、邻里左右和“人主”。所谓“人主”是表示亡人的“主子”，女人去世娘家人就是“人主”，男人去世娘舅方面的表兄弟，即“上邦姑舅”就是“人主”。过去报丧是孝子们登门上户送孝布、请人，现在多数是电话通知请人，但“人主”方面不能随便，必须登门送孝布，并把老人去世的情况向“人主”说清，告知发丧日期，征求“人主”意见。虽然现在“儿女就是人主”的说法得到普遍认可，但是谁也不想得罪“人主”，在整个“白事业”的过程中“人主”很受尊重，处处得到抬举，以免“人主”责难。

阴阳先生根据纸货的多少在丧葬前几天就到了丧主家，开始做纸货，画棺材。一般的纸货有院子、摇钱树、聚宝盆、进度楼、花圈、引魂幡、靠山、金银山等。做多少纸货，每家每户不一样。有钱的多做一些，没钱的少做一些。

四　叫夜、安鼓

老人去世后，有两次叫夜。“叫夜”是指孝子们在晚上，掌灯火到老爷庙、五道庙上将死者的灵魂叫回家。去世后第三天叫夜一次，叫“小叫夜”，发丧前两天“叫夜”一次，是“大叫夜”。两次叫夜的仪式相同，规模大小不同。“大叫夜”这天下午，所请的鼓匠班子准时来到，开始为期三天的演奏，即为“安鼓”。安鼓这天，代东先生也开始上任。老牛湾村“红白事业”都请L某代东。代东先生是“红白事业”的总指挥，负责工作分配、招呼宾客、礼仪指导、记账收礼等事务。

掌灯时分，全村村民每户有一人帮忙参加叫夜，有的撑火把，有的放路灯，有的拿东西，有的扛着锹在队伍后面防火。鼓匠前面开路，所有孝子披麻戴孝，手拿戳丧棒，分男女，按辈分、岁数，排队出发，直奔老爷庙。到了庙上，孝子跪到庙前，由女婿进入庙里敬神，再到庙后烧纸、响炮。祭祀结束，随着一声凄厉的唢呐声起，叫夜的队伍往回返。这时的孝子们不再像往出走时那样直立行走，必须弯下腰，拄着“戳丧棒”，一步一步慢慢往回返，并且按对死者生前的称呼，拉长声调边哭边喊着“×××回家”。前面放路灯的将蘸了油的棉花球一步一个放在路边，尽量放成一条线，紧跟其后的执火把者将路灯一一点燃。路过村庄时，家家户户在门口点燃一堆柴火。到了村里居中的地方，村民们早已在此等候，乐队便停下来，表演一番，尽情地展示才艺。孝子们则跪下等候。大约四五十分钟，乐队有些劳累，围观的村民也尽了兴，表演结束，孝子们哇的一声哭天喊地，叫夜的队伍继续前进。整齐的路灯为亡人照亮了回家的道路。

叫夜队伍回家后，代东先生马上指挥烧纸、磕头。在灵棚前，孝子们跪到两旁，先请前来吊唁的亲戚烧纸、磕头，之后孝子们分批烧纸。烧罢纸，亲人们跪到棺材两旁哭丧，有板有眼、有腔有调，一部分是感情的真实流露，一部分是装腔作势。一会儿，便有人出来劝阻，主要是怕哭坏了身体。

紧接着晚宴开始，所有前来参加叫夜的亲朋及鼓匠一起吃饭。晚宴也不丰盛，只是两盘豆芽菜和羊杂碎，主食一般是米饭和馒头。叫夜活动也到此为止。

五　点纸

第二天上午，前来吊唁的亲戚陆续到来。在一间屋子里由一个内行人指挥着“放孝”。“放孝”是有规矩的，不得马虎，与死者的关系不同，孝服也不同。老年人通过看客人穿戴的孝服，便可判断其身份，如有错误出现，就会闹出笑话，甚至会闹出矛盾。所以因为孝服的大小、样式常常引发争吵，人们称其为“吵孝帽”。客人穿上孝服后，就到灵棚前为死者烧纸、磕头。

这天鼓乐喧天，从早到晚不停地吹奏。过去的鼓匠社会地位不高，大多是生理有缺陷者为了谋生而从事此道，是一种“下三烂”的职业。“王八戏子吹鼓手”是人们瞧不起的行当。“烤前心，冻脊背，疙仁馍馍折澄菜，不烧火的窑子鼓匠睡”，是过去民间艺人社会地位低下的真实写照。最近二十年来，这一行业完全改变了形象，名称也由鼓匠改为乐队，乐手多数是年轻力壮、英俊潇洒的小伙子，有的到艺校学习过，有的是剧团的演员。他们有自己专车、帐篷，地位提高了，待遇也提高了，一个乐队十来个人，做一个白事业挣2000~3000千元，每人外加一条红山茶烟。乐器不再限于锣鼓、唢呐、丝弦、笙管等民族乐器，电子琴、架子鼓等也加入其中，音响设备配备齐全，演奏内容也丰富多样。演奏方式有吹奏有演唱，演奏的内容有晋剧、二人台、山曲儿、流行歌曲、小品等群众喜闻乐见的节目。

临近中午时分，灵棚前已将祭羊、酒、菜诸般供品摆放完毕，各种做好的纸货也一一摆放出来。午宴结束后，稍事休息，点纸仪式正式开始。这时，鼓乐再次响起，由代东先生主持，孝子孝孙分男女跪到灵棚两旁。代东先生按先“人主”、再亲家、再亲朋、最后本家的顺序，依次点名磕头。代东先生一边点名一边公布礼钱，点纸的人进入场地，走到灵前，先上香、敬酒、再磕头，每人磕八头，每磕一头，两旁的孝子们要陪着磕一头。

在老牛湾村，“点纸”仪式也是一项隆重的文娱活动。午饭后，人们就像看秧歌似的陆续过来围观，有本村的，也有一些附近的村民骑摩托车赶来看热闹。有的欣赏乐队演奏，有的品评纸货好坏，有的关注磕头的场面，有的评议“大馍馍”的好歹，有的留意亲朋礼金的多少。

老牛湾村白事业的答礼，闺女女婿的礼最重，一般需1000元左右，其他亲朋根据亲近关系不等，多则200元，少则30元。

乐队一直演奏到第二天凌晨三四点钟，这叫“刮灵”。按当地的风俗，“刮灵”是闺女们的事，这天夜里闺女们要不停地哭，意思是把亡灵刮醒，第二天好“上路”。按规矩，乐队演奏时间是到晚上12点，如需“刮灵”，就得另加钱。经过讨价还价，将“刮灵”的事说定，乐队继续吹奏，但闺女们不能就此休息，他们在乐队吹奏间隙中要继续哭，因而整夜鼓乐声和哭喊声交替不断。

六　下葬

老牛湾村的人将埋葬过程叫“下葬”，下葬必须由阴阳先生指挥。老人去世不久，就按阴阳先生看好的日子开始“破土”打墓。墓葬一般是先往下挖长3米、宽1.5米、深2.5米的土坑，再往里打一个拱形的土窑洞，高1.2米、深2.5米、宽2米。在下葬前几天就已经打好，以后每天只是象征性地挖两锹，直到下葬的前一天。

下葬需选择吉时完成，通常在早上7点到9点。凌晨3点左右就开始做准备工作，拆卸灵棚，将棺材抬出院外的宽敞处，叫“起灵”。所有准备送葬的人都要在临出发前吃油糕，这叫“拉灵糕”。然后在阴阳先生的指挥下“拜灵”。长子、孙子前头扛着“引魂幡”，后面的孝子们按大小顺序排队紧跟。阴阳先生手拿铜铃法器，边摇边念叨，指挥着孝子队伍围着棺材，正向反向各转三圈。然后再分男女跪在两旁，阴阳在棺材前挥舞着引魂幡，孝子们磕头。磕罢头，准备出发，先把亡人生前用的枕头和阴阳先生做的小轿车烧掉，意为开路。然后阴阳先生在棺材盖上扣一只碗，用切菜刀“啪”往碎一打，接着长子举起烧纸的砂盆摔在地上。随着砂盆的破碎声，孝子们“哇”的一声哭喊，唢呐声起，灵车启动。送葬的队伍在苍凉的鼓乐声和凄惨的哭喊声中向坟地出发。

进入坟地，痛哭声戛然而止，因为下葬时不能哭喊，不能叫别人的名字。众人七手八脚用大绳把棺材吊入墓坑并放入洞内，用石头将洞口封住，然后再往土坑里填土。孝子们还是按顺序排队绕墓穴右三圈、左三圈，弯下腰边转边往土坑里刨土。他们刨得很起劲，习惯上人们都说谁刨得多谁以后的日子过得好。之后其他人再开始用锹往里铲土，在墓堆快堆起来时将引魂幡插在墓堆上。

掩埋停当，将所有纸货摆放在墓堆前面，转外圈堆上柴火。烈火熊熊，一座“豪华宫殿”转眼化为灰烬。丧葬结束，孝子们拖着疲惫的身躯，在坟地附近折着柴火回家，折得越多意为将来“财”越多。

中午，再次设宴坐席。老牛湾的白事业坐两天席，点纸当天中午坐席，第二天中午再坐席，叫“随祭”。两天的席面基本一样，都是 12 道菜或 14 道菜，最好的席面是 16 道菜，有 4 ~ 6 道凉菜，其余热菜有鸡、鱼、红烧肉、炖羊肉、各种炒菜等，纸烟、烧酒、啤酒、饮料满足供应。

安葬后还要安排各种祭祀活动，有复三、过七、百日、周年、祭辰等。葬后第三天，到墓地举行祭祀活动叫“复三”。这天儿女们拿着供品、锅灶、碗筷、吃喝到墓地支锅造饭，就在坟地大家一块吃一顿饭菜，表示给死者安家。用火箸在墓前扎一个孔并倒满水，表示给死者安水瓮，在阴曹地府有水吃。

此后的周年、祭辰、清明、七月十五、十月一、冬至、春节等时节，定时儿女们要到坟头烧纸，并带些点心之类的食品。但是三年之内，逢周年、祭辰女儿可以进坟园，其他时间不能进入坟园，只能在外边祭祀。

老牛湾的丧葬习俗一直延续至今，不仅仪式上很少简化，且白事业的规模有越来越隆重的趋势。

第八章　民间信仰习俗

2006年7月30日，清水河县某行政村。是夜，狂风骤雨，电闪雷鸣，自该村西北掠向东南，宽达1公里多的冰雹横扫而过，全村大面积被灾，尤其所属B村最为严重，许多土地几近绝收。面对突然而至的雹灾，B村村民公议将部分扶贫物资作价拍卖，得款用于新建小庙一座。不几日，在村南高阜之上，高宽各约1米，专门供奉白龙（主管冰雹）的白雨大仙庙落成。次年，恰值风调雨顺，全村收获颇丰，于是B村村民再度集资，就白雨庙东西两侧接建小庙，供奉青龙、黄龙、红龙、黑龙，以及五道、关公、观音，一应俱全。孰料，2008年又是好年景，真是众神就位，各司其职，人神和谐，其乐融融。这是近年笔者亲历的发生在清水河县某山村的一件真情实事。在较为恶劣的自然环境中，脆弱的个体农业经济是难以对抗自然灾害的，为应对天灾的危害，满足生存的需要，解决民生的难题，寻求心灵的慰藉，村民把虚幻的自然神人格化，祈盼通过自我的虔敬，达到人神的感应，这是乡村民众认识、对抗自然的精神世界，是流行了数千年的民间信仰，散布清水河山野大小不一的庙宇，莫不如此。

民间信仰，范围非常广泛，它包括民间流行的各种神灵、怪异、占卜、禁忌、岁时祭祀等信仰形式。1949年以后，尤其“文化大革命”中被当做封建迷信糟粕被彻底扫荡，然而，曾几何时，近些年来，民间信仰又逐渐恢复。这是根植于农业社会的民俗信仰有着自身的生存发展条件，因此，呈现出相对稳定的特点。

第一节　民间诸神信仰

一　庙宇供奉神祇

老牛湾村的庙宇主要有龙王、观音和五道庙。此外，有河湾淹没前后迁建崖顶下七垧的庙宇一座，原来是河路社及附近民众祭祀祈福的场所。

1. 原河湾庙宇

位于老牛湾河湾村，西濒黄河，东依危崖，周围古木参天，清泉涌流，环境十分幽雅，是清水河县黄河岸边最佳景致，惜已不存。庙宇建筑坐北面南，正对戏台，各庙呈单体并排联建形式，西起依次为河伯将军、龙王、关圣大帝和奶奶庙。通面阔四间11.4米、通进深5米，前置两米宽木构檐廊，后接建四孔窑洞[①]。该庙与戏台均建于黄河岸边天然基岩上，据说，光绪二十二年（1896年）黄河水涨，曾冲上基石，庙宇戏台均无恙。

河伯将军是人格化的自然神，亦即河神，或者说黄河水神，这是中国古代最有影响的河流神。黄河水运畅通时，养船人家与跑河路的人都敬此神，凡南来北往的船只中途

---

① 内蒙古文物考古研究所：《清水河县黄河沿岸清代寺庙戏台建筑勘测报告》，载《万家寨水利枢纽工程考古报告集》，远方出版社，2001。

停靠老牛湾，也要敬香致祭，香火极盛。除日常供奉外，每年农历正月初一过大年，七月初二人口戏，举行公祭，以河湾村为主的男性村民齐聚，敬三炷香，烧黄表纸，行跪拜礼，磕一个头。恭敬河神，是因黄河行船危难叵测，尤其是老牛湾上下河段多激流险滩，行船安全难以保障。河神庙旧有铸铁钟一口，高 0.55 米，口宽 0.45 米，铭文“老牛湾 河神庙 河路公社 柱中（铸钟）一口 光绪三十年五月”，河湾搬迁时，铁钟不知散失何方。

龙王庙西邻河神庙，以龙王江河湖海、渊潭塘坝皆有之，不仅职掌本地水旱丰歉，而且也利于黄河行船，所以备受尊崇。龙王庙致祭为每年农历正月初一过大年、二月初二“龙抬头”、七月初二人口戏，其祭祀方法与前述河神庙相同。此外，还有每年农历五月二十五领头牲，六月初六领羊牲，以及逢天旱随时祭祀祈雨。村民对龙王顶礼膜拜最勤，尤其黄河水运停止后，龙王地位日益凸显。

调查中我们了解到不同地域的龙王有共同祭祀的做法。旧时，每逢七月初二，河西准格尔旗喇嘛堳的民众用四人小轿，肩舆本村龙王塑像，由鼓乐班子吹吹打打开道，送至老牛湾龙王庙共享拜祭。来人由老牛湾村接待，为期 4 天的社戏后，该龙王由喇嘛堳村民接回。为此，我们去河西喇嘛堳村进一步调查。由老牛湾河路石壕经旧时人渡至河西马圈湾，去喇嘛堳约 10 里，除黄河岸边需经石径曲折而上外，多坦平易行。这是昔日一条通达黄河两岸的大道。喇嘛堳龙王庙在村东，窑房混构式样，旧有塑像已在“文化大革命”中毁坏，近年聘请武川县画匠重新彩绘，安放各类神像七八尊，这是一座诸神杂祀的小庙。据喇嘛堳村民 L 某（男，76 岁）回忆，抗战以前有与老牛湾龙王共同祭祀的做法，原老牛湾河湾庙宇石碑上有该村捐资人姓名。另外，这里在清代属于蒙地，凡汉民事务均属清水河厅管理。因其当时年纪还小，其余情况已不知悉。

又据老牛湾村父老讲述，河西准格尔旗在归属清水河厅管理期间，因土地所有权归蒙民，不允许汉民起坟，所以喇嘛墕等村老人故世，有在河东埋葬的做法，由此两岸汉民关系较密切。此外，或许和龙王出行求雨等习俗有关，都有待深入研究。

河湾关帝庙处于居中地位，这种布列方式，在清水河县黄河沿岸单体联建庙宇中最为普遍，如大榆树湾庙宇南向居中关帝庙，左为观音庙，右为龙王、河神庙。柳青河庙宇西向，左为财神、岳王庙，右为奶奶、龙王庙，关帝庙作为主庙，居中靠前而建，而河神庙则在庙宇南侧单独建立。上城湾庙宇东向，居中关帝、财神庙，左右为龙王、奶奶庙，庙宇后檐居中建河神庙，面向黄河。水门塔伏龙寺庙宇，关帝庙居中面南，右为龙王庙，左为圣母庙，关帝庙中间以木隔断分开，观音朝北。关羽集忠、孝、节、义于一身，宋代起就备受尊崇，明清臻于极致，是国家认可并敕封的正祀之神，列入国家祀典，佛教道教都奉为护法天神，为武神形象，又作为武财神，地位高于其他常祀俗神。关圣大帝在道教中兼有主掌命禄、保佑科举、治病消灾、驱除邪恶、巡察冥司、庇护商贾、招财进宝等无边法力，受到社会广泛崇拜。河湾关帝庙除农历五月十二神诞外，每年正月初一也要拜祭，由男性村民敬三炷香，烧黄表纸，行跪拜礼，磕一头。此外，日常亦香火不断。

奶奶庙供奉送子观音，又名送子奶奶、送子娘娘。该庙位居最东侧，临近崖壁，祈祷能使妇女生育、保护儿童、祛病消灾。每年农历四月初八，村里妇女求子，为孩子祈福，至此上香添灯油，谓之“送油香”。神像左右分立“豆彩哥哥”、“康彩姐姐”，主要治天花等疾病，祷告则灵。这是旧中国天花肆虐，民众唯有祈求神灵保佑，因而深受村民崇敬。

河湾庙宇于1999年淹没，于崖顶下七垧新建庙宇一座，移入诸神牌位。

2. 下七垧庙宇（见图8－1）

位于老牛湾村西南部“下七垧”，坐北面南，与戏台相对。该庙由河湾迁建，已非旧有构制。庙宇全部红砖起筑，通面阔五间7.96米、通进深1.60米、通高2.20米，窑口五间各宽1.24米、进深1.52米、高1.85米。前檐红砖叠涩出挑，基座水泥罩面，向前延展兼用于散水和叩拜，阶踏二级。该庙东西两端起24护墙，长1.48米、高1.34米。庙宇供奉神祇西起依次为河伯将军、大仙爷、龙王、关圣大帝和奶奶，与河湾庙宇原供奉位序有所不同，列入了大仙爷，龙王位居正中。这种位序的变化，反映了老牛湾民众对风调雨顺的祈盼，以及由此产生的对龙王的敬重。大仙爷，不知何方神灵，原庙宇在河湾诸神庙宇山门之外，是一个南向的石券窑洞式小庙，靠近河岸，由河湾迁移后，大仙爷入享诸神班次。大仙庙原有铁钟一口，现已不存。

现在，该庙宇除每年农历正月初一，有的村民去上香外，平日香火已不旺盛。唯奶奶庙内香灰瓶罐最多，因为除四月初八外，平时也有妇女到此祈拜。

3. 庙区龙王庙

一座，位于庙区西侧俗称“大庙圪旦”的高台地上，西临黄河危崖，南对河路石壕，视野极为开阔。原庙为窑

图 8-1 下七垧庙宇（摄于 2008 年 8 月 29 日）

房混构双坡顶出水，顶覆筒板瓦，起花脊，椽檩架构，前有檐廊，中后部分为单孔窑，安有门窗，其外观造型与山西老牛湾堡东侧石崖上庙宇相仿，一说比后者稍大。相传所用木料都是当地出产，亦可证实该庙始建年代较久。“文化大革命”中，龙王庙被拆除。现在的龙王庙是 20 世纪 90 年代初期在原基础上新建的，单孔窑洞式样，前有照壁，中有小龛，用于放置香烛。龙王庙通面阔 2.78 米、通进深 3 米，前脸高 2.23 米、后墙高 2.17 米。窑口上方以石板做挡水，窑口宽 1.17 米、进深 2.26 米、高 1.8 米。窑内以土石砌供台，供奉龙王牌位。窑脸西侧悬挂铁钟一口，铸有“老牛湾龙王庙公社 本村会仝 民国二十年四月二十日造”，署名“金大仁 吕凤翔”等字样。从历史与现实的龙王庙外观、造型、体量分析，龙王在旱作农业区的农村社会中占有极高的地位。

据说龙王庙祭祀还是灵验的，其日期如前述的有每年农历正月初一、二月初二、五月十五、六月初六和天旱祈雨。尤其天旱祈雨最受重视，届时，由村民商议推举领神人，须男性，对年龄大小等没有要求。领神人和村民2～3人牵黑山羊1只（不用白羊，恐招来冰雹），至龙王庙前，摆放点心等贡品，敬香、烧纸，跪拜磕头之后，领神人以手捧水往羊头、羊身顺脊梁抹洒，虔诚地祈祷："龙王爷，你领了吧!""龙王爷，你睁睁眼，喝了你就给下雨"。羊先甩头，尚需重复再来，直至羊身先抖水即可。随即牵羊回村宰杀，将五串肉，即胸脯肉、四腿腱子肉、心、肝、肥肠割取一些送回庙上，同时燃放鞭炮。羊肉其余部分由众人分吃，祭祀祈雨的各项费用由村民分担。

4. 庙区观音庙

一座，位于老牛湾小学南侧小径旁，临坡而建，面向西南，正对河路石壕，单孔窑洞形式。原庙在"文化大革命"中被拆除，后依原样重建。该庙通面阔1.7米、通进深1.66米、南侧高2.1米、北侧高1.04米。窑洞中开，宽0.44米、深0.78米、高0.78米，前辟供台兼作散水。供观音菩萨瓷像一尊，祈求保佑平安，赐福纳祥。

观音庙敬香日期按照观音生日农历二月十九，成道日六月十九，涅槃日九月十九祭拜，都是妇女去，摆放供品，上一炷香，叩拜致礼。只有每年农历正月初一上香，男性也去。

5. 五道庙

三座，分别位于庙区庙泉处、下村西部、上村村中，都是单孔窑洞形式，除庙区外，其余两座都是重新修建的。三座五道庙各部尺寸如表8－1所示。

表 8－1　老牛湾村五道庙各部尺寸

单位：米

项目 区位	通面阔	通进深	通高	窑口阔	窑口深	窑口高	基座长	基座宽	基座高	备注
庙　区	2.36	2.10	2.40	1.10	1.48	1.32	坐落于庙泉基岩			片石干摆叠砌朝向西
下　村	1.87	1.17	1.44	0.80	0.63	1.13	2.21	2.21	0.91	片石干摆叠砌朝向南
上　村	0.95	0.84	0.86	0.40	0.53	0.64	1.01	1.30	0.26	片石外罩水泥朝向南，雨棚尺寸未计入

资料来源：根据调查资料制表。

五道庙供奉五道将军，相传是道教东岳大帝手下属神，主掌人间生死、荣禄。老牛湾村除每年正月初一致祭外，平日里孩子们有灾有病，妇女多来此敬香祈祷。以山药（马铃薯）1个，剜洞，倒入素油，植入灯捻作为油灯。祭拜时，摆放供品，燃灯，焚香1炷，行跪拜礼。

二　宅院供奉神祇

老牛湾村宅院供奉神祇主要有三官大帝、灶神和行业神。

1. 三官大帝

道教神名，源于原始宗教对天、地、水的自然崇拜，民间信仰中以天官信仰最为普遍，视之为福神。老牛湾村民每逢春节前从集市或兜售于村内的商贩，以1元价格购得彩印天官神像，贴于窑腿神龛，正月初一至初五上香祭祀。现在神像文字左读，左联“天高自古悬日月”，右联“地厚至今载山河”，横批“天地三界 十万真宰”。天官神像身着大红官服，锦袍玉带，手持如意，为天官赐福形象。

2. 灶神

道教神名，民间信仰中是玉皇大帝使者，随时录人功过，上奏天庭，并且操掌合家生死祸福。老牛湾村民每年农历腊月二十九始，于灶前供奉灶神神像。正月初一凌晨，点旺火，放鞭炮，摆放供品，敬香祭拜，迎接灶神归来，至初五日，都奉香行礼。现在灶神像红底彩印，顶上横批“南天门”，之下横批“一家之主”，右联“上天言好事”，左联“下界保平安”；内中横写“灶君府”，右批“二十三日去”，左批“初一五更来”，其下为“招财童子”，“利行仙官”。灶神夫妇端坐灶君府内，一副和蔼可亲的模样。

3. 行业神

老牛湾村旧为河运码头，水旱通道，因此，日常生活所需各类工匠颇多，有石匠、铁匠、毡匠、首饰匠等，以及榨油、制香作坊和买卖字号。因时过境迁，村民的行业神崇拜已逐渐淡化，多难以讲述行业保护神的姓名和原委，有待进一步调查，择所知行业神记述如下。旧时船工崇拜河神，现在河运停止，这一信仰依然保留，村民多于正月初一去祭拜河神，持香、黄表纸、爆竹和五个馍馍祭拜。木匠、石匠崇拜鲁班，但没有神仙牌位，何时祭，怎么祭，现在已不知晓，只流传“腊月二十三，匠人不动弹”的俗语，有不从工具上跨过的禁忌。买卖字号供奉财神赵公元帅，本地民俗，每年农历正月初二辰时之前响炮迎接财神。油梁榨油，清水河县旧时颇多，近年以费时费力产量少而全部被机器取代。目前所了解到油坊供奉大将军牌位，至于大将军是何方神灵，尚需调查。毡匠崇拜毡氇[①]古佛，所见牌位为红纸墨书，供于箱柜之上，中间竖写“毡氇古佛”，左联为“虔诚圣有灵”，右联为“恭敬神常在”，上批“如在其上”，批文两边写“估”、“照”。每逢农历正月过大年上香，祭拜（见图8－2）。

图8－2　祖师牌位（摄于2008年9月2日）

三　祈福纳祥联语

我们在老牛湾邻村四座塔李和顺处访得民国时墨书手抄本，麻纸，线装订，书页21厘米×11厘米，其中有很多关于年节喜庆、求神祭祀、人生道理、祈福纳祥、农事天象等联语，是旧时这一带农村常用的歌诀或对联，由村内

① 《齐民要术·养羊》：“凡作氇不须厚大，唯紧薄均调乃佳耳。”“氇”，即“毡”，音同义稍有别，毡是以羊毛等压制而成的块状、片状，即所谓的毡子，较前者粗糙。

二　住房的装修（见图 6－7）

门窗的装修。据村里面人讲，过去从山上伐回木头，经过简单的加工后，做成门窗，门窗上嵌满木条制成的带花纹的小格子，即棂形窗。在上面糊白麻纸，夏季雨水多，故一年糊两次为宜。在春节时家家都要将自制的窗花贴在白麻纸上，一为喜庆，二为美观。但是白麻纸装饰的门窗多会导致屋内阴暗，20 世纪 80 年代左右玻璃作为装饰材料开始进入老牛湾，并渐渐在村中普及。

图 6－7　卧室（摄于 2008 年 10 月 26 日）

地面装修。因老牛湾盛产石头，各家多以石板铺地，石板之间用红泥勾缝（现在多用水泥），再涂以色彩，美观耐用。原始的建筑材料得到充分的利用。2000 年以后村里面开始出现用 50 公分见方的地板砖铺地，后来盖新房的多用 60 公分的地板砖，相对石板更光滑美观。

墙壁装修。在墙壁装修时先用“麻刀”、黄土、沙子打底，外面再用当地产的“白泥”涂在外层，白泥要每年刷一次，至今亦是如此，寓意新年新气象。“白泥”是人们从山里挖回来的，固态呈灰绿色，用水泡开涂在墙上呈白色，类似现在装修用的涂料。白泥干后用手触摸容易掉色，近几年人们开始使用涂料或“刮大白”。

三　住房面积及修缮情况

（一）住房面积

为了便于对老牛湾村民住房面积概述，对随机调查的10户村民的房屋面积、方位、正房面积统计如表6－7所示。

表6－7　抽样调查10户住房情况统计

单位：平方米，间

序号	总面积	东房	西房	南房	北房	房屋总数	正房面积
1	165	0	0	5	5	10	82.5
2	55	0	0	0	3	3	55
3	190	2	0	0	0	2	190
4	270	3	2	0	0	5	162
5	100	1	1	0	0	2	50
6	335	0	1	3	4	8	167.5
7	50	1	1	1	2	5	20
8	112	0	2	3	3	8	42
9	40	0	0	1	2	3	26.7
10	120	2	2	5	5	14	42.9

资料来源：根据调查资料制表。

据调查老牛湾正房以北房为主，面南背北利于采光，东、西、南房多用做储存农具、粮食及日用品的仓库。也有少数无北房的人家以东房作为正房，在抽样调查的10户中有3户以东房为正房。10户中的住房平均占地面积为143.7平方米，房屋平均间数为5间，平均每户住房面积（以正房为据）为83.86平方米。

（二）修缮情况

由于石窑有坚固耐用的特点，因此在修缮上无须太多的投入。以2007年抽样调查的27户为例，其中有修缮支出的仅7家，维修时间分别是1992年1家、1998年2家、2002年1家、2006年1家、无维修时间的2家。维修费用最多的1300元，最少的20元。据村民讲石窑维修多以防漏水为主，发现用石头堵住，再用红泥填平即可，基本无费用支出。有费用支出的多是随着人们生活水平的提高及现代建筑材料的出现，人们对居住条件要求逐渐提高，以换门窗、铺地板、粉刷墙壁为主。

第四节　出行

一　出行路线

老牛湾南面与山西偏关县接壤，西面与内蒙古准格尔旗隔黄河相望，向东北18里至单台子，再向东北50公里至县政府所在地城关镇。与包头、呼和浩特市的直线距离分别为180公里、139公里。

老牛湾过去是黄河畔重要码头之一，人们所至地点也多以沿黄河地区为主，其中主要来往地点为准旗、偏关、托县、莎县（萨拉齐）、包头。据村中老人回忆，当时去准旗要走一里的水路，河两边有木头搭建的渡口，人们所乘船也多以平底木船为主，行程约10分钟，费用为2角钱。在1999年万家寨水电站蓄水以前，自老牛湾去山西偏关“一迈腿就过去”。村里人讲，现在河面宽200~300米，行船为5分钟。过去人们去包头多以跑河路运货、做纤夫为主，时间约为15天。在那个年代陆路多靠步行，即使去较远的城关镇、包头也是如此。遇有较重的货物，就借助牲畜来驮运。用村里人的话讲，那是一个“驴驮人背”的年代。

现今人们多乘汽车走陆路。陆路上以老牛湾→单台子→清水河→呼市/包头为主要路线。在20世纪70年代以前老牛湾至单台子为黄土路，至今修过3~4次。据村民讲原因有三个：（1）20世纪70年代修建扬水站，需运料和设备，路况不好无法施工，故开始修路。（2）逢雨天道路泥泞，无法通行，生活不便。（3）道路过窄，通行不便。经几番修整后成目前宽5~8米的村级砂石路，并成为老牛湾出行的主要路线。

二　交通工具

1. 客车

20世纪80年代初始有单台子通往县政府的班车，当时老牛湾人多步行一个半到两个小时去单台子乘车，再去往清水河。票价过去为3~5元，后涨至10元、13元，现今为15元。至2004年开始有老牛湾通往单台子的班车，票价为2元，现今为3元。

2. 摩托车

据村民讲，近四五年来村里开始有摩托车，主要来往路线是老牛湾至单台子及周边各村，人们告别了步行去单台子的年代。据调查统计，摩托车购买年代主要集中在2003～2006年，价钱3000～5000元。最初人们购买的多为二手摩托车，价格相对便宜，但山路难行，车辆磨损较重。现今购买多为新车，以省油为前提。村民估计村中现有摩托车15辆左右，我们调查中有摩托车的为7户（见表6－8）。

表6－8　摩托车购买年代及价格统计

单位：元

序　　号	1	2	3	4	5	6	7
购买年份	2003	2003	2004	2005	2005	2005	2006
价　　格	3000	5000	4600	4200	4200	4600	5000

资料来源：根据调查资料制表。

3. 农用车

农用车包括三轮车和四轮车两种。据村民讲，最先进入老牛湾的是四轮车，最早是赵银生和赵利合资购买的一台二手车，1995年在村中普及。当时人们购买的主要原因在于清水河搞建设，有车的人家可以在县里谋得一份工作。2007年调查时，在村里未发现四轮车，仅有一辆1999年购买的价值10000元的拖拉机。而后四轮车逐渐被三轮车所取代，三轮车相对灵便、马力大且使用起来经济实惠。村中最早购买三轮车的是李焕连，当时主要用途有两个：（1）拉石头。主要在准旗、偏关、清水河，价钱为7～10元/车。也有各家盖石窑需要石头，三轮车一次可拉1方，价钱随时间不同而变化，据村里老人回忆，1998 年 1 车石头的价钱为 20 元。（2）自用。主要用于春季送粪、秋季庄稼上场，也有走亲戚、去单台子及路途较远的地方办事，几家人商定好共同乘车前往。在采访时遇见去单台子上学的孩子们，由家长开三轮车送至学校。

4. 船

因靠近黄河，船是老牛湾重要交通工具之一。过去人们多在跑河路或去准旗时用到船，主要目的以做营生和走亲戚为主。

现在人们用船则主要是用于养鱼和经营旅游业。据 2007 年调查，村中现有船只数：机动渔船 7 条，其中购买于 1999 年的 1 条，价钱为 12000 元；购于 2000 年的有 3 条，价钱为 4500 元、4600 元、5000 元；购于 2004 年的 1 条，价钱为 12000 元；购买年代不详，价钱为 7000 元的 1 条；老人留下，时间与价钱都不详的 1 条。汽油动力游艇 3 艘，购买时间为 2006 年，价钱为 1 艘 40000 多元，其余 2 艘各为 3.5 万元。另有摇桨铁船 3～4 条，主要用于捕鱼、捞柴火。本村人出门走亲戚乘船不收钱，夏季游客乘机动渔船视远近收费，7～8 公里路程，一船 6～7 人，收费 50 元。乘游艇在老牛湾与万家寨之间往返，每人次在 50 元左右。

第七章　婚姻与丧葬习俗

第一节　婚姻

一　婚姻类型

我们在老牛湾所了解到的婚姻类型，可分为嫁娶婚、童养媳婚和招赘婚。

老牛湾村的婚姻类型比较单一，绝大多数为嫁娶婚，其中，据说曾有过换亲的事例，但年代久远，现在已很难说清。至于姨表、姑表之间结亲的方式，老牛湾村随时代演进而消失。

童养媳婚有一例。L 某，女，1931 年出生，大庄王村人。11 岁时其父外出做工惨遭日本侵略军杀害，母亲迫于生计改嫁台子梁村。继父因无力供养其姐妹二人，因此她成为 L 家的童养媳。

入赘婚有两例，也和家庭经济状况不好有直接关系，都是因女户主的前夫不幸亡故，在征得前夫家人同意之后，女户主再婚时招夫上门，帮助操持生活，抚育孩子。男嫁女娶的婚姻形式过去受社会轻视，其原因与男尊女卑的观念和物质财产的流转相关联，由于中华人民共和国成立以后封建观念的逐步破除，这两例出现在20世纪80～90年代的入赘婚，已无人非议。

二 婚姻圈

婚姻圈与村民的社会经济地位、交往范围和通婚习俗相关，有着深深的时代印记。老牛湾村有“同姓不婚”的社会习俗，不同年龄段的各个家庭中，没有一例同姓婚配的夫妻，至今亦然。同时，受社会经济地位制约，婚姻关系的缔结存在着“门当户对”的做法，只不过女子的择偶范围相对宽泛，但随着时代进步，男子自身条件的改变，家庭条件逐步退居其次。

过去，老牛湾村的通婚范围除部分本村各姓氏间相互结亲外，多限于附近村落。随着改革开放深入发展，老牛湾村与外界联系日益加强，年轻人在外地学习、工作，拓展了社会交往范围，因而通婚圈扩大。因路氏家族调查最为详尽，故以其为例（见表7－1）。

表7－1 路氏家族婚娶范围

清水河县	安子梁10里、夭峁上15里、单台子18里、大庄王20里、西岔25里、刘胡梁40里、城湾60里
偏关县	老牛湾2里、马道嘴10里、黑草墕15里、东长嘴20里、牛上嘴25里、张家墕30里、宋家庄王60里
准格尔旗	阳洼15里、城坡64里、阳夭子70里
其他	锡林浩特

资料来源：根据调查资料制表。

表7－1内里程均以老牛湾至婚娶地的乡间道路长度计算。可见，除“其他”一栏外，路氏家族婚娶范围最大半径为70里，而30里之内的占绝大多数。“锡林浩特”一项

是L某大学毕业后与同在集宁市工作的锡林浩特籍女友组成家庭。相对路氏家族而言，其余白、李、赵三姓人口要多，在城市学习工作的也更多一些，社交面拓宽，择偶范围扩大。

嫁娶婚有6例女方是四川人，这种婚姻圈的扩大是基于特殊婚姻形式造成的，为特殊事例，与我们所说的交往范围扩大并无实质关系。

三　旧式婚俗

旧式的婚嫁程序分为提亲、合婚、会亲、探话换贴、嫁娶等步骤。

1. 提亲

孩子到了谈婚论嫁的年龄，父母自然开始留意给孩子物色对象，尤其是男方，甚至动用亲戚朋友这些社会力量。要是看准了哪家姑娘，就请媒人到对方提亲。女方在媒人介绍后，要进行大量的调查，了解男方的家庭状况、人品、工作、相貌等情况。老牛湾找对象最讲究的是“门槛高低”，所谓“门槛不高”是指有狐臭的毛病。无论是男方还是女方只要有“皮香骨臭”的说法，那对象是很难找的。这种病具有遗传性，它会给一个家族的几代人带来很大的痛苦。现在医疗技术进步了，这种病也能治疗，所以现在找对象人们对此不会太在意。再一个就是考察男女双方的出生年月日，看是否“犯月子”。按老牛湾人的说法，男人“犯月子”主要是对岳父门上有“妨犯”，轻则影响到生活的好坏，重则可导致家破人亡。女人“犯月子”主要是对自己不好，多有疾病，但如果犯的厉害，也会伤及男人。村里生下小孩，如果犯月子则将生日及时改过。所以，找对象时一定要明察暗访了解真相。

2. 合婚

男女双方印象不错就请一个懂行的人，根据男女双方的生辰八字进行推算，为其合婚。合婚的结果有五种类型：上婚、中婚、归婚、绝命婚、绝体婚。其中上婚最好，中婚次之，归婚较一般，虽然有些小毛病，但能凑合。绝命婚、绝体婚最差，只怕将来日子过不长久，中途一方夭折或一生贫困潦倒、坎坷多灾。此外还要看属相合不合，如果属相不合，将来不会和睦相处，经常吵闹，以致婚姻破裂。在当地有“白马怕青牛，羊鼠一旦休，蛇虎如刀错，兔龙泪交流，金鸡怕玉犬，猪猴不到头”的说法。

婚合好了，大相也合，再经过进一步深入了解，没有什么妨害，就可以说媒定亲。女方提出条件，男方考虑经济条件是否能满足，如果没有异议，或稍有不同意见，经过媒人说合，这门亲事就算“说成了”。但也有双方意见达不成一致，或女方要求太高，或男方答应得太少，以致不能定亲的。如果婚姻订成，紧接着男方请未婚妻来“看人家”，未婚妻会领着姐妹或弟弟一起做伴儿。新媳妇上门，男方家自然异常欢喜，再忙的季节，也要放下手中的农活，杀羊、杀鸡、买纸烟、倒烧酒隆重招待一番。婆婆会领着媳妇到处走走看看，逐一介绍，有几间窑洞、几眼旱井、多少牛羊驴骡、多少粮食，总之尽量炫耀，以博取新媳妇的欢心，让她放心尽早过门。

之后，男女双方不断往来，男方主动在交流会、庙会和各种时节活动时，到女方家请新媳妇。听到女方家碹窑、打井或农活忙不过来时要去帮忙。每次上岳父家门总要带些礼品，或烟或酒或是有节令特点的礼物，如正月要拿馍馍、麻花，八月十五拿月饼等。新媳妇回来时婆婆每次都要给点零花钱，或10元或20元。总之，在频繁的交往中，不断地了解各种情况，主要是性格、品行、素质、能力以及对自己的情感态度等。在相互考察时，女方更加挑剔。待人接物方面男方总是要表现得大方一些，即使再贫穷的人家也得硬撑着，谨慎从事，生怕惹下女方。女方如有不满意的，很可能会导致退婚。男方主动提出退婚的很少，即便有些不理想的地方，能凑合者尽量凑合。如果男方条件差点的更是如此。

3. 会亲

经过长时间的交往考验，男方准备好彩礼，经过媒人向女方提出会亲之意，待女方定好日期后，再告知男方。女方择时生豆芽，备酒菜，并通知娘舅一类重要亲戚到时参加。会亲，其实就是正式定亲，交彩礼，按订婚时所定下的彩礼数目，一并交清（见图7－1）。

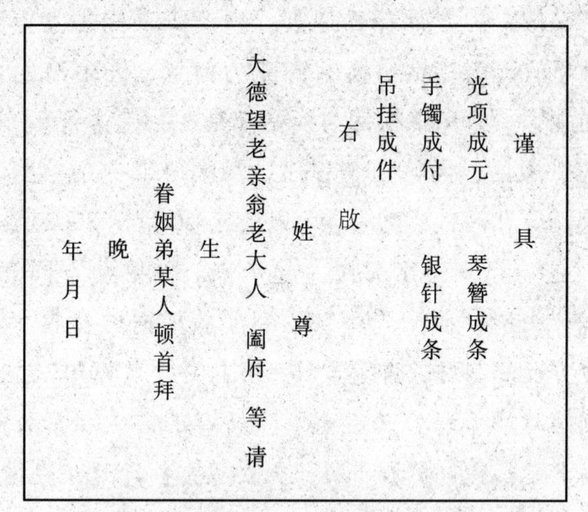
谨　具
光项成元　琴簪成条
手镯成付　银针成条
吊挂成件
右　启
姓　尊
大德望老亲翁老大人　阖府　等请
生
眷姻弟某人顿首拜
晚
年　月　日

图7－1　老牛湾旧式聘礼单据样式

资料来源：四座塔村李和顺提供。

有些物件如缝纫机、手表等不方便购买，或女方已有的，经过商议也有折算为钱币的。男方如果一时筹不够彩礼钱，征得女方的同意，可宽限到娶嫁时。也有个别拖到婚后，因夫妻感情好，女婿岳父关系好的，会得到免除。在旧式的婚礼中彩礼分为两部分，一部分是给大人即女方父母的，叫人口钱；一部分是给娃娃即媳妇的，叫零花钱。大人要得多，娃娃要得少。老牛湾村从 20 世纪 60 年代开始时兴出嫁闺女要银元，到 20 世纪 80 ~ 90 年代达到顶峰（见表 7 – 2）。老牛湾的旧式婚礼中有“不会亲不算成亲”的说法。新中国成立之前，会亲仪式具有较强的约束力，没有正当的理由不许退婚。

4. 探话换帖

在老牛湾的旧式婚礼中，闺女订出去以后短时间内是不会出嫁的。多则五六年，少则两三年，如果一年之内就将闺女聘出去是会叫人笑话的。对于缺少劳力的家庭更是不愿意早嫁。男方欲择日迎娶，须邀媒人同去女方家，商议娶嫁事宜，为探话。换帖究竟为何意，老牛湾的老年人不得而知，一直以来探话与换帖都是在一起进行[①]。按旧习俗会亲、探话、换帖三个程序，每次要带一条羊腿、两瓶酒、馍馍等礼品，称为一茬水礼。至 20 世纪 80 年代末三个程序合在一起，三茬水礼一起带来。如果女方同意出聘，两家就分头请“阴阳先生”看日子。根据男女双方生辰八字，双方反复斟酌，选定吉日，并打一个“婚单”。“婚单”上将娶嫁时的禁忌、妨害上下轿轿口的方向和禁忌的属相等都写清楚。择好良辰吉日，男女双方各自请人（见图 7 –

---

① 旧时订婚，男家遣使送贴至女家，赠首饰羊酒等物，谓之换帖。

2)。男方开始雇鼓匠、雇骡轿，杀猪、宰羊、做豆腐，准备“事业”。

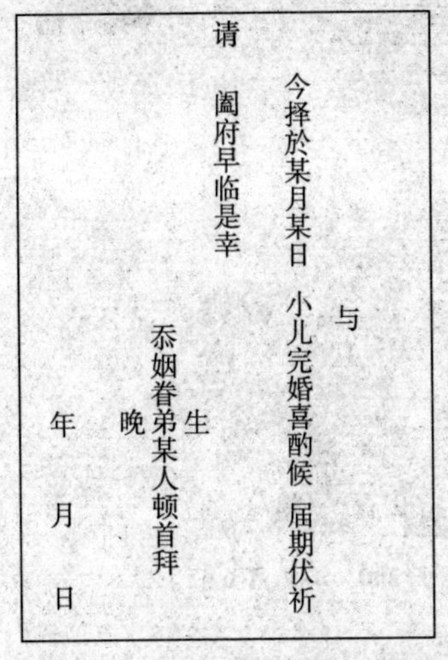
与
今择於某月某日　小儿完婚喜酌候　届期伏祈
请
阖府早临是幸
生
忝姻眷弟某人顿首拜
晚
年　月　日

今宵洁旦暮筵奉迓
台驾共赏　花烛仰異
弗胜光临　荣幸之至
右　啟
姓　尊
大德望老亲翁老大人　阖府　等　请
生
眷姻弟某人顿首
晚
年　月　日

图 7-2　老牛湾旧式婚宴请柬样式

资料来源：四座塔村李和顺提供。

5. 嫁娶

旧式嫁娶，礼节烦琐，禁忌颇多。娶亲方式有骑驴、坐骡车、坐骡轿几种，其中以骡轿娶亲最为排场。老牛湾人普遍认为新娘只有用骡轿娶回男方，才最为体面、正统，所以多数新娘要求用骡轿娶亲（见图 7-3）。“文化大革命”期间破四旧，立四新，娶嫁不许坐轿，只能骑驴，不能雇鼓匠，不许拜天地，要肩挎红宝书，总之，一切要革命化。老牛湾人迫于时政，嫁娶一律从简。“文革”结束后，一切礼俗又得以恢复。

旧式婚礼中，男女双方并无感情基础，在婚前的交往中，男方要处处小心，往往由于小小的礼节失误，而引起纠纷，有的甚至导致退婚。在嫁娶时，女方安排送亲的人

图 7-3 骡轿娶亲（摄于 2001 年 2 月 6 日）

很是慎重，要挑选知文说理、能说会道之人，预防被男方捉弄。男方在接待方面特别注意，唯恐得罪送亲的。

临近中午，娶亲队伍在欢快的喜乐声中已然回来，东家赶快热接热待，照顾送亲的。一对新人拜完天地进入洞房。

6. 待客

中午之前，参加婚礼的客人陆续来到。先吃“衬席糕”，一盘黑豆芽、一盘油炸糕，吃完再续。代东[①]的已开好饭单，端盘子的摆好饭桌，招呼客人就座。送亲的分辈数、分男女分别安排在每张桌子的正席位置上。老牛湾旧时的事业没有多少菜，最好的席面是硬四盘，即红烧肉、白烧肉、炖羊肉、油煎豆腐，外加两盘豆芽菜，主食是粉

① 在婚礼、丧事、生日等各种场合，代表主人筹划安排、主持接待应酬等各项事宜的主事人。

条豆腐烩菜和糜米饭。每张桌子上温两壶散装酒。改革开放后，农民的粮食产量大大提高，猪、羊、鸡等家畜也养了不少。到20世纪80年代中后期办事业的席面丰盛了许多，猪、羊、鸡肉样样俱全，开始学着上几道炒菜，凉菜热菜十来道，瓶装的烧酒管饱喝，在酒精的刺激下宾客们吆五喝六、划拳猜令，使山区里的婚礼场面更加增添了热闹的气氛。

7. 拜人

晚上夜坐结束，客人们找代东先生记礼，代东的边收礼钱边开拜人单。开拜人单，很有讲究，有“里三堂”、“外三堂”和“混三堂”三种规矩。无论按哪一种，次序不能乱。如果把某一个客人的位置弄错了，排在后面，甚至漏掉，就会得罪人。其时，新郎的弟弟、妹妹和姐夫们都去闹洞房。送亲的照东家的吩咐，拿上烟酒到厨房找厨工“谢厨”，其意思是希望厨工师傅次日早上早点开饭，回门的队伍好及早起程，以免女方客人久等。有的女方不懂礼数，不去谢厨，厨工故意拖延，早开不上饭，结果女方回门太迟。

第二天早饭后就开始“拜人”。代东的照拜人单的花名逐一点名，新郎新娘为其行礼，新郎的哥哥双手端着瓷盘在围观的人群中一一寻找点名的宾客，鞠躬“周礼”，宾客将拜礼钱放在盘中，周礼的人将钱交给账房先生记在账上。姐姐姐夫花得拜礼最大，当姐夫的也趁机开开玩笑，故意躲起来让大家一番好找。找到了也不会痛痛快快将礼钱交出，一会儿掏一枚硬币，一会儿拿一只事先做好的假元宝……周礼的一次次往返。代东的只好安排一些纸烟、糖块儿将他请到台前，经过一番周折，当姐夫的才将拜礼钱一次性呈上。但这时的姐夫风光已然不再，小舅子们悄悄凑到跟前，将早已备好的锅底黑、红颜料，往脸上一抹，围观的宾客一阵哄笑。“红事业全红火个当姐夫的”，无论在酒宴上还是闹洞房、拜人时，姐夫一直是最活跃的一个，为喜气洋洋的婚礼平添了许多笑料。

拜罢亲朋，新郎新娘在送亲的陪同下骑着毛驴，一同回到岳父家，就是“回门”。回门后的第二天，新娘的父亲要送女儿女婿回婆家，叫“小送”。单日不小送，如果第二天是单日，则要推到第三天。

第二节　骡轿娶亲

骡轿娶亲的方式应起源于晋西北，随着山西移民带到清水河县。旧时山区山大谷深，道路崎岖难行，以骡轿迎娶新娘也是因时宜地而为之的做法，但颇具地方特色，2009年公布为自治区级非物质文化遗产。

娶亲的具体做法各地稍异，但主要形式还是相同的。骡轿由一前一后两头骡子以两根丈二长的扦木杆架起五尺长的木制小轿，轿子比肩舆轿子长一些，内中可盘腿而坐三人，轿顶搭红色毯子，前方两侧张挂红绸大花。骡子需经专门调教，以步调齐整，行走平稳。高大的骡子头戴红线瓔珞，项戴铜铃，昂头挺胸，随骡夫口令健步行走，甚是精神。

娶亲当日凌晨三四点，一声炮响，骡轿由男方家出发。除骡夫、鼓乐班子外，按“娶三送四”的习俗，男方家要去两男一女三位娶亲人员，一般是新郎的哥哥、姐姐和舅舅等，有“姑不送，姨不娶，姐姐送了妹妹的命”的忌讳。

读书人应时应景据以题写念诵或观察天象，有较高的民俗学研究价值。李和顺将该书提供给我们，使本书增添了许多鲜活的材料，分别录之于相关各节。

求雨对

轰雷闪电息冰雹　雨润冰消享太平

日出东海龙霄殿　月落西山水晶宫

出龙宫风调雨顺　入海藏国泰民安

五龙宫中祥云献　圣母堂前瑞气生

横批：冰解年丰　雨润冰消　求雨神位

河神对

五湖四海深　九江八河宽

海厚超百国　河白赖山功

天神对

赤足云为履　被发天作冠

神君福力大　威灵镇四方

横批：临锡四方

五道对

正坐十字路　保护四方人

横批：五道将军　保佑一方

财神对

宝马驮来千倍利　钱龙引进四方财

正月初一福门开　正遇财神运气来

横批：财源宗主　锡我多金

豆腐坊对

黑豆去皮黄金色　清水点成白玉花

福禄对

兴家立业财源主　治国安邦福禄神

戏台对

戏矣戏乎戏出炎凉世态　曲者曲也曲尽天理良心

成全能易清天乎　能文能武皇千道

横批：把往事今　戏如清泰

第二节　民间方术

过去，清水河县民多贫困，缺医少药，各种传染病地方病等流行无法控制，因而以疗病祛灾，保佑平安为目的的民间方术流行，信者甚众。至今，老牛湾村民如遇疑难重症、小儿惊厥等病况，亦往往求诸于此。

一　顶大仙

当地最有名的是路大仙。路大仙，名已不详，与老牛湾村路氏同姓不同宗。迁居老牛湾河湾村，原黄河边有25间窑房是其居所和神堂。

据说，路大仙从小学习顶神，很灵验，能治病救人。看病以挑针（针灸）、偏方和服用香灰为主，不事占卜看相。看来路大仙是学习过中医治疗的，并非单纯的顶神。路大仙除在家治疗疾病外，还经常走村串户行医，在当地有很高的声望。每年农历七月二十八路大仙过会，附近的人都会来参加，尤其是他治好病的，都前来感谢，敬香响炮，敬奉馍馍等食物和3~5元钱。届时，河湾村鼓乐齐鸣，戏班演戏，人头攒动，非常热闹，是七月初二河路社4天社戏后又一盛会。

路大仙终身未娶，曾因给人看好病过继两个儿子，取名金福、金富。20世纪30年代，路大仙五六十岁时，死于山西杨家岭（一说关河口），葬在老牛湾大峁。其神堂于1941年作价卖给本村王来柱。

路大仙行医治病，对于缺医少药的当地人来讲，是极大的善事，因此受到敬重。据说某村民病愈后，因未兑现赠物的诺言，致使病又复发，故而村民对路大仙更为虔敬。当地有认“保大”（即干爹）的习俗，孩子一出生，即找一位有本事有威望的人家，认做孩子的干爹，期望孩子平安吉祥。路氏家族长房路神保，名字即由此而来，谓有神仙保佑。之后每逢年节，路家都备礼登门拜候。此外，我们认为还有另一原因，即路家迁入老牛湾村时间较晚，单门独户，势单力薄，除联姻外，与同姓的路大仙结为干亲，可以因借其影响，更好地融入当地社会，以方便生产生活。不过，也印证了路大仙在当地的声望，为人所看重。

由于路大仙有很高的威望，所以他说的一些话，后来被当做谶语，如，路大仙说，以后有钱你们买肉吃了，别买房置地，及至新中国成立后办合作社，土地集体化，大家才恍然大悟；又说，前面的路是黑的，你们看不见，现在柏油马路果然都是黑的。

二　阴阳先生

农村中称专门看风水、看日子、书写符箓的人为阴阳先生。旧时，遣神驱鬼治病救人的方法在当地很常见。现在，遇到急症重病一时难以治愈，也常常去外村请阴阳先生画符，求取“生立一切”的效果。

阴阳先生有父祖相传的，也有爱好此道看书或求学而来的，他们平时以务农或从事其他工作为主，每当有病人家属相求，阴阳先生即上门作法。据了解，阴阳先生身着日常服装，手中没有器物，亦无动作、念词，只是以朱砂在黄纸上书写云篆。所画之符需根据病况来处理，贴于门框或门内，或带在身上，或压在枕头下面，即可祛除灾病。关系好的，阴阳先生是不收费的，关系较远的，收取两盒烟或一二十元酬劳。

据说这种方法有时还是很灵验的。某村民晚上回家，次日晨起，感觉四肢无力，一眼模糊不清，疑是眼疾，赶赴呼和浩特。几经门诊，难于确定病症，又住院一个星期治疗，各项检查无不采用，迄未确诊，已花费数千元，不得已出院回家。再请中医治疗几日，又请阴阳先生书写符箓，贴于门上，不几日，身体痊愈。又某孩儿坐摩托车跌下，受惊吓，未延医治疗，而请阴阳先生画符，即治愈。凡此，有人认为是思想病，也有人认为确实能治疗中邪风、惊厥等病症。

有关阴阳先生看风水的事情莫过于包子塔球神庙的来历，流传最广。包子塔与老牛湾村隔河相望，是准格尔旗的一个偏远小山村。黄河自山西老牛湾村起徒然拐了一个长达8公里的大弯，从地图上看，包子塔深深楔入了偏关县境内，其顶端就坐落着包子塔村，而河对面星布着马道嘴、王罗嘴、大嘴、胡德林嘴、牛上嘴、东长嘴等村落。据说早年间，包子塔村一直光景不好，于是该村就请阴阳先生看看风水。阴阳先生查看后说，这里叫包子塔，而黄河对面村子很多都以嘴为名，占尽了气势，应该建一座球神庙破解。于是包子塔村就建起了球神庙，光景逐渐变好，“七十二个大嘴吃包子”的故事因此不胫而走。对此，包子塔村民是矢口否认的。

第三节　民间禁忌

民间禁忌，是同一社会群体内的共同文化现象，表现为风俗习惯中集体性的自我抑制意识，有别于法律制度或道德规范中的禁忌形式。

一　岁时禁忌

农历腊月初八，日出之前禁高声说话，忌地上洒水。

除夕晚上和正月初一未明时，忌地上洒水、掏灶台灰，饭后不许大声喧哗。

已出嫁女儿不能在娘家过腊八、春节、清明。如果在娘家过年，接神时必须去村里其他人家待一会儿，接罢神再回来。

“七不出、八不回”，正月初七不出门，初八不回家。

杨公忌日，依二十八宿顺数，值“室火猪日”为杨公忌。杨公为何人，已不可考。其忌日从农历正月十三始，每月递减二日，以下为二月十一、三月初九……禁忌出门离家。

每逢农历初五、十四、二十三中宫星位为月忌日，禁忌出远门，探亲访友。

逢清明节、十月初一忌出门，忌探病。

每月逢初一、十五，水瓮不能换水，白天不能掏炉灰，不能剃头。

年节忌生气、吵嘴、打碎器物，否则一年不吉利。

附：民间流传的《出行歌》。

丑不南行酉不东，龙虎西行必主凶，亥子北方多失散，卯上乾坤永无踪，午申酉南遭官事，蛇羊东南艮不中，戊上东北角上去，文王出马一场空。

二　忌针

岁时禁忌。 老牛湾村旧俗每年农历正月初一至二月初二几乎每天忌针。二月始，也有不忌针的，如白天做了针线活儿，晚上用泥随处抹一抹，据说泥好了土缝，就不怕蚰蜒（音）[①] 出来咬人。

正月初一、初十忌针，怕扎种子头，庄稼不长枝叶。

正月初二，动针会生“二性子”（两性人）。

正月初三、十三、二十三大忌针，不能缝，不能捻线。

正月初四，如动针临终前会四吼四叫。

正月初五，动针会扎瞎穷媳妇的眼，送不走穷媳妇。

正月初六忌针，恐生孩子长六指。

正月初七、八，动针扎得人心慌。

正月初九，动针会生九个女孩，犯九月女婿。

十一忌针，不然会扎庄稼根。

十二忌针，不然扎坏庄稼叶。

十四忌针，不然会碰蛇。

十五忌针，恐生下孩子是瞎子。

十六，相传是毛驴的生日，动针驴子走路会发昏。

---

① 蚰蜒，一种小虫，常蛰伏于土缝，咬后身上会起包。

十七、十八忌针，俗语“不忌十七、十八，自己的双眼会瞎”。

十九忌针，俗语“不忌十九，骑驴跌断胳扭（胳膊）”。

二十、二十五忌针，是日为“小添仓”、“老添仓”，否则生孩子是“天罗儿”。

二十六忌针，俗语“不忌二十六，身上起骨瘤”。

二月初一忌针，不然扎烂蛐蜒窝。

二月初二“龙抬头”，是日忌针。

三　生活禁忌

忌鸟粪掉在身上，若掉在身上，即于该处缝一小块红布。

送礼品凡个数东西，忌送四、六个，俗语“四六不成材，死了没人埋”。

在姥爷、舅舅家不剃头，恐费长辈。

新建戏台要杀公鸡打台，否则演员不上场。懂忌讳的人头天不看演出。

探视病人忌壬寅、壬午、庚午、甲寅、乙卯和己卯六天。禁忌下午探视病人。

借别人药壶忌送还，需对方取回。药渣必须倒在高处。

女人不能用炭打炭，否则会“费老汉”。

女人给丈夫做鞋不用红布打麻衬，否则丈夫会生花心。

深夜听见喊名字，不得贸然回应。

吃饭时忌换碗、筷，忌剩饭。

拆洗铺盖，须当天拆洗缝好，不能隔夜。

12 岁以下孩子衣服忌入夜不收，否则会“落上贼心”。

不能朝太阳和人撒尿。

门里不能向门外泼水。门前有人走来，须过去后再倒水。

木匠工具禁忌女人跨过。

跑船不能背操手，不能在船头尿，饭熟不能说“烂”。

忌猫头鹰、狐狸叫，俗语“悽叫老，杏叫小，狐子叫唤没大小”，谓死不同年龄的人。

遇蛇当道，要磕一头，则其自然离开。

晚上不能剪指甲，怕迷路。

不能拿筷子打猫，怕猫往家里含蛇。

吃馒头不能扒皮一层一层地吃，怕找个媳妇（女婿）满脸疤。

吃干腌菜时，不能两人直接用手接递，也不能直接拿在手里进出门，怕自己变笨。

四 婚育禁忌

同族或近亲之间禁止通婚。姨表可以通婚，姑表即使通婚，也只能姑姑做婆婆，禁止舅母做婆婆，否则叫“倒骨血”。若姑表姨表后代辈分不同，也不能结婚，否则叫“搬辈”。

男女生肖相克忌结婚，俗语有“猪猴不到头，白马犯青牛，羊鼠相合一旦休”等说法。男女生肖犯月者忌结婚，有“男犯外门，女犯门”的说法。

缝新婚被褥忌用寡妇和无儿女的人。新人入洞房或女子穿嫁衣时忌孕妇、寡妇、戴孝者入内或帮忙。婚礼须择黄道吉日。

孕妇串门，见人家吃东西，也要吃点儿，不然胎儿会红眼。

忌人产妇房间。

女婿在岳父家不得与妻子同宿一床。

五　丧葬禁忌

人死在村外不能回村内停放，办过丧事的宅院百日内不能举行婚礼。

父母或祖父母死后到出葬前，家人从穿上孝服起，不可脱掉。家人忌理发、洗衣服。埋葬前家里人不可把水直接倒在地上，必须从篮子里漏下去才行，不然怕倒下脏水死者在阴间喝。

埋葬须择黄道吉日。出殡起棺，非直系亲属忌看。起棺到墓地，棺木忌中途着地。

出嫁的女儿从老人埋葬当日起，三天内，天天可以去。由此，每个七天都可以去，称“头七”、“二七”……直至“七七”，称“尽七”。此后，只有三年之内过忌辰和周年才能进娘家坟地。

同一坟园，一年忌埋两个人，否则还会死人。

六　居住禁忌

动土兴工应选“黄道吉日”或“偷休日”，避“太岁头上动土”和“小儿煞”。偷休日如歌诀“壬子、癸丑共丙辰，丁巳戊午己未行，庚申辛酉八日内，诸位凶神尽朝天，兴工连便修造补，旧换新容大吉亨”。

盖房用材忌果木，因为“开花树”会损人。

院子应方正，大门忌直对大路。

厕所忌在东面留。建炕台，忌正对邻居厕所。

七　农事禁忌

耕种避“地哑日”。俗语“子不种麦，亥不种麻，丙丁谷子不生芽，庚戌黍稷无料粒，壬癸黑豆不开花”，此八日不宜栽种。

附：农事观看天象歌诀

（1）《观看立春日》。

大风人难过，无风万姓欢，天阴岁多涝，雪雨国民安。

丙丁遭大旱，戊己损伤田，庚辛人不静，壬癸水盈川。阴阳一气仙，造化总由天。旦看立春日，甲乙是丰年。

（2）春丙暘暘无水撒秧，夏丙暘暘干死禾娘。

秋丙暘暘晒干入仓，冬丙暘暘无霜喜雪。

（3）春　甲子雨牛羊冻死，夏　甲子雨撑船入市，

秋　甲子雨禾头生耳，冬　甲子雨雪飞千里。

春　己卯风树头空，　夏　己卯风禾头空，

秋　己卯风水里空，　冬　己卯风牛羊空。

（4）冬至日逢壬主春旱，冬至二日逢壬马儿走，冬至三日逢壬天下雪，冬至四日逢壬雨水均，冬至五日逢壬元上泉，冬至六日逢壬田禾收，冬至七日逢壬诸般好，冬至八日逢壬海生番，冬至九日逢壬禾黍死，冬至十日逢壬遭恶风。

第四节　年节习俗

1. 春节

春节是民间最盛大的节日。农历腊月二十三要吃糕或

麻糖，以粘住灶王爷（灶君大王）的口，上天言好事，不要乱说。是日起，各家刷家，打扫庭院，置办年货。男子需理发，“有钱没钱，剃头过年”。

农历腊月二十七始，贴春联、糊花窗、供神位，窑内灶前供灶君，后正方供财神，室外窑腿神龛供三官大帝（天地水三官），以求一年大吉大利。

除夕，以红纸写成的春联贴在门窗框、箱柜、碾磨、神像龛位、牲畜圈、仓房等地方。上午，备办祭品，上坟敬献食品，烧纸，祭奠祖宗。下午，垒旺火，富裕人家垒两个大旺火，贫穷人家垛一个小旺火，上贴“旺气冲天”的对联。早年间，全天吃素，一般喝粉汤，泡麻花。粉汤里不放土豆，只放粉条和豆腐，一般还调豆芽当小菜。晚饭前，燃放鞭炮，窑房内外，灯火通明，通宵达旦。晚饭时，发一个旺火，饭后即不许高声喧哗，通宵不眠，谓之“熬年”。初一凌晨接神，接神时间每年不定，要由懂行的人确定时间。这时，点燃旺火，爆竹大作，敬香、敬供、接神，上香要跪拜、磕头。

正月初一，人们相约，三家五家一起去迎喜神。喜神每年都变更方位，要由懂行的人确定。村人邻里，见面互问“过年好”、“恭喜发财”等语，晚辈给长辈鞠躬作揖、磕头，长辈要给“压岁钱”。是日，旧时一天吃素，让神相信，人们生活俭朴，四季食素。

正月初二早，选吉时（一般辰时之前）响炮，有的人家也燃旺火，恭恭敬敬接“财神”。是日，一般中午吃饺子，里面包几个硬币，吃到者有福，该年交好运。

正月初三，开始走亲戚，妇女回娘家住几天，定下新媳妇的，一般都接到未来的公婆家，俗称“三六九不看日子只管走”。

2. 破五

农历正月初五，俗称“破五”。各家将初一至初四穿脏的衣服清理干净，将积累的垃圾和炭灰清扫出门。以色纸剪女人形，放在垃圾上，送至门外，放一炮，称之送走穷媳妇。中午需吃黄米面糕。从除夕至初五，每晚点灯。

3. 人日

农历正月初七，俗称，上年腊月二十三送灶君时，人的魂外出远游至此方回。是日，不放炮，不远行，合家吃豆面，谓之“拴魂面”。

4. 元宵节

农历正月十五，本地谓之“过小年”。各家各户敬神，晚间发旺火、张灯。有时戏班演出大戏或二人台。

5. 小添仓

农历正月二十，是日早上，人们将水瓮担满，因仓官老爷晚上要来饮马，可以驮东西来。用荞面或糕面捏仓官老爷、驮东西的马置于瓮盖，另捏12个带棱角的灯盏置于水中。晚上，全家在水瓮上敬香并点燃灯盏，全家人点灯念诵：“仓官爷，饮马来，麻籽黑豆驮将来。麻籽榨了油，黑豆喂了牛。”

6. 老添仓

农历正月二十五，做法同小添仓。

7. 龙抬头

农历二月初二，早起担水，桶中放几个铜钱，叫“引钱龙”。祭奠龙神，祈祷风调雨顺。习惯这一天理发，叫“抹龙头”。旧时，各家各户吃长豆面，如吃荞面叫“安龙眼”，吃饺子叫“安龙角”。

8. 三月三

凌晨，太阳升起之前，村民去拔俗称“臭老蒿”的草，据说这种草在当日凌晨拔来，可以祛除脑火。

9. 清明节

上坟祭祖，供祭品，烧纸，祖坟需添土。清明前一日蒸米窝窝，供食用，蒸“寒燕”，供小孩把玩食用。也有清明当日太阳未出来之前，拔蒿草的习惯，以制药祛病。

10. 四月八

农历四月初八“送油香”。附近山神庙有庙会，人们去敬神，赶交流，妇女要去奶奶庙添油、焚香、送小泥人、求子。关老爷领鸡牲，即杀鸡把鸡腿吊挂庙上（见图 8－3）。

图 8－3　西山神庙会（摄于 2007 年 5 月 26 日）

11. 端午节

农历五月初五早晨，太阳未出之时，村民去拔艾草，把艾挂在门柜上，驱邪避毒；挂在耳朵上，蚊蛇经年不侵其身。一般吃凉糕。

此前初一，小孩去拔香茅草，以五色丝线缠成各式各样小刷子，有单耳、双耳、三耳或没耳的。小孩从初一至初五挂在胸前，驱邪除恶。

12. 中元节

农历七月十五，人们大多上坟祭奠。将未过门的新媳妇请回家，以白面蒸制的面人相送。面人形状为中间一个大人，周围莲花，花上嵌入十二生肖。女方家以两条面捏大鱼回礼。

13. 中秋节

农历八月十五，之前家家户户打月饼。是日月出之时，以月饼和瓜果供奉月亮。在此前后，也要给未过门的新媳妇家送月饼。

14. 鬼节

农历十月初一，上坟祭祖，烧纸钱纸衣，谓之“送寒衣”。有天不亮上坟添土的习俗。

15. 腊八

农历十二月初八，此前初七，打冰为人，立于粪堆之上，称为“腊八人”。初八清晨，以五谷杂粮共七种配红枣熬制“腊八粥”。

附：旧时民间流行的春对（春联）、结婚生子对

春　对

春色伏衣绿　桃花映酒红

对面青山照　门前福水流

江山千古秀　花木四时春

家有黄金折斗量　不如养子送学堂

门前车马非为贵　家有书生不算贫

禧春遇正月　贺天子万年

生财有大道　则财恒足矣

地有三江水　人无四海心

三阳从地起　五福自天来

天赐平安福　人迎富贵春

文章司马重　元龙品格高

旭日临门早　春风及第先

天赐满门吉庆　春送两字平安

金城柳色千门晓　玉洞桃花万树春

一门天赐平安福　四海人同富贵春

六合同春随运转　一门喜气自天来

五色凤鸣天下晓　一声莺报上林春

春对横批：九如天宝　四时吉庆　满门吉庆　天子万年　福自天来　五福来临　福灯高照　一门五福　天官赐福　行夏之年　诗书门第　凤鸣天下　天赐平福　人庆丰年　天长地久　抬头见喜

结婚生子对

喜春春鸳鸯一对　笑盈盈夫妻配双

喜见红梅多结子　笑看绿竹又生孙

喜见红梅凤　笑看又生子

鱼水千年合　芝蘭百世荣

金屏牛女会　玉树凤凰鸣

第五节　伏龙寺祈雨

伏龙寺在营盘峁行政村水门塔村南，西至老牛湾村 4 ~

5公里，坐落于杨家川北侧高台地上，群山环合。寺前杨家川两岸石崖壁立，高十余米，谷底涌泉百出，流水淙淙，清爽宜人，是干旱少雨的黄土高原少有的景致，古称“藏精聚气之处”（见图8-4）。

图8-4 杨家川（摄于2004年5月8日）

一 历史与现状

伏龙寺始建于清代乾隆初年，是长城内汉族农民来此定居时建造，初仅关帝和观音共祀庙堂一间。乾隆二十五年至二十六年（1760~1761年），各村集资扩建龙王堂、圣母庙、东西禅室及钟鼓二楼、戏台、山门等。寺内供奉神祇庞杂，以满足当地民众的多种精神生活需要。居中为关帝庙，关圣大帝两侧侍立周仓、关平，另外塑孔夫子像，两壁绘有关羽事迹壁画。庙内中部以木隔断间隔，观音菩萨面北。西接龙王堂三间，供奉龙王和水母娘娘，有青红黑白黄等十个龙王形象。庙内三面绘有天上诸仙、雷公电母、龙王行雨、歌舞伎乐等，为清代原作，画法画风与偏关护宁寺壁画相近，艺术价值甚高。奶奶庙在关帝庙东侧，供奉两脸曹婆，即送子娘娘，侍立康彩姐姐、豆彩哥哥及哼哈二将，后焚毁于香烛引起的火灾。院中有天地牌位，为十世真童和周武。其他牛王庙、山神庙分立东西，供奉佛爷、牛王爷、山神等。

伏龙寺的主体建筑全部是木制梁架结构，所用材料均为当地出产。这在清水河县乡间甚为少见，不仅证实了历史时期的自然环境状况，而且看得出寺庙年代较为久远。

关于伏龙寺的由来，当地相传很久以前的秋收时节，水门塔村的冯二相公在场面打谷，不料谷子总是装不完，当地人叫做“场溢”了。直至最后，谷堆下面露出个人头，冯二相公很害怕，于是，第二年就在场面上建起伏龙寺。伏龙寺建成后，有一相师途经此地，认为寺庙选择的位置不好，因为从地形上看，欧梨峁到水门塔的山梁颇像一条黄龙，而寺庙恰好建在龙头上，相师预言，不出七年定会龙口大开，龙眼圆睁。果然，七年之内，寺庙之下的杨家川崖壁上出现一个很大的石洞，洞中泉水涌出，人们称之为龙口石崖。在伏龙寺旁的沙梁上形成一只沙眼，就叫做龙眼，庙旁的两株大树被称作龙角。

据说龙眼形成后，总也填不满。本村有一懒汉叫赵僵秃，游手好闲，不务正业，因此30多岁仍是光棍一条。父亲去世后，他既无心也无力替父亲办丧事，只是挖了一个坑，连棺材也没装就草草掩埋了。不久，他的母亲因悲伤过度也去世了，这回他连坑也懒得挖，就将母亲遗体背出去，塞入了龙眼，从此龙眼填满，再没睁开。

伏龙寺至今250年，历经沧桑岁月。1966年“文化大革命”初期，红卫兵“破四旧”来到伏龙寺扫除“牛鬼蛇神”，时任大队支书的孔召河说：“这个地方的四旧，由我们贫下中农负责”，红卫兵在拆除钟鼓二楼后撤走，伏龙寺大部得以保全。现存关公观音堂、龙王堂、戏台和几近垮塌的山门。戏台是清水河县黄河沿岸仅存的原构建筑，其现状堪虞。龙王堂前檐廊有《伏龙寺碑记》，是研究地方历史的重要实物资料（见图8－5）。

图8－5　伏龙寺（摄于2004年5月8日）

二　伏龙寺会社组织与管理

伏龙寺会社是信仰习俗、血缘关系相融合的地缘共同体，担负着祈雨、社戏的组织与资金的筹集、管理工作，它的组建年代应在乾隆初，与伏龙寺建立同时期。据《伏龙寺碑记》，乾隆二十六年（1761 年），已有台子梁、壁里沟、白草墕、藕梨峁、营盘峁、大塔、望雨梁、水门塔等村落民众参加，按每村 110 条“牛腿”的标准出资。随着土地垦殖、村落的兴衰更替，出资增至 120 条牛腿。1908 年，西嘴村（1998 年移民搬迁）李家、常家因改信天主教退社，退出 8 条牛腿。1941 年，王来柱在台子梁任乡长时，以 28 块银元买下河湾三垧地和河路社产、路大仙神堂。他将河路社和神堂都归于伏龙寺会社，其中河路社为 28 条牛腿，因此，会社增至 140 条牛腿。现在，营盘峁行政村所属自然村，除西北部沿河的扑油塔、牛腻塔、安子梁外，都参加了伏龙寺会社，计有营盘峁、台子梁、四座塔、磨石墕、欧梨峁、大阴背、黄虎庄王、土山子、老牛湾、水门塔、北古梁等村落，涵盖到 24 平方公里。新中国成立以来，会社活动是按留地人口收费。

伏龙寺会社由会首进行管理，会首按村分片产生。伏龙寺所在地的水门塔村有一个常会首，这样组织活动，诸如安排担水、派饭等要方便些。磨石墕村因出的牛腿最多，也有一个会首，其他村则分片产生，营盘峁、大阴背、欧梨峁一个，老牛湾、西嘴、四座塔、土山子一个，台子梁、大塔一个，共五个会首。曾经担任会首的有老牛湾的李根世、王来柱，四座塔的石庆厚，台子梁的郭成旺，欧梨峁的吕五，磨石墕的孔齐厚和水门塔的孔三。

本地区的祭祀活动有每年农历四月初八的老牛湾鸡牲（杀鸡祭神，其余类同），五月十三山西老牛湾的猪牲，五月二十五以后，就是伏龙寺的羊牲，此时，往往是旱情最严重，庄稼最需雨水时。每逢天旱，会首即聚会商议祈雨事宜，先摇卦，根据卦签安排牲羊、演戏、组织活动。然后会首分头置办物品，邀约戏班，收取款项，通知村民。剧团食宿都安排在水门塔、黄虎庄王、北古梁几个村子，每一个饭工可顶一口人收费。

三　领牲祭祀活动

伏龙寺祭祀活动为三天，唱戏也随之进行三天。开戏第一天上午是领牲。选取黑山羊两只，以清水洗角、洗耳、洗背及四蹄，领牲人口念："龙王爷你领了吧！"羊摇头需重复再来，直至羊全身大甩为止。然后把羊杀掉，开剥后，等第二天献牲时用。

领牲的同时由其余会首敬神。以四份供养，每份为五个馍馍，分别敬奉关帝、奶奶、龙王、天地四个神位，然后上香，敬黄表，燃放爆竹。

一般唱戏只是每天下午、晚上唱两场，而水门塔唱戏必须上午也唱，叫早三出戏，也叫院戏。由红、黑、生、旦四个行当的演员同时开场，面向北面寺庙，站成一排，不需化妆，只是在脑门抹点红，手持笏板，依次唱道："节节高，节节高，节节高上挂红梢，人人都从天桥过，不知天桥有多高。末将魏徵。"随之第一人退场，第二三四个演员唱法相同，只是分别报名"末将尉迟恭"、"末将刘墉"、"末将蓝湘子"，报名后即下场。这样连续唱两遍。第三次上场四人齐唱"远瞭一朵云花花，不等三日将雨下。三月三，王母娘娘蟠桃大会拜寿一回”，四人朝对面庙宇拜三拜，接着说：“愿祝社院人寿平安，五谷丰登，万事如意！”四人退下。伏龙寺唱戏为梆子戏，禁止唱道情戏，开场后，即行演出（见图 8 - 6）。

图 8 - 6　社戏（摄于 2002 年 7 月 10 日）

第二天上午献牲，龙王庙献破盘牲，关帝庙献整牲。开戏后，将一只羊的胸脯肉、四腿腱子肉、心肝五脏、肥肠分别割取一小块儿，炒熟，装盘，敬献龙王，上香，敬表，磕头，口念：“龙王保佑，风调雨顺，百业兴旺”等语。用蛮肚油包住血脖子，将一只整羊敬献关老爷庙前，上香，敬表，磕头，口中祈求老爷保佑，人畜平安，这是献整牲。领牲用的这两只羊献祭之后，一只用于会首生活，另一只送给剧团。

第三天，主庙敬神，开戏后由会首向各个神位拜祭。

据说伏龙寺祈雨很灵验，天旱时组织祈雨有求必应。祈雨当日早上安排扫庙，由黄毛丫头（未出嫁的女孩）持新扫帚到龙王庙打扫卫生。中午祈雨队伍均头戴柳条帽子，赤脚，由四人肩舆龙王爷、水母娘娘的小轿，下至杨家川底，头顶烈日，跪下求雨。一天不行两天，直到取水瓶中现出水珠，祈雨方告结束。

祈雨活动已消失多年，领牲、唱戏从2001年也有九年没搞了。据了解，原因大致有如下：

（1）戏价越来越高，而农村人口越来越少，致使人均消费增大，20世纪90年代最高人均收费要5元钱，甚至出现收不够费用的情况。孔禅生当会首六七年，共亏损260多元。由于会首嫌麻烦，不愿再组织。

（2）村民的文化程度、思想观念发生变化，不再迷信天上神仙，也是祈雨习俗渐至消失的重要原因。

附　录

附录一　营盘峁行政村大事记

一　营盘峁行政村行政工作记事

2007 年 2 月 4 日

地点：行政村办公室

主持人：石玉山

出席会议人员：石玉山、韩秀成、赵清

会议内容：民兵整组训练有关事宜。

韩秀成连长传达了民兵工作精神，今年民兵整组情况，营盘峁民兵连两个排，50 名，防凌、防火、防汛突击抢险队。于 3 月份计划训练，时间 2 天，边防火边训练，要求各个民兵提高警惕，加强防凌防火意识，做到招之即来，对外出民兵 33 名要做好通知。

石玉山讲：一定要加强民兵建设，党支部配合抓好民兵整组及训练工作，具体事项请连长具体抓。

2007 年 4 月 4 日

地点：行政村办公室

主持人：石玉山

会议内容：传达乡政府经济会议精神，布置2007年全年工作。

2007年任务，营盘峁行政村因时制宜，根据沿黄河各村无霜期长、气温高，宜种植小杂粮，特别落实小香谷、绿豆等杂粮的耕种。加强义务植树造林力度，要建档立卡，搞好黄河一带的绿化，特别强调春季各村组禁牧、防凌、防火以及保障村民春耕生产安全工作。清明节将至，通知村民上坟防火、文明祭祖，白灰厂、石料厂以及打鱼船、载客汽艇要注意接待安全，预防危险发生。老牛湾旅游区要开展讲文明活动。今年要完善黄河沿岸村组自来水配套工程的兴修，完成各村组低压线路整改工作。

2007年4月27日

地点：行政村办公室

主持人：石玉山

出席人员：村干部、村民代表

会议主要内容：研究关于建设村党员活动室事宜。

参加人：石玉山、韩秀成、赵清、韩六存、韩有占、韩宽河、石占年、石占、白润维、郭先为、石有生、石拴为、吕簛扣、杨满玉、孔根艮、孔二和、孔忠生。

村党支部书记石玉山讲，各村民代表，今天在春忙季节召集大家开个短会，会议议题主要有一个，商量关于建设村党员活动室事宜。乡党委准备（扩建）新建行政村党员活动室，在不向村民收取一分集资款的情况下，我们是否准备修建，如何修建，请各位村民代表发表一下个人意见。

韩有占：这是个好事，修好活动室农民可以聚在这儿学习一下科技知识，学习一下政策性的知识，是很好的，我完全同意。

石占年：新建活动室是个好事，但关键要把好工程质量关。我建议工程建设时专门派作风公正、认真负责的1～2人，经常监督工程质量，防止偷工减料。

石占：要修就修成样子，赞成这个做法。

石有生：既能新建活动室又不向村民集资，不增加村民负担，村民们肯定都会赞同。

吕筛扣：资金允许的话，建议修成一个标准的支部活动室。

与会人员一致同意新建党员活动室，向村民广为宣传，动员村里无事的村民经常监督工程建设。

2007年6月18日

地点：行政村办公室

主持：石玉山

出席会议人员：村民代表

会议主要内容：关于2007年6月18日换届选举。

石玉山同志讲了，2007年6月18日村党支部换届选举，全体党员代表一致通过。选出党支部书记石玉山，委员赵清、韩秀成。

2007年10月25日

地点：行政村办公室

主持人：石玉山

记录：赵清

出席会议人员：全体村民代表

会议内容：学习党的十七大精神。

营盘峁行政村党支部书记石玉山同志及村主任韩秀成同志，认真宣读了党的十七大会议精神，关系到党举什么旗，走什么路，发展科学，奔小康。

附表 1－1　2007 年老牛湾村小康文明户

户　主	居住地
赵艮宝	老牛湾
赵在堂	老牛湾
李文清	老牛湾
白二荣	老牛湾

资料来源：营盘峁行政村档案资料。

二　营盘峁行政村党组织工作记事

2007 年 4 月 13 日

地点：党员活动室

主持人：石玉山

县组织部李部长来营盘峁行政村党支部检查工作，有乡党委书记、乡长、副书记等，行政村石玉山、赵清参加。村支部书记提议把营盘峁行政村阵地搬迁到老牛湾村，得到县乡领导的同意，行政村会做好在老牛湾建立新行政村办公点的前期工作，先征地后开工建设。

2007 年 4 月 7 日

地点：党员活动室

主持人：石玉山

内蒙古扶贫办白主任及呼市扶贫办到营盘峁行政村老牛湾村过组织生活，有县委吕书记、吴县长、孙县长、县扶贫办王主任、乡党委书记、书记等人，行政村石玉山、赵清参加，内蒙古扶贫办要求营盘峁党支部带领党员群众尽快脱贫致富奔小康。

2007 年 6 月 11 日

地点：党员活动室

主持人：石玉山

主要内容：营盘峁行政村党支部换届选举领导小组

窑沟乡单台子服务中心副主任李万华同志，村党支部书记石玉山同志主持召开上届党支部会议，成立换届选举领导小组。组长：石玉山，成员：赵清、韩秀成。

2007 年 6 月 15 日

地点：党员活动室

主持人：石玉山

出席会议人员：全体党员、村民代表

窑沟乡单台子服务中心副主任李万华同志，村支部书记石玉山同志，主持召开党员及村民代表会议。

参加人员：石玉山、赵清、韩秀成、石三白、石拴为、白广、王牡丹、李彪、孔玉成、韩有占、韩宽河、白润维、牛大叶。

推选确定候选人：石玉山、赵清、韩秀成、韩云珍。

2007 年 6 月 18 日

地点：党员活动室

主持人：石玉山

会议名称：村支部换届选举

会议主要内容：选举支部委员、支部书记

出席会议人员：石玉山、赵清、韩秀成、石占兵、石飞、石丽、石建强、王牡丹、李彪、郭翻身、韩金泉、李正元、石三百、石拴为、白广、李秀莲、韩丙来、高改翠、韩荣珍、韩文亮、韩福在、高占才、刘翠莲、冯王不浪、孔庆强、孔玉成、韩白、石忠虎、白来存、白振业。

选举产生了总监票员：李万华，唱票：韩占宽，计票：石忠虎。

选举出支部书记：石玉山，委员：韩秀成、赵清。

2007年6月25日

地点：党员活动室

主持人：石玉山

参加人员：党员32名

会议内容：研究发展新党员问题，批准经组织培养成熟的入党积极分子石云芳、刘兴亮、石有存为预备党员。

石玉山：经过培养3名入党积极分子，石云芳、刘兴亮、石有存，请参加会议的党员发言，对新发展党员有什么看法，各自表态。

经与会同志举手表决一致同意以上3名新发展党员为预备党员。

指定培养党员人：石云芳是韩秀成、韩二白；刘兴亮是赵清、韩文亮；石有存是石玉山、张国珍

2007年11月28日

地点：党员活动室

主持人：石玉山

出席会议人员：石玉山、韩秀成等人

会议主要内容：学习十七大会议精神。

石玉山组织学习十七大会议精神：党的十七大是在我国改革发展关键阶段召开的一次十分重要的大会，大会批准了胡锦涛同志代表十六届中央委员会所作的《高举中国特色社会主义伟大旗帜为夺取全面建设小康社会新胜利而奋斗》的报告，这次大会，高举旗帜，继往开来，求真务实，是一次团结的大会，胜利的大会，奋进的大会。胡锦涛同志的报告，以马克思列宁主义、毛泽东思想、邓小平理论和“三个代表”重要思想为指导，深入贯彻科学发展

观，分析了国内国际形势的新变化，鲜明回答了党在发展改革阶段举什么旗帜，走什么路，以什么样的精神状态，朝着什么样的发展目标继续前进的重大问题。

三 营盘峁行政村团妇女工作记事

2007年4月6日

地点：行政村办公室

主持人：韩秀成

组织团员学习马克思列宁主义、毛泽东思想，特别是邓小平理论，全心全意为人民服务，做好团的工作，带领青少年，为人民谋利益，做好事。

2007年10月25日

地点：行政村办公室

主持人：韩秀成

组织团员学习领会党的十七大精神，起到模范作用，为党为人民作出贡献。

四 关于在营盘峁行政村建设林果产业基地的请示

窑沟乡党委政府：

近年，历史文化名村老牛湾以独特的自然资源和人文资源优势，吸引了八方宾客，旅游事业呈现了持续发展的态势，奠定了成为黄河文化旅游线上重要景区的基础。然而许多问题也逐渐显现，如缺乏宏观规划统筹安排、旅游产品档次低升级慢、基础设施水准滞后不配套、经营与管理不规范、生态环境尚待整治与改善等，原因是多方面的，但也存在着以我们自身努力来提升整体环境质量的问题。

有鉴于此，我们在详细调查研究之后，计划在我行政村建设林果产业基地（以下简称“基地”），加大特色产品海红果种植力度，引进驯化外地优质经济林木，并逐步开展经济型或观赏类禽兽驯养，以社会合力优化营盘峁行政村物质、精神、生态、政治面貌；以规模化经营，做大、做稳、做强、做精基地，增强抗风险能力；以新产品、新技术、新功能扩大市场，增加村民收入；以基地建设推动各自然村生态型新农村建设，“创绿色家园，建富裕新村”，使以旅游业为主导的第三产业保持旺盛的发展势头。

我们计划先期在营盘峁、土山子以南、老牛湾村路东、旺雨梁（沟）以西、杨家川以北约5平方公里的范围内进行基地建设（附图，略），取得经验后向各村推广。该基地建设有如下有利条件：

（1）杨家川水可资充分利用，解决适时浇灌的问题；

（2）土层深厚，光热条件好，宜林土地众多；

（3）大塔的资源条件有利于建设优质高产经济林木种苗培育区；

（4）村民有多年的果树栽培经验，易于推广新产品、新技术；

（5）可耕地少，村民闲暇时间充裕，劳动力资源丰富；

（6）基地建设与旅游业相辅相成，村民有从事旅游业增收的热情；

（7）易于引起社会的关注，宣传造势，吸纳社会资金和技术力量；

（8）符合国家黄河上中游生态治理和提高农村经济发展能力的政策，可以多方争取资金；

（9）启动资金较少，建设周期较短，5年内可以收到实效；

（10）基地位于老牛湾旅游区的核心区域，有助于拉动旅游区东向伏龙寺、大圪洞发展，并促进自身的完善。

基地建设是科学性的系统工程，是兴林富民的举措，是福泽后代的事业，需要汇集各方力量，通力完成。为此，我们认为需要：

1. 制定翔实的基地建设发展规划

该规划由林业部门为主导，发改、国土、环保、水务、城乡建设、交通、农业、旅游等多个部门合作，符合因地制宜、突出特色、经济性、生态性、文化性、多样性、协调性等原则，既满足现实发展的要求，又使这种要求有着更广阔、更深入发展的空间。

2. 加强基础设施建设

前期应完备大塔输变电线路、大塔—台子梁（营盘峁）二级扬水工程及相关输水管线、大塔种苗培育区等项目建设。其中输水工程不仅满足基地建设需要，而且将就近向大阴背、欧梨峁等村输水，并承担老牛湾等级公路竣工后道路两侧及山体绿化任务。原四座塔深井水质甚好，将作为人畜饮用水源，永续使用。

3. 引进驯化宜地优质经济林果

基地将以海红果为主要产品，在倡导村民对现有果树加强管理的同时，扩大种植面积，并适度引进宜地优质经济林果树种，如花椒（曾经种植）、香椿、苹果、葡萄、枸杞，以及新疆阿克苏的大枣、俄罗斯的无核大沙棘等，形成各具特色的种植园区，逐步淘汰旧有枯老死树，更新树种。

4. 建立健全生产管理体制

严格执行国家相关政策，保障农民的土地使用权、集体林地承包经营权，确保农民的经营主体地位，最大限度地调动农民参加基地建设的积极性。完善生产管理体制，以公司（专业合作社）+农户的形式，加强商品生产、供应、销售各环节管理。今年行政村将批量推出单台子海红果，以取得相关经验。

5. 引进新能源、新技术，倡导绿色环保型种植

在现有条件下，尽可能扩大禽畜饲养。完善禽畜圈和厕所改造，引进沼气等新能源，促进有机肥、农家肥积累，满足大规模种植果树所需基肥和追肥的需要，取得农林副业并举的实效，避免单一产业结构带来的风险。

6. 逐步引进果品深加工技术

基地创建伊始，就应当完善产品的市场销售流通渠道，并引进果品深加工技术，不断促进产品的升级换代。斟酌各方面条件，建议果品深加工企业设在单台子村。

因老牛湾村、四座塔村和水门塔村（伏龙寺）是旅游区中的重点景区，有待制定修建性详细规划后统一进行此项工作，行政村其他地域将俟基地取得经验和成果后，即行开展普遍性的果木种植。

基地建设启动资金需40万元，其中建设性详细规划5万元、输变电线路15万元、二级扬水工程及相关线路10万元、大塔种苗培育区建设5万元、优质经济林果引进5万元。资金以政府扶持、企业贷款、农户股份及佣工、社会赞助等形式筹集，利润及效益分配方式尚待各方磋商。

基地建设是实行产、学、研一体化发展的过程，可以加快科学技术应用到生产实际中。在这一进程中，将有效地利用行政村自然环境、人文资源等优势，不断增加和更新优势产品，提高质量，改善品质，提升效率，由此，营盘峁行政村将实现高起点的跨越式发展。

妥否，请批示。

中共清水河县窑沟乡营盘峁村支部委员会

清水河县窑沟乡营盘峁村民委员会

2009 年 4 月 10 日

附录二　老牛湾自然村农业情况

从行政村获得的有关 2003 年农业税缴纳资料，依据 2003 年的农业税缴纳制度，进行综合整理，制出附表 2－1，以反映 2004 年内蒙古自治区进行农业税改革以前，老牛湾村民一年应负担的农业税（见附表 2－1）。

附表 2－1　2003 年老牛湾自然村农业税计税情况

村名	农业人口（人）	二轮土地承包面积（亩）	计税常产（公斤）	计税总产量（公斤）	计税价格（90%）（元）	税率（%）	依率计征税（元）	附加（29%）（元）	农业税合计（元）
老牛湾上村	48	81.9	80	6552	5896.8	6.5	383.3	111.15	494.45
老牛湾下村	100	165.7	80	13256	11930.4	6.5	775.48	224.89	1000.37
老牛湾庙区	144	180	80	14400	12960	6.5	842.42	244.3	1086.72
合计	292	427.6	—	34208	30787.2	—	2001.2	580.34	2581.54

资料来源：根据营盘峁行政村档案制表。

2005 年老牛湾村全部免除农业税及农业税附加后，村里农业增收明显，在调查中，老牛湾村民普遍对国家这一政策赞不绝口。这一政策的实行对以农业为主要产业，贫困户居多的老牛湾村民来说，无疑是雪中送炭。

根据现在老牛湾村农业土地拥有情况，2006年，依据政府部门出台的农村“两免一补”惠农政策，可计算出老牛湾村农业税补贴的具体金额（见附表2-2）。

附表2-2　2006年老牛湾村农业税补贴情况

村名	享受补贴土地面积（亩）	粮食商品量（斤）	粮食补贴标准（元）	补贴金额（元）	柴油、化肥等综合补贴标准（元）	综合补贴金额（元）	补贴合计（元）
老牛湾上村	81.9	10237.5	0.03	307.13	6.15	503.69	810.82
老牛湾下村	165.7	20712.5	0.03	612.38	6.15	1019.06	1631.44
老牛湾庙区	180	22500	0.03	675	6.15	1107	1782
总计	427.6	53450	—	1594.51	—	2629.75	4224.26

注：粮食商品量按125斤/亩标准计算。

资料来源：根据营盘峁行政村档案制表。

根据附表2-1、附表2-2反映的老牛湾村在未免除农业税时计算出的应缴纳农业税金额，与老牛湾村免除农业税之后国家对农村村民的各种补贴金额相加，所得出的金额即是老牛湾村在国家推出“两免一补”政策后，老牛湾村民实实在在获得的利益（见附表2-3）。

附表2-3　2006年实行“两免一补”政策后老牛湾村民获利情况

单位：元

村　名	免除农业税	国家农业税补贴	村民实际获利
老牛湾上村	494.45	810.82	1305.27
老牛湾下村	1000.37	1631.44	2631.89
老牛湾庙区	1086.72	1782	2868.72
合　计	2581.84	4224.26	6805.88

资料来源：根据营盘峁行政村档案制表。

后 记

内蒙古自治区清水河县（以下简称“清水河县”或“清水河”）以老牛湾为名的自然村落有三个。

其一，临近浑河汇入黄河处北岸，现属宏河镇火烧壕行政村，丰（镇）准（格尔）铁路经过这里，设立了老牛湾车站。“老牛湾”常常给经过的人留下舒缓的田园牧歌式的印象。

其二，在浑河南岸，与前述老牛湾村相对，属窑沟乡铁驼壕行政村。

其三，在清水河县最西南端黄河岸边，现属窑沟乡营盘峁行政村，这是我们进行社会调查的地点。当地父老相传，上古时代，黄河为大山壅塞，宣泄不畅，太上老君驾青牛开辟河道。忽然，对面明灯山上灯光闪亮，青牛受惊，驾犁左驰右突。于是，在莽莽山野之中，黄河深深刻画出接连的大转弯，两岸崖壁高耸，河道曲折蜿蜒，故而，这一带就被称作“老牛湾”。我们所去的老牛湾就坐落在西濒黄河的台地上，与山西省偏关县万家寨乡老牛湾村隔杨家川相望。这正是迤逦东来的长城与黄河戛然交汇的地方，久负盛名。

老牛湾风光壮丽，享誉世界的长城、黄河交汇于此，造就了极具观赏性的旅游景观。这里，长城墩台林立，楼堡相瞩，山险墙高达百米，虽经数百年的风雨侵蚀，仍巍然矗立，保持着昔日雄伟壮观的风貌。黄河两岸如刀劈斧削，奇峰壁立，正是著名的黄河三峡之一。如今，黄河万家寨水库大坝横截奔腾而下的河水，往昔的激流险滩、浊浪惊涛变为高峡平湖，长空一碧，飘然若带，呈现出波光潋滟的美景。

近年，当越来越多的老牛湾村民走出远离尘嚣的小山村，外出务工、经商的时候，众多的城市游人、摄影采风者和新闻媒体却纷至沓来，体悟恬淡自然的田园风光，领略粗犷雄浑的长城、黄河。老牛湾声名鹊起，逐渐成为区域性的旅游主打产品。老牛湾村的经济发展处于机遇期。但是，经济发展的滞后，传统思维方式的禁锢，又束缚着大多数村民，使得他们难以充分利用现有条件，跻身市场经济大潮，然而，以旅游业促进当地经济发展已成为共识。当老牛湾村民面对深刻的经济关系、社会关系，以及生产、生活方式和思想观念巨大变革的时候，许多人自觉无助而又躁动不安，等待、期望而又跃跃欲试，个别农户以旅游带来的不菲收入，在更多的村民心中触发了阵阵波澜。

2007 年 4 月，中国社会科学院中国边疆史地研究中心毕奥南研究员和内蒙古师范大学历史文化学院院长于永教授至此考察，对老牛湾村的区位条件、自然景观、历史文化、经济状况、乡风民俗的特色和价值均予以肯定，确定老牛湾村作为内蒙古“当代中国边疆·民族地区典型百村调查”地点之一，而且是内蒙古进行调查的试点。

老牛湾于我们并不陌生。1998 年，征得呼和浩特市城建档案馆张福晓馆长同意，孙驰与内蒙古电视台包呼生及董雪明等人两次来到这里，收集万家寨水库蓄水淹没区声像资料，如今，许多蓄水前的景观因付诸不同的载体而得以保存。当时，我们曾向村民讲述河湾油梁、水磨易地保护，今后用于旅游的想法，但令人惋惜的是，不仅这些民俗文物未能保存下来，就是作为自治区重点文物保护单位的老牛湾戏台及其附属建筑、石碑、铁钟等亦踪影全无。因感触良多，我们拟编制一部《呼和浩特的黄河沿岸》电视系列片，包括托克托县和清水河县黄河地带的历史、民俗、风光、古戏台和明长城等内容。所以，1999~2001年，我们在不同季节多次来到这里，摄取了蓄水后的黄河风光、伏龙寺祈雨、骡轿娶亲等素材。1999年冬，由内蒙古师范大学王志彬教授任总撰稿，该校曹永年教授和内蒙古文物考古研究所李逸友研究员任历史顾问，呼和浩特市文物事业管理处张汉君副研究员任古建筑技术指导，编制了《明长城访古——从老牛湾墩到红门市堡》电视专题片，两次在内蒙古电视台播出。

当年的老牛湾较今日难以进入，我们经清水河县城关镇，夏秋时节往往从河西薛家湾到城坡之下的洪水沟，乘坐四座塔村李和顺、石三根的铁船来到这里，沿途观赏峡谷风光，偶一顺流而下万家寨。老牛湾是个神奇的地方，每当置身于此，总感到世界的博大精深和个人的微不足道，在撼人心魄的感觉中，体会到催人奋进的力量。2001~2002年，我们的同学、同事、朋友百余人来到这里，当时主要住在营盘峁党支部书记石玉山家，其妻李胡燕为我们忙里忙外，很是操劳。其间，呼和浩特博物馆李铁钢与孙驰、周成贵拓印了老牛湾堡、伏龙寺、滑石涧堡、西山神庙、岔河口等处大多数石碑。

数年来，我们既被奇险瑰丽的黄河大峡谷所吸引，更为当地村民的热情淳朴所感动。然而，在黄河与长城——中华民族的伟大象征，如此完美地融合在一起的环境中，却是国家贫困县最偏远的山区。尽快改变这里的贫困面貌，是社会的责任，也是我们不容推辞的义务，而开发情境和蕴涵俱佳的旅游资源，成为推动区域经济发展的最佳切入点。呼和浩特市城建档案馆在保护的基础上开发单台子旅游资源的初衷，得到内蒙古师范大学地理科学学院赵明院长的肯定，经毛昭晖教授推荐，具体由李文杰副教授参加并给予技术上的指导。2002 年，经呼和浩特市建设委员会同意，城建档案馆呈报《清水河县单台子乡黄河及长城沿线旅游资源的开发和保护》科技计划项目建议书；2003 年，呼和浩特市科学技术局 33 号文件批准该项目立项并拨付科研经费。

需要指出，立项伊始，我们就以此作为对清水河县的扶贫帮困项目，也是对曾经给予我们多方帮助的广大清水河父老乡亲的由衷回报。

规划区有着深厚的历史文化底蕴，这是浮光掠影的观察所难以体悟的，广泛深入的社会调查就是极为重要的基础性工作。2004 年 5 月以后，调查组徒步走遍了城湾至老牛湾、伏龙寺、滑石涧堡的坡梁沟谷，尤其对少有游人进入的杨家川河谷及其北部黄土丘陵沟壑地带更是进行多次实地勘察，因而对旅游区近、中、远期发展有了明晰的认识。营盘峁行政村党支部石玉山、赵清，以及乡林业站石忠和老牛湾村民路军等人协助调查，单台子小学校长杨建国和韩飞、石永祥老师参加了调查。

清水河县各级领导始终对该项目予以支持，2005 年，机构甫定的县旅游局即积极参与工作，推进调查与规划编制。2007年6月29日，在清水河县由县政府和市科技局主持召开评审会,《呼和浩特市清水河县长城黄河生态文化旅游区旅游发展总体规划》通过了由呼和浩特市政府经济科技顾问团顾问王维珍任主任的鉴定委员会评审。

因与老牛湾有上述因缘，当得知在内蒙古以村落为单元开展基层社会和经济发展的典型调查时，我们便将老牛湾推荐给毕奥南、于永两位老师。这样，不仅占有天时、地利、人和之便，有助于深化对老牛湾的历史和现状认识，而且调查报告将会促进旅游区的经济与社会建设。

应当指出，2002年杨建国就要求他的学生们采访村中父老，记下他（她）们的生活经历和乡风民俗。如今许多被访者已经作古，因而留存的资料愈显可贵，撰写过程中，我们选用了部分当年的笔记内容。每当我们想起这些逝去的老人，倍感此次农村社会调查的必要。然而，社会学的调查方法与我们以往的工作有所区别，当它以老牛湾为社区展开时，将涉及一定的地域、人群、文化维系力、人们的各种社会活动及其互动关系等方面。因之既往的调查显得浮浅、不系统，而此次社会调查本身则是我们经过不断学习，进而深化认识的过程。

可以看出，从选村到这次调查报告写作，经历了三个阶段：一是收集呼和浩特地区黄河沿岸，包括老牛湾的声像资料，使我们对这里有了粗浅的了解；二是编制《呼和浩特市清水河县长城黄河生态文化旅游区旅游发展总体规划》，拓展了我们的视野，开始从更广阔的角度去认识老牛湾的价值；三是由于此次较为全面、深入、细致的调查，老牛湾逐渐立体式地呈现出来，其深度和广度都得到一定的提升，对于清水河县区域性的经济和社会建设应有裨益。

同时，以一隅之地进行调查研究，对每个参加者都是基本技能的培训，使我们受益终身。每念及此，首先要感谢中国社会科学院中国边疆史地研究中心给予我们学习的机会。感谢毕奥南研究员和于永教授在调查写作过程中的切实帮助与适时指导。

感谢曹永年教授推荐我参加此次调查，这既是信任，又是鼓励。曹教授亲身参加过《明长城访古》电视专题片的摄制，又是前述《总体规划》的评审委员，到过老牛湾附近的许多地方，他的真知灼见对我们从大历史的视界去考察、认识事物，起了重要作用。

感谢清水河县委、县政府、有关局委办，尤其是窑沟乡（和原来的单台子乡）党委、乡政府，县旅游局、统计局的领导和同志们在工作中的支持和生活上的帮助，不仅给资料收集提供了方便，而且每次来到清水河县，都得到热情接待。

感谢呼和浩特市建设委员会的领导委派我参加清水河县的农村社会扶贫工作。老牛湾的社会状况与周边地区，特别是清水河县农村经济、社会、文化发展密切相关，因而我有机会深入县域许多地方，获取了多方面的知识，可以从更广阔的视角去认识老牛湾，书中的一些材料就直接取自这种工作经历。

感谢老牛湾的村民们10年来的热情帮助，我们的每一项调查与研究，都和他们的支持分不开，尤应感谢的是，王引弟、路忠母子在生活上给予我们的体贴和关心。大家都知道，这是基于共同情感基础之上的共同事业，都希望老牛湾的明天会更好！

调查报告是集体劳动的成果，2007年4月15日，于永、于志勇、韩巍、尚金成、孙驰等人冒雨驱车进入老牛湾，初步调查，探讨社会调查方法。当时阴雨连绵，道路泥泞，自下城湾至深壕子10余公里上坡路段，几乎是我们和营盘峁行政村的石玉山、赵清推车走完的。此后，调查组走访了清水河县统计局农调队，学习农村社会调查方法，并根据老牛湾村经济生活的特点，设计了入户调查登记表，编制了访谈提纲、调查问卷等，做了一些前期准备工作。

由于老牛湾村是内蒙古的调查试点，所以，2007年7～8月两次以家庭经济为重点的社会调查参加人员广泛，参加一次调查的人员有于永、哈达、李卉青、石忠、石毅、段敏利、李果丽等；参加两次调查的人员有孙驰、杨建国、王海峰、杨晓君、黄河、赵广生、赵亮。

2008年以来，课题组成员按照各自撰写的章节进行了多次重点或专项调查，刘艳清、路召莲参加了调查。在调查写作的过程中，还得到赵玉绥、石玉山、赵清、韩秀成、孔禅生、刘永才、王胜、谢军、李文杰等人的帮助。对于年代久远或一时难以厘清的问题，在相关章节成稿前后，我们征求了白面换、李和顺、赵六十二、杨焕、张文秀、王锦、白占成、王牡丹等人的意见和建议，进行修改撰写。

为了保证事实的真实性、数据的准确性，在全书统稿时，我们邀请了老牛湾村退休教师李彪、行政村副主任赵清按章逐节地审阅，以保证本书内容经得起时间的考验，可资研究者利用。即使如此，错误亦在所难免，有待知情者指正。

本书各章节撰写分工如下：孙驰撰写引言、第一章、第三章、第四章第三节、第五章第一节、第七章第二节以及第八章第一、二节。王海峰、石毅撰写第二章和附录二。杨晓君撰写第四章第一、二节。杨建国撰写第五章第二、三节，第七章第一、三、四节，以及第八章第五节。段敏利撰写第五章第四节。刘艳清撰写第六章。路召莲撰写第八章第三、四节。全书由孙驰、杨建国、王海峰统稿。

本书即将付梓，但并非调查的终结，诸如书中尚未涉及的外出务工问题，因一时难以跟踪调查，故而缺漏；又如，即将湮灭的老牛湾河运史上的许多事情，还没有深入研究……凡此种种，都说明这只是新调查的开始，老牛湾的研究还将继续。

孙　驰

2009 年 5 月 31 日

图书在版编目（CIP）数据

长城黄河萦绕的村庄：内蒙古清水河县窑沟乡老牛湾村调查报告 / 孙驰，杨建国，王海峰著．—北京：社会科学文献出版社，2012.4
（当代中国边疆·民族地区典型百村调查 / 厉声主编．内蒙古卷．第1辑）
ISBN 978-7-5097-3002-7

Ⅰ.①长… Ⅱ.①孙… ②杨… ③王… Ⅲ.①农村调查-调查报告-清水河县 Ⅳ.①D668

中国版本图书馆CIP数据核字（2011）第265228号

当代中国边疆·民族地区典型百村调查：内蒙古卷（第一辑）
长城黄河萦绕的村庄
——内蒙古清水河县窑沟乡老牛湾村调查报告

著　　者 / 孙　驰　杨建国　王海峰

出 版 人 / 谢寿光
出 版 者 / 社会科学文献出版社
地　　址 / 北京市西城区北三环中路甲29号院3号楼华龙大厦
邮政编码 / 100029

责任部门 / 编译中心（010）59367004
责任编辑 / 王玉敏　张文静
电子信箱 / bianyibu@ssap.cn
责任校对 / 孔　勇
项目统筹 / 祝得彬
责任印制 / 岳　阳
总 经 销 / 社会科学文献出版社发行部（010）59367081　59367089
读者服务 / 读者服务中心（010）59367028

印　　装 / 北京季峰印刷有限公司
开　　本 / 889mm×1194mm　1/32
本册印张 / 10.375
版　　次 / 2012年4月第1版
本册插图 / 0.25
印　　次 / 2012年4月第1次印刷
本册字数 / 231千字
书　　号 / ISBN 978-7-5097-3002-7
定　　价 / 169.00元（共4册）